U0164077

意象學廣論

陳滿銘　著

自　序

　　所謂的「意象」，乃合「意」與「象」來說。我國對這種文學中的「意象」，很早就注意到，以爲它是「馭文之首術、謀篇之大端」（《文心雕龍‧神思》）。而這種「意象」，黃永武《中國詩學‧設計篇》認爲「是作者的意識與外界的物象相交會，經過觀察、審思與美的釀造，成爲有意境的景象。」[1]這裡所說的「物象」，所謂「物猶事也」（見朱熹《大學章句》），該包含「事」才對，因爲「物（景）」只是偏就「空間」（靜）而言，而「事」則是偏就「時間」（動）來說罷了。而它是有廣義與狹義之別的：廣義者指全篇，屬於整體，可以析分爲「意」與「象」；狹義者指個別，屬於局部，往往合「意」與「象」爲一來稱呼。而整體是局部的總括、局部是整體的條分，所以兩者關係密切。不過，必須一提的是，狹義之「意象」，亦即個別之「意象」，雖往往合「意」與「象」爲一來稱呼，卻大都用其偏義，譬如草木或桃花的意象，用的是偏於「意象」之「意」，因爲草木或桃花都屬於「象」；如「桃花」的意象之一爲愛情，而愛情是「意」；而團圓或流浪的意象，則用的是偏於「意象」之「象」，因爲團圓或流浪，都屬於「意」；如「流浪」的意象之一爲浮雲，而浮雲是「象」。因此前者往往是一「象」多「意」，後者則爲一「意」多「象」。而它們無論是偏

---

[1]　見《中國詩學‧設計篇》（臺北：巨流圖書公司，1999 年 6 月初版十三刷），頁 3。

於「意」或偏於「象」，通常都通稱爲「意象」[2]。

　　這種文學上之「意象」，如歸根於人類的「思維」來說，則「思維」是人類的一切知行活動的原動力，而「思維」又始終以「意象」爲內容。它初由「觀察」與「記憶」的兩大支柱豐富「意象」，再由「聯想」與「想像」的兩大翅膀拓展「意象」（多），接著由「形象」與「邏輯」的兩大思維（二）運作「意象」，然後由「綜合思維」統合「意象」（一（0）），以發揮最大的「創造力」[3]。如此周而復始，便形成「多」、「二」、「一（0）」的螺旋結構[4]，以反映「意象系統」[5]。而這種結構或系統，如果對應到「創造」主體的「才」、「學」、「識」三者而言，則顯然其中的「才」與「學」是對應於「觀察」與「記憶」來說的，屬於知識層，爲「思維」之基礎，以儲存「意象」；而「識」則屬於智慧層，藉以提升或活化「意象」而形成隱性「意象系統」，乃對應於一切「思維」（含聯想與想像）之運作而言的。這些不但可在哲學層面尋得它的依據、文學層面考察它的表現，也相應地可在美學層面找到它的歸宿。

　　這所謂的「思維」、「觀察」、「記憶」、「聯想」、「想像」與「創造」，都離不開「意象」，而以「意象」爲內容。如果扣到人類的「能力」來看，則隸屬於「一般能力」的層面，通貫於

---

[2] 見陳滿銘〈辭章意象論〉（臺北：《師大學報・人文與社會類》50 卷 1 期，2005 年 4 月），頁 18。

[3] 見陳滿銘〈談思維力與語文螺旋結構的關係〉（臺北：《國文天地》21 卷 3 期，2005 年 8 月），頁 79-86。

[4] 見陳滿銘〈論「多」、「二」、「一（0）」的螺旋結構——以《周易》與《老子》爲考察重心〉（臺北：《師大學報・人文與社會類》48 卷 1 期，2003 年 7 月），頁 1-20。

[5] 見陳滿銘〈淺論意象系統〉（臺北：《國文天地》21 卷 5 期，2005 年 10 月），頁 30-36。

各類學科，乃形成下一層面「特殊能力」之基礎。而「特殊能力」，則專用於某類學科。就以「辭章」而言，是結合「形象思維」、「邏輯思維」與「綜合思維」而形成的。這三種思維，各有所主。如果是將一篇辭章所要表達之「意」，訴諸各種偏於主觀之聯想、想像，和所選取之「象」連結在一起，或者是專就個別之「意」、「象」等本身設計其表現技巧的，皆屬「形象思維」；這涉及了「取材」、與「措詞」等有關「意象」之形成與表現等問題，而主要以此爲研究對象的，就是意象學（狹義）、詞彙學與修辭學等。如果是專就各種「象」，對應於自然規律，結合「意」，訴諸偏於客觀之聯想、想像，按秩序、變化、聯貫與統一之原則，前後加以安排、佈置，以成條理的，皆屬「邏輯思維」；這涉及了「運材」、「佈局」與「構詞」等有關「意象」之組織等問題，而主要以此爲研究對象的，就語句言，即文（語）法學；就篇章言，就是章法學。至於合「形象思維」與「邏輯思維」而爲一，探討其整個「意象」體性的，則爲「綜合思維」，這涉及了「立意」與「確立體性」等有關「意象」之統合等問題，而主要以此爲研究對象的，爲主題學、意象學（廣義）、文體學、風格學等。而以此整體或個別爲對象加以研究的，則統稱爲辭章學或文章學。可見辭章乃以「意象」爲內容，而「意象」又「是聯想與想像的前提與基礎，沒有意象就不可能進行聯想與想像。」[6] 因此如從辭章中抽離出「意象系統」，那就空無一物了。

　　而這些內涵，如對應於「多」、「二」、「（0）一」的螺旋結

---

[6] 見黃順基、蘇越、黃展驥主編《邏輯與知識創新》第二十章（北京：中國人民大學出版社，2002 年 4 月一版一刷），頁 431。

構，則其中「意象」（個別）、「詞彙」、「修辭」、「文（語）法」、「章法」是「多」，「形象思維」與「邏輯思維」為「二」，「主題」（含整體「意象」）、「文體」、「風格」為「一（0）」。其中「意象」（個別）、「詞彙」、「修辭」，關涉「意象」之形成與表現；「文（語）法」、「章法」關涉「意象」之組織；「主題」（含整體「意象」）、「文體」、「風格」關涉「意象」之統合。如此在「形象思維」與「邏輯思維」之相互作用下，由「（0）一」而「二」而「多」，凸顯的是創作（寫）的順向過程；而由「多」而「二」而「（0）一」，凸顯的則是鑑賞（讀）的逆向過程[7]。

對此，必須作補充說明的是：在哲學或美學上，對所謂「對立的統一」、「多樣的統一」，即「二而一」、「多而一」之概念，都非常重視，一向被目為事物最重要的變化規律或審美原則，似乎已沒有進一步探討之空間。不過，若從《周易》（含《易傳》）與《老子》等古籍中去考察，則可使它更趨於精密、周遍，不但可由「有象」而「無象」，找出「多、二、一（0）」之逆向結構；也可由「無象」而「有象」，尋得「（0）一、二、多」之順向結構；其中《老子》之「道生一」、《易傳》之「太極」為「一（0）」，《老子》「一生二」之「二」、《易傳》之「兩儀」（陰陽）為「二」，《老子》之「三生萬物」、《易傳》之「四象生八卦」為「多」。並且透過《老子》「反者道之動」（四十章）、「凡物芸芸，各復歸其根」（十六章）與《周易‧序卦》「既濟」而「未濟」之說，將順、逆向

---

[7] 見陳滿銘〈語文能力與辭章研究——以「多」、「二」、「一（0）」螺旋結構作考察〉（平頂山：《平頂山師專學報》19卷6期（2004.no6），2004年12月），頁50-55。

結構不僅上下連接在一起，更形成循環、提升不已的「多」、「二」、「一（0）」螺旋結構，以反映宇宙人生生生不息的基本規律 [8]。而此「螺旋」一詞，本用於教育課程之理論上，早在十七世紀，即由捷克教育家夸美紐斯所提出 [9]。又，相對於人文，科技界亦發現生命之「基因」和「DNA」等都呈現螺旋結構 [10]。因此這種規律、結構，可普遍適用於哲學、文學、美學以及其他學科或事事物物之上，而如果落到文學的創作與鑑賞之上來說，則當然地「（0）一、二、多」可呈現由「意」而「象」的創作順向過程、「多、二、一（0）」可呈現由「象」而「意」之鑑賞逆向過程了。

　　由於自來研究「意象」的學者，大都只注意到「個別意象」，而忽略了「整體意象」；即使有的注意及此，也僅提出「意象群」或「總意象」、「分意象」的說法，而無法梳理出「意象系統」來。如陳慶輝即指出：

　　　應該說意象的組合方式是多種多樣的，上述所舉只怕是掛一漏萬；而且複合意象的構成，作為一種審美創造，是一個複雜的心理過程，用所謂並列、對比、敘述、述議等結構形式加以說明，似乎是粗糙的、膚淺的，其深層的因素和邏輯還有待我們去挖掘和探索。[11]

---

[8] 見陳滿銘〈論「多」、「二」、「一（0）」的螺旋結構——以《周易》與《老子》為考察重心〉，同注 4，頁 1-20。

[9] 見《簡明國際教育百科全書》（北京：新華書局北京發行所，1991 年 6 月一版一刷），頁 611。

[10] 見約翰・格里賓著、方玉珍等譯《雙螺旋探密——量子物理學與生命》（上海：上海科技教育出版社，2001 年 7 月），頁 271-318。

[11] 見陳慶輝《中國詩學》（臺北：文史哲出版社，1994 年 12 月初版），頁 74。

將「意象」組織成系統，確乎是一種複雜的心理過程，其中動
用了精密的層次邏輯之思維能力，原本就是不易掌握、捕捉
的，而且在古典詩詞中，可以幫助確認意象組織的邏輯關係之
連接詞常常被省略，因此更加重了探索、挖掘的困難度。而王
長俊等的《詩歌意象學》也認為：

> 中國古典詩歌的意象雖然可以直接拼接，意象之間似乎
> 沒有關聯，其實在深層上卻互相勾連著，只是那些起連
> 接作用的紐帶隱蔽著，並不顯露出來，這就是前人所謂
> 的「斷峰雲連」、「辭斷意屬」。[12]

他所謂的「斷峰雲連」、「辭斷意屬」，指的就是將意象組織成
系統的問題。由此看來，意象與意象間之隱蔽「紐帶」或「深
層的因素和邏輯」，一直未被有系統地「挖掘」、「探索」而
「顯露」出來過，是公認的事實。

而這些難題，或多或少地限制了「意象學」之研究，使得
學者大都僅停滯於個別「意象」之範圍內打轉，而無法拓展到
整體「意象」，甚至歸本至「思維」世界加以辨析。很湊巧地
在三十幾年前就開始耕耘「章法學」，以呈現層次邏輯系統[13]，
因而尋得「多」、「二」、「一（0）」螺旋結構，以此打通「章法
哲學」、「章法結構」與「章法美學」而「一以貫之」[14]。對這

---

[12] 見王長俊等《詩歌意象學》（合肥：安徽文藝出版社，2000 年 8 月一版一刷），頁 215。

[13] 見拙作〈論層次邏輯──以哲學與文學作對應考察〉（臺北：臺灣師大《國文學報》37 期，2005 年 6 月），頁 91-135。

[14] 見拙著《章法學綜論》（臺北：萬卷樓圖書公司，2003 年 6 月初版），頁 1-506。

種成果，鄭頤壽在〈中華文化沃土，辭章學圃奇葩——讀陳滿銘《章法學新裁》及其相關著作〉一文說：

> 臺灣建立了「辭章章法學」的新學科，成果豐碩，代表作是臺灣師大博士生導師陳滿銘教授的《章法學新裁》（以下簡稱「新裁」）及其高足仇小屏、陳佳君等的一系列著作。……臺灣的辭章章法學體系完整、科學，已經具備成「學」的資格。它研究成果豐碩，已經「集樹而成林了」；培養鍛鍊了研究的「生力軍」，學術梯隊後勁很大；研究計畫宏偉，且具可操作性。[15]

又王希杰在〈章法學門外閑談〉中指出：

> 章法學作為一門學問，不是有關部門章法的個別知識，而是章法知識的總和，是一種概念的系統。章法學是一門實用性很強的學問，也有極高的學術價值。……章法學已經初步形成了一門科學。陳滿銘教授初步建立了科學的章法學體系。……如果說唐鉞、王易、陳望道等人轉變了中國修辭學，建立了學科的中國現代修辭學，我們也可以說，陳滿銘及其弟子轉變了中國章法學的研究大方向，建立了科學的章法學，把漢語章法學的研究轉向科學的道路。[16]

---

[15] 見《海峽兩岸中華傳統文化與現代化研討會文集》（蘇州：「海峽兩岸中華傳統文化與現代化研討會」，2002 年 5 月），頁 131-139。

[16] 見〈章法學門外閑談〉（臺北：《國文天地》18 卷 5 期，2002 年 10 月），頁 92-95。

而黎運漢在〈陳滿銘對辭章章法學的貢獻〉中也認為：

> 陳滿銘教授的辭章章法學論著，展現了創新的章法觀，
> 建立了比較系統、合理的理論體系，揭示了章法現象本
> 體的基本規律，運用了比較科學的研究方法，使漢語章
> 法學基本具備了成為一門學科的資格。[17]

於是近一年來就嘗試在研究章法學與「多」、「二」、「一（0）」
螺旋結構之基礎上，觀照「意象」系統或其整體結構，作「拓
展」、「歸本」之努力，而尋得源頭之「層次邏輯系統」，並陸
續寫了一些論文：

其一為〈層次邏輯與意象（思維）系統──以「多」、
「二」、「一（0）」螺旋結構切入作考察〉，首先探討「螺旋結構
與『多』、『二』、『一（0）』」之形成，然後探討「『多』、
『二』、『一（0）』與層次邏輯系統」的相關問題，以見層次邏
輯系統與「多」、「二」、「一（0）」螺旋結構之不可分，從而辨
明它們與意象（思維）系統疊合的關係；約 9000 字；其初稿
（5000 字），將在近期發表於《國文天地》。其二為〈辭章意象
論〉，先探討「意象與辭章內涵」，再探討「意象」之形成、表
現、組織與統合，然後探討「意象」與辭章「多」、「二」、「一
（0）」結構之關係，藉以統攝整個辭章內涵，以見「意象」擴
充至整個「辭章」之究竟；約 21000 字，2005 年 4 月發表於
臺灣師大《師大學報・人文與社會類》51 卷 1 期；而其初稿

---

[17] 見〈陳滿銘對辭章章法學的貢獻〉（臺北：《陳滿銘教授七秩榮退誌慶論文集》，萬卷
樓圖書公司，2005 年 7 月），頁 450。

（約 11000 字），則以「論意象與辭章」爲題，2004 年 3 月先發表於《畢節師範高等專科學校學報》2004 年第一期（總 76 期）。其三爲〈論章法結構與意象系統——以「多」、「二」、「一（0）」螺旋結構切入作考察〉，先探討辭章「多」、「二」、「一（0）」螺旋結構的形成，再探討章法、意象與「多」、「二」、「一（0）」螺旋結構之互動，然後探討章法結構與大小意象系統疊合的情況，以見章法結構與意象系統不可分之關係；其完整版（約 17000 字）2005 年 8 月發表於《江南大學學報・人文社會科學版》4 卷 4 期；而其精簡版（約 11000 字）亦同時發表於《浙江師範大學學報・社會科學版》30 卷 4 期。其四爲〈辭章意象系統論——以「多」、「二」、「一（0）」螺旋結構切入作考察〉，先探討意象之形成，然後以「多」、「二」、「一（0）」螺旋結構爲基礎，依序探討意象系統與辭章內涵、章法結構的關係，以見辭章意象縱橫交錯之系統，約 14000 字，而其精簡版（約 6000 字）則以「淺論意象系統」爲題，2005 年 10 月發表於《國文天地》21 卷 5 期。其五爲〈論辭章意象之形成——據格式塔「異質同構」說加以推衍〉，先探討意象形成的哲學意涵，再探討意象之形成在辭章上的表現，然後探討辭章意象形成之「質」（形）、「構」類型，以見「異質（形）同構」與「同形（質）同構」在意象形成中的關鍵作用，約 10000 字，其精簡版（約 6000 字）則以「論意與象之連結——從格式塔『異質同構』說切入」爲題，2005 年 9 月發表於《國文天地》21 卷 4 期。其六爲〈意象與聯想、想像互動論——以「多」、「二」、「一（0）」螺旋結構切入作考察〉，先後以「多」、「二」、「一（0）」螺旋結構切入，探討意象與聯想、想

像互動之理論基礎與實例說明，以見意象與聯想、想像互動之原委，約 10000 字，2006 年 4 月發表於《浙江師範大學學報‧社會科學版》31 卷 2 期；而其精簡版（約 6000 字），則以「論意象與聯想力、想像力之互動關係——以「多」、「二」、「一（0）」螺旋結構切入作考察」為題，2005 年 12 月先發表於《國文天地》21 卷 7 期。其七為〈意象「多」、「二」、「一（0）」螺旋結構論——以哲學、文學與美學作對應考察〉，先後就「多」、「二」、「一（0）」螺旋結構，探討其哲學意涵、文學表現與美學詮釋，以見意象「多」、「二」、「一（0）」螺旋結構「一以貫之」的內容特色；約 21000 字。其八為〈意象包孕式結構論——以哲學、辭章與美學作對應考察〉，依序就意象包孕（陰中有陽、陽中有陰）式結構，蘊含「多」、「二」、「一（0）」螺旋結構，探討其哲學意涵、辭章表現與美學詮釋，以見意象包孕（陰中有陽、陽中有陰）式結構之奧妙；約 23000字。其九為〈論讀寫互動原理——歸本於語文能力與意象（思維）系統作探討〉，依序就「一般能力」、「特殊能力」與「綜合能力」等三層能力探討它們與「意象（思維）系統」的關係，以凸顯「讀寫互動原理」；約 14000 字，2006 年 4 月發表於《李爽秋教授八十壽慶祝壽論文集》。其十為〈論以「構」連結「意象」成「軌」之幾種類型——以格式塔「異質同構」說切入作考察〉，先探討其理論基礎，再依序分「單軌」、「雙軌」與「多軌」，舉例解析其類型，以見它們在辭章上所造成之變化與奧妙；約 11000 字。由於其中有幾篇在最近（2005年 10 月－2006 年 7 月）才完稿，所以都還沒發表；十分盼望早日公開，得到各界公正的檢驗。

　　以上十篇論文，從各個不同角度作全新的探討，以呈現意象學的多樣面向。其中除第四、九兩篇是藉格式塔心理學派之理論，主要就個別意象來辨析「意」與「象」之連結外，其他的都鎖定「層次邏輯系統」，以「陰陽二元」為基礎，並對應「多」、「二」、「一（0）」螺旋結構，由個別意象擴展到整體意象，以呈現「意象系統」，有的甚至推本於「思維」（聯想與想像）加以統攝、融貫，不但注意到它的哲學意涵、文學（辭章）表現，也不忽略它在美學上之詮釋。這樣表面上看似分歧，卻前後緊密呼應，形成「異中有同、同中有異」之分合關係。也因為如此，就難免使同樣的論述、例證與附注會有或多或少地出現重複的現象。這回將它們結集成書，為了保持各篇之獨立與完整，希望不會因這種缺憾而帶來閱讀上的明顯困擾。當然更希望能藉由這本書之問世，廣結兩岸學術界的朋友，產生「拋磚引玉」的效果，使意象學的研究早日呈現「花團錦簇」的榮景！

陳滿銘　序於臺灣師大國文系 835 研究室
2006 年 7 月 23 日

目　　次

層次邏輯與意象(思維)系統

以「多」、「二」、「一(0)」螺旋結構切入作考察

∽ 摘 要 ∽

　　邏輯層次，通常都由多樣的「二元對待」為基礎，經「移位與轉位」之過程與「『多』、『二』、『一（0）』螺旋結構」之終極統合，形成其完整系統；這可由《周易》與《老子》等哲學典籍中找出它的理論根源。而由於它們全以意象（思維）為內容，因此也就蘊含了意象（思維）系統在內。

關鍵詞：層次邏輯、意象（思維）系統、多二一（0）螺旋結構。

一、前言

「層次邏輯系統」是以「多」、「二」、「一（0）」螺旋結構為內容的 [1]；而它們又都以意象（思維）為內容。因此，本文特對相關之「螺旋結構與『多』、『二』、『一（0）』」與「『多』、『二』、『一（0）』與層次邏輯系統」的相關問題，分別略予說明，以見層次邏輯系統與「多」、「二」、「一（0）」螺旋結構之不可分，從而辨明它們與意象（思維）系統疊合的關係。

二、螺旋結構與「多」、「二」、「一（0）」

大體說來，對於任何思想體系之形成，關涉得最密切的，莫過於「本末」問題。就以中國哲學中的「理」與「氣」、「有」與「無」、「道」與「器」、「體」與「用」、「動」與「靜」、「一」與「兩」、「知」與「行」、「性」與「情」、「天」與「人」……等「陰陽二元」之範疇 [2] 而言，即有本有末。它們無論是「由本而末」或「由末而本」，均可形成「順」或「逆」的單向本末結構。而一般學者也都習慣以此單向來看待它們，卻往往忽略了它們所形成之「互動、循環而提升」的螺

---

[1] 見拙作〈層次邏輯系統論——以哲學與章法作對應考察〉（錦州：《渤海大學學報‧哲學社會科學版》27 卷 6 期〔總 128 期〕，2005 年 11），頁 1-7。

[2] 見葛榮晉《中國哲學範疇導論》（臺北：萬卷樓圖書公司，1993 年 4 月初版一刷），頁 1-650。

旋結構。

而所謂「螺旋」，本用於教育課程之理論上，早在十七世紀，即由捷克教育家夸美紐斯所提出，顧明遠主編《教育大辭典》解釋說：

> 螺旋式課程（spiral curriculum）圓周式教材排列的發展，十七世紀捷克教育家夸美紐斯提出，教材排列採用圓周式，以適應不同年齡階段的兒童學習。但這種提法，不能表達教材逐步擴大和加深的含義，故用螺旋式的排列代替。二十世紀六〇年代，美國心理學家布魯納也主張這樣設計分科教材：按照正在成長中的兒童的思想方法，以不太精確然而較為直觀的材料，儘早向學生介紹各科基本原理，使之在以後各年級有關學科的教材中螺旋式地擴展和加深。[3]

所謂「圓周」、「逐步擴大和加深」，指的正是「循環、往復、螺旋式提高」，許建鉞編譯《簡明國際教育百科全書》即指出：

> 螺旋式循環原則（Principle of Spiral Circulation）排列德育內容原則之一，即根據不同年齡階段（或年級），遵循由淺入深，由簡單到複雜，由具體而抽象的順序，用循環、往復螺旋式提高的方法排列德育內容。螺旋式亦稱「圓周式」。[4]

---

[3] 見《教育大辭典》（上海：上海教育出版社，1990年6月一版一刷），頁276。
[4] 見《簡明國際教育百科全書》（北京：新華書局北京發行所，1991年6月一版一刷），頁611。

可見「螺旋」就是「互動、循環而提升」的意思。這種螺旋作用，可用下列簡圖來表示：

二元 ➡ 互動 ➡ 循環 ➡ 提升

這是著眼於「陰陽二元」，即「二」來說的，若以此「二」為基礎，徹上於「一（0）」、徹下於「多」，則成為「多」、「二」、「一（0）」之系統。而這種系統可從《周易》（含《易傳》）與《老子》等古籍中獲知梗概，它們不但由「有象」而「無象」，找出「多、二、一（0）」之逆向結構；也由「無象」而「有象」，尋得「（0）一、二、多」之順向結構；並且透過《老子》「反者道之動」（四十章）、「凡物芸芸，各復歸其根」（十六章）與《周易・序卦》「既濟」而「未濟」之說，將順、逆向結構不僅前後連接在一起，更形成循環不息的「多」、「二」、「一（0）」螺旋結構，以呈現中國宇宙人生觀之精微奧妙[5]。

如此照應「多」、「二」、「一（0）」整體，則「螺旋結構」之體系可用下圖來表示：

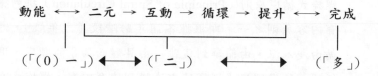

又如果再依其順逆向，將「多」、「二」、「一（0）」加以拆解，

---

[5] 參見拙作〈論「多」、「二」、「一（0）」的螺旋結構──以《周易》與《老子》為考察重心〉（臺北：臺灣師大《師大學報・人文與社會類》48 卷 1 期，2003 年 7 月），頁1-20。

則可呈現如下列兩式：

一、順向：「（0）一」──────➤「二」──────➤「多」

二、逆向：「多」──────➤「二」──────➤「一（0）」

而這兩式是可以不斷地彼此循環而銜接而提升，而形成層層螺旋結構，以體現宇宙人生生生不息之生命力的。

　　很值得注意的是：相對於人文，近年科技界亦發現生命之「基因」和「DNA」等都呈現雙螺旋結構，約翰・格里賓著、方玉珍等譯《雙螺旋探密──量子物理學與生命》以為：

> 生命分子是雙螺旋這一發現為分子生物學揭開了新的一頁，而不是標誌著它的結束。但在我們以雙螺旋發現為基礎去進一步理解世界之前，如果能有實驗證明雙螺旋複製的本質，那麼關於雙螺旋的故事就會更加完美了。[6]

對這種「雙螺旋結構」，歐陽周、顧建華、宋凡聖編著的《美學新編》也作解釋說：

> 從微觀看，由於近代物理學與生物學、化學、數學、醫學等的相互交叉和滲透，對分子、原子和各種基本粒子的研究更加深入，並取得一系列的成果。……特別要指出的是，DNA 分子的雙螺旋結構模式，體現了自然美的規律：兩條互補的細長的核苷酸鏈，彼此以一定的空間距離，在同一軸上互相盤旋起來，很像一個扭曲起來

---

[6] 見《雙螺旋探密──量子物理學與生命》（上海：上海科技教育出版社，2001 年 7 月），頁 225。

的梯子。由於每條核苷酸鏈的內側是扁平的盤狀碱基，當兩個相連的互補碱基 A 連著 P，G 連著 C 時，宛若一級一級的梯子橫檔，排列整齊而美觀，十分奇妙。[7]

這樣，對應於「多」、「二」、「一（0）」螺旋結構來看，所謂「宛若一級一級的梯子橫檔」，該是「二」產生作用的整個歷程與結果，亦即「多」；所謂「當兩個相連的互補碱基 A 連著 P，G 連著 C」，該是「二」；而 DNA 本身的質性與動力，則該為「一（0）」。至於所謂「兩條互補的細長的核苷酸鏈，彼此以一定的空間距離，在同一軸上互相盤旋起來」，該是一順一逆、一陰一陽的螺旋結構。如果這種解釋合理，那麼，從極「微觀」（小到最小）到極「宏觀」（大到最大），都可由一順一逆的「多」、「二」、「一（0）」雙螺旋結構加以層層組織，以體現自然「真、善、美」[8]之規律。

可見人文與科技雖然各自「求異」，而有不同之內容，但所謂「萬變不離其宗」，在「求同」上，不無「殊途同歸」的可能。如果是這樣，則「多」、「二」、「一（0）」螺旋結構之「原始性」與「普遍性」，就值得大家共同重視了。

---

[7] 見《美學新編》（杭州：浙江大學出版社，2001 年 5 月一版九刷），頁 303。

[8] 參見拙作〈「真、善、美」螺旋結構論——以章法「多」、「二」、「一（0）」螺旋結構作對應考察〉（福州：《閩江學院學報》2005 年第 3 期（總 89 期），2005 年 6 月），頁 96-101。

三、「多」、「二」、「一（0）」與
層次邏輯系統

　　層次邏輯有別於「傳統邏輯」的邏輯形式。「傳統邏輯」的邏輯形式，主要是經由求「同」（歸納）求「異」（演繹），以確定其真偽、是非為目的；而「層次邏輯」，則主要在求「同」（歸納）求「異」（演繹）過程中，呈現其時、空或內蘊之層次為內容。這種邏輯層次，通常都由多樣的「陰陽二元對待」為基礎，而經「移位與轉位」之過程與「『多』、『二』、『一（0）』螺旋結構」之終極統合，形成其完整系統[9]。

　　說得簡單一點，這種層次邏輯系統，是由萬事萬物產生的層層「本末先後」之次序所形成的。《禮記・大學》一開篇就說：

　　　物有本末，事有終始，知所先後，則近道矣。

這所謂「本始所先，末終所後」[10]，正是層次邏輯形成其系統之基礎。如果著眼於「事」而又將「物」含於其中，配合「起點 → 過程 → 終點」的層次邏輯，並與「多」、「二」、「一（0）」作對應，則其系統或結構是這樣的：

---

[9] 見拙作〈論層次邏輯──以哲學與文學作對應考察〉（臺北：《國文學報》37 期，2005 年 6 月）頁 91-135。

[10] 見朱熹《四書集註・大學》（臺北：學海出版社，1984 年 9 月初版），頁 3。

因此把「本末先後」，視為形成層次邏輯系統之基礎，是相當合理的。

而這所謂「本末」，就兩者關係言，就是「因果」。眾所周知，「因果」在哲學上，雖只看成是範疇之一，卻與「諸範疇」息息相關。張立文在《中國哲學邏輯結構論》中說：

> 就彼此相聯繫的範疇而言，中國佛教哲學中的「因」這個範疇，它自身包含著兩個事物或現象的聯繫，這種特定的聯繫，各以對方的存在為自己存在的前提或條件。其內在衝突的伸展，使「因」作為一方與「果」作為另一方構成相對相關的聯繫。範疇這種衝突性格，使自身或與諸範疇都處於相互聯繫、相互轉化之中，並在這種普遍的有機聯繫中，再現客觀世界的衝突及其發展的全進程。[11]

既然「因果」這一範疇能產生「普遍的有機聯繫」，其重要性就可想而知。也就難怪在邏輯學中，會那樣受到普遍的重視，而視之為「律」了。

從另一角度看，「因果律」涉及的是假設性之「演繹」與科學性之「歸納」，而假設性之「演繹」所形成的是「先果後

---

[11] 見《中國哲學邏輯結構論》（北京：中國社會科學出版社，2002 年 1 月一版一刷），頁11。

因」的邏輯層次；與科學性之「歸納」所形成的是「先因後
果」的邏輯關係，正好可以對應地發揮證明或檢驗的功能。陳
波在其《邏輯學是什麼》一書中說：

> 因果聯繫是世界萬物之間普遍聯繫的一個方面，也許是
> 其中最重要的方面。一個（或一些）現象的產生會引起
> 或影響到另一個（或一些）現象的產生。前者是後者的
> 原因，後者就是前者的結果。科學的一個重要任務就是
> 要把握事物之間的因果聯繫，以便掌握事物發生、發展
> 的規律。[12]

可見「因果」邏輯關係的重要。而這種「因果」邏輯，雖然一
度受到羅素（B. Russell. 1872-1970）偏執之影響，使研究沉寂
了半個世紀；但到了 20 世紀 30 年代後卻有了新的發展。如美
國當代哲學家、計算機理論家勃克斯（A. W. Burks），就提出
了「因果陳述邏輯」，任曉明、桂起權介紹說：

> 作為一種證明或檢驗的邏輯，因果陳述邏輯在科學理論
> 創新中能否起重要作用呢？答案是肯定的。第一，因果
> 陳述邏輯對於解釋或預見事實有重要意義。就如同假說
> 演繹法所起的作用一樣，因果陳述邏輯可以從理論命題
> 推演出事實命題，或是解釋已知的事實，或是預見未知
> 的事實。這種推演的基本步驟是以一個或多個普遍陳
> 述，如定律、定理、公理、假說等作為理論前提，再加
> 上某些初次條件的陳述，逐步推導出一個描述事實的命

---

[12] 見《邏輯學是什麼》（北京：北京大學出版社，2002 年 1 月一版一刷），頁 167。

題來。這種情形就如同上一節所舉的「開普勒和火星軌
道」的例子一樣。第二，因果陳述邏輯對於探求科學陳
述之間的因果聯繫，進而對科學理論做出因果可能性的
推斷有著重要作用。勃克斯所創建的這種邏輯對科學理
論創新的貢獻在於：通過對科學推理的細緻分析，發現
經典邏輯的實質蘊涵、嚴格蘊涵都不適於用來刻劃因果
模態陳述的前後關係。於是，他提出了一種「因果蘊
涵」，進而建立一個公理系統，為科學理論中因果聯繫
的探索奠定了邏輯上的基礎。[13]

勃克斯這樣以「因果蘊涵」作為「因果陳述邏輯」的核心概
念，而建立了一個「公理系統」，「從具有邏輯必然性的規律或
理論陳述中推導出具有因果必然性的因果律陳述，進而推導出
事實陳述。這種推導過程，不僅能解釋已知的事實，而且能預
見未知的事實。」[14] 這在科學理論方面，是有相當大的創新功
能的。

「因果」既然可陳述或推導事實，成為一個「公理系統」，
當然在事物創生、發展之過程中，形成「層次邏輯系統」或
「多」、「二」、「一（0）」螺旋結構時起著重要之作用，那就無
怪它落到辭章之各種邏輯（如章法）上來說，會帶有「母性」[15]
了。

---

[13] 見黃順基、蘇越、黃展驥主編《邏輯與知識創新》（北京：中國人民大學出版社，
2002年4月一版一刷），頁328-329。
[14] 見黃順基、蘇越、黃展驥主編《邏輯與知識創新》，同注13，頁332。
[15] 見拙作〈論「因果」章法的母性〉（臺北：《國文天地》18卷7期，2002年12月），
頁94-101。

四、「多」、「二」、「一（0）」 與意象（思維）系統

追根究柢地說，這種層次邏輯系統或「多」、「二」、「一（0）」螺旋結構，是始終以「意象」爲內容的。而一般用之於文學之「意象」，如歸根於人類的「思維」而言，則因爲「思維」是人類的一切知行活動的原動力，而「思維」又始終以「意象」爲內容，所以「意象」是可以通貫「思維」之各個層面，而形成層次邏輯系統或「多」、「二」、「一（0）」螺旋結構的。

這種系統或結構，初由「觀察」與「記憶」的兩大支柱豐富「意象」，再由「聯想」與「想像」的兩大翅膀拓展「意象」（多），接著由「形象」與「邏輯」的兩大思維（二）運作「意象」，然後由「綜合思維」統合「意象」（一（0）），以發揮最大的「創造力」[16]。如此周而復始，便形成「多」、「二」、「一（0）」的螺旋結構[17]，以反映「思維系統」或「意象系統」[18]。它們的關係可呈現如下圖：

---

[16] 見拙作〈談思維力與語文螺旋結構的關係〉（臺北：《國文天地》21 卷 3 期，2005 年 8 月），頁 79-86。

[17] 見拙作〈論「多」、「二」、「一（0）」的螺旋結構——以《周易》與《老子》爲考察重心〉，同注 5，頁 1-20。

[18] 見拙作〈淺論意象系統〉（臺北：《國文天地》21 卷 5 期，2005 年 10 月），頁 30-36。

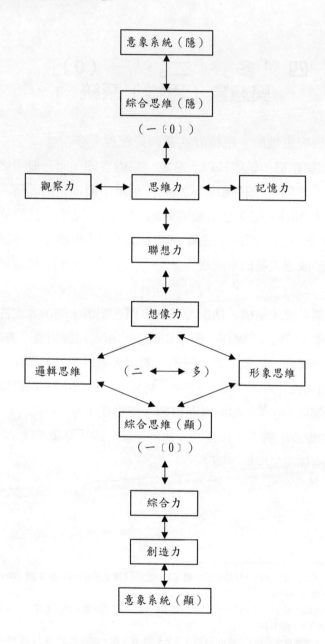

由此可見，在這種形成「意象系統」整個歷程裡，是完全離不開「思維力」（含觀察、記憶、聯想、想像、創造）之運作的。

而這種結構或系統，不但可適用於藝術文學、心理學等領域，也適用於科技領域。因此盧明森說：

> 它（意象）理解為對於一類事物的相似特徵、典型特徵或共同特徵的抽象與概括，同時也包括通過想像所創造出來的新的形象。人類正是通過頭腦中的意象系統來形象、具體地反映豐富多彩的客觀世界與人類生活的，既適用於文學藝術領域、心理學領域，又適用於科學技術領域。[19]

所以「意象」是一切思維（含形象、邏輯、綜合）的基本單元，因為從源頭來看，「意象」是合「意」與「象」而成，而「意」與「象」，乃根源於「心」與「物」，原有著「二而一」、「一而二」的關係，藉以形成「思維系統」或「意象系統」。

而這所謂的「思維」、「觀察」、「記憶」、「聯想」、「想像」與「創造」，都離不開「意象」，而以「意象」為內容。如果扣到人類的「能力」來看，則隸屬於「一般能力」的層面，通貫於各類學科，乃形成下一層面「特殊能力」之基礎。而「特殊能力」，則專用於某類學科。就以「辭章」而言，是結合「形象思維」、「邏輯思維」與「綜合思維」而形成的。這三種思維，各有所主。如果是將一篇辭章所要表達之「意」，訴諸各

---

[19] 見黃順基、蘇越、黃展驥主編《邏輯與知識創新》第二十章，同注 13，頁 430。

種偏於主觀之聯想、想像，和所選取之「象」連結在一起，或者是專就個別之「意」、「象」等本身設計其表現技巧的，皆屬「形象思維」；這涉及了「取材」、「措詞」等有關「意象」之形成與表現等問題，而主要以此爲研究對象的，就是意象學（狹義）、詞彙學與修辭學等。如果是專就各種「象」，對應於自然規律，結合「意」，訴諸偏於客觀之聯想、想像，按秩序、變化、聯貫與統一之原則，前後加以安排、佈置，以成條理的，皆屬「邏輯思維」；這涉及了「運材」、「佈局」與「構詞」等有關「意象」之組織等問題，而主要以此爲研究對象的，就語句言，即文（語）法學；就篇章言，就是章法學。至於合「形象思維」與「邏輯思維」而爲一，探討其整個「意象」體性的，則爲「綜合思維」，這涉及了「立意」、「確立體性」等有關「意象」之統合等問題，而主要以此爲研究對象的，爲主題學、意象學（廣義）、文體學、風格學等。而以此整體或個別爲對象加以研究的，則統稱爲辭章學或文章學。

必須一提的是：如單就「意象」與「聯想、想像」的關係而言，則是先有「意象」，然後才有「聯想、想像」的，盧明森說：「意象是聯想與想像的前提與基礎，沒有意象就不可能進行聯想與想像。」[20] 說得一點也沒錯。而且由於聯想「是從對一個事物的認識引起、想到關於其他事物的認識的思維活動，是一種廣泛存在的思維活動，既存在於形象思維活動中，也存在於抽象（邏輯）思維動中，還存在於抽象（邏輯）思維與形象思維活動之間……不是憑空產生的，而是有客觀根據，

---

[20] 見黃順基、蘇越、黃展驥主編《邏輯與知識創新》第二十章，同注13，頁431。

又有主觀根據的。」而想像則「是在認識世界、改造世界過程中，根據實際需要與有關規律，對頭腦中儲存的各種信息進行改造、重組，形成新的意象的思維活動，其中，雖常有抽象（邏輯）思維活動參與，但主要是形象思維活動。……理想是想像的高級型態，因爲它不僅有根有據、合情合理、很有可能變成事實，而且有大量抽象（邏輯）思維活動參加，在實際思維活動具有重大的實用價值。」[21]所以聯想與想像都有主、客觀成分，很自然地能流貫於形象思維與邏輯思維或綜合思維活動之中，使意象得以形成、表現、組織，以至於統合，成爲「多」、「二」、「一（0）」的螺旋結構，而產生美感。

如果這種「意象（思維）系統」以及它表現在辭章上的內涵，對應於「多」、「二」、「（0）一」的螺旋結構，而落在辭章上來看，則其中「意象」（個別）、「詞彙」、「修辭」、「文（語）法」、「章法」是「多」，「形象思維」與「邏輯思維」爲「二」，「主題」（含整體「意象」）、「文體」、「風格」爲「一（0）」。其中「意象」（個別）、「詞彙」與「修辭」關涉「意象」之形成與表現；「文（語）法」與「章法」關涉「意象」之組織；「主題」（含整體「意象」）、「文體」與「風格」關涉「意象」之統合。如此在「形象思維」、「邏輯思維」與「綜合思維」之相互作用下，由「（0）一」而「二」而「多」，凸顯的是創作（寫）的順向過程；而由「多」而「二」而「（0）一」，凸顯的則是鑑賞（讀）的逆向過程[22]。它們的關係可明白

---

[21] 見黃順基、蘇越、黃展驥主編《邏輯與知識創新》第二十章，同注13，頁431-433。
[22] 見拙作〈語文能力與辭章研究——以「多」、「二」、「一（0）」螺旋結構作考察〉（平頂山：《平頂山師專學報》19卷6期，2004年12月），頁50-55。

呈現如下列辭章的意象結構圖與思維結構圖：

首先看辭章意象結構圖：

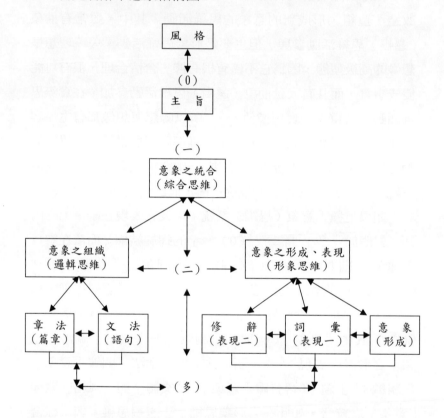

由此可知，辭章是離不開「意象」的，就是主旨與風格，也是
如此。因爲「主旨」是核心之「意」，而「風格」是以主旨統
合各「意象」之形成、表現與組織所產生之一種整體性的「審
美風貌」[23]。因此可以這麼說，如離開了「意象系統」就沒有

<hr>

[23] 見顧祖釗《文學原理新釋》（北京：人民文學出版社，2001 年 5 月一版二刷），頁
184。

辭章，其地位之重要，可想而知。

　　其次看辭章意象（思維）系統圖：

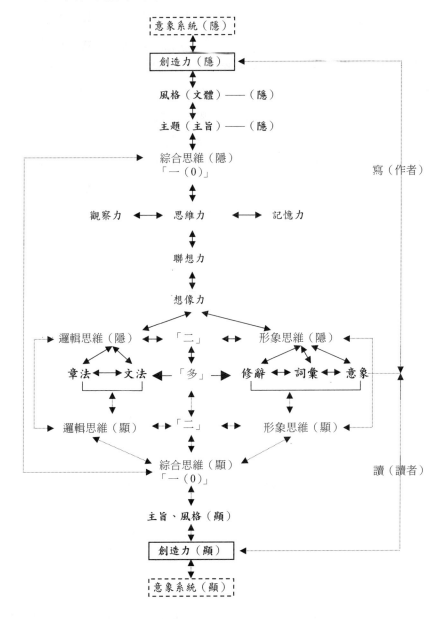

這種以「思維力」將各種能力「一以貫之」而形成的辭章螺旋結構，是可用「鑑賞」（讀）與「創作」（寫）來印證的。由於「創作」（寫）乃由「意」而「象」，靠的是先天（先驗）自然而然的能力，這多半是不自覺的；而「鑑賞」（讀）則由「象」而「意」，靠的是後天研究所推得的結果，用科學的方法分析作品，自覺地將先天（先驗）自然而然的能力予以確定。因此「創作」（寫）是先天能力的順向發揮、「鑑賞」（讀）是後天研究的逆向（歸根）努力，兩者可說互動而不能分割，而「創造力」（隱意象 → 顯意象）在「思維力」之推動下，就由「隱」而「顯」地表現出來。而這種系統，如再切割成「作者」與「讀者」來看，則其互動與對應之密切關係，更能清楚地看出來。

五、結語

這樣看來，相應於「本末先後」的「因果聯繫」，適應面極廣，如此自然可以建立層次邏輯系統，而形成「多」、「二」、「一（0）」之螺旋結構，以反映「意象（思維）系統」。而這種螺旋結構，不但可在哲學上，理出它的根本原理；也可在文學上，透過辭章「意象（思維）系統」或章法規律與結構檢驗它的表現成果；甚且可在美學上尋得比「多樣的統一」更完整的審美體系[24]。如此「一以貫之」，希望藉此可以凸顯

---

[24] 見拙作〈論章法結構與意象系統──以「多」、「二」、「一（0）」螺旋結構切入作考察〉（金華：《浙江師範大學學報・社會科學版》30 卷 4 期〔總 129 期〕，2005 年 8 月），頁 40-48。

「多」、「二」、「一（0）」螺旋結構之原始性與普遍性，從而嘗試解釋「層次邏輯系統」或「意象系統」之所以形成之關鍵所在。

參考文獻

朱熹《四書集註‧大學》，臺北：學海出版社，1984 年 9 月初版。

約翰‧格里賓著、方玉珍等譯《雙螺旋探密——量子物理學與生命》，上海：上海科技教育出版社，2001 年 7 月。

張立文《中國哲學邏輯結構論》，北京：中國社會科學出版社，2002 年 1 月一版一刷。

陳　波《邏輯學是什麼》，北京：北京大學出版社，2002 年 1 月一版一刷。

陳滿銘〈論「因果」章法的母性〉，臺北：《國文天地》18 卷 7 期，2002 年 12 月，頁 94-101。

陳滿銘〈論「多」、「二」、「一（0）」的螺旋結構——以《周易》與《老子》為考察重心〉，臺北：臺灣師大《師大學報‧人文與社會類》48 卷 1 期，2003 年 7 月，頁 1-20。

陳滿銘〈層次邏輯系統論——以哲學與章法作對應考察〉，錦州：《渤海大學學報‧哲學社會科學版》27 卷 6 期〔總 128 期〕，2005 年 11，頁 1-7。

陳滿銘〈「真、善、美」螺旋結構論——以章法「多」、「二」、「一（0）」螺旋結構作對應考察〉，福州：《閩江學院學報》2005 年第 3 期〔總 89 期〕，2005 年 6 月，頁 96-101。

陳滿銘〈論層次邏輯——以哲學與文學作對應考察〉，臺北：《國文學

報》37 期，2005 年 6 月，頁 91-135。

陳滿銘〈語文能力與辭章研究——以「多」、「二」、「一（0）」螺旋結構作考察〉，平頂山：《平頂山師專學報》19 卷 6 期，2004 年 12 月，頁 50-55。

陳滿銘〈談思維力與語文螺旋結構的關係〉，臺北：《國文天地》21 卷 3 期，2005 年 8 月，頁 79-86。

陳滿銘〈論章法結構與意象系統——以「多」、「二」、「一（0）」螺旋結構切入作考察〉，金華：《浙江師範大學學報——社會科學版》30 卷 4 期〔總 129 期〕，2005 年 8 月，頁 40-48。

陳滿銘〈淺論意象系統〉，臺北：《國文天地》21 卷 5 期，2005 年 10 月，頁 30-36。

葛榮晉《中國哲學範疇導論》，臺北：萬卷樓圖書公司，1993 年 4 月初版一刷。

黃順基、蘇越、黃展驥主編《邏輯與知識創新》，北京：中國人民大學出版社，2002 年 4 月一版一刷。

歐陽周、顧建華、宋凡聖等《美學新編》，杭州：浙江大學出版社，2001 年 5 月一版九刷。

顧祖釗《文學原理新釋》，北京：人民文學出版社，2001 年 5 月一版二刷。

貳

辭章意象論

∽ 摘 要 ∽

　　文學上的「意象」，含「物」與「事」兩種；而通常，則只多著眼於個別之「物」，如竹意象、月意象等；卻很少涉及「事」，如離別意象、隱逸意象等；但這些都只限於狹義一面而已。本文則試圖由此擴大到廣義之意象，依形象、邏輯與綜合思維之不同，分意象之形成、表現、組織、統合等四層，來探討它和辭章之內涵以及「多」、「二」、「一（0）」結構的一體性，由此可清楚地發現辭章以「意象」（含廣義與狹義）為主體，脫離了「意象」就不成辭章，以見辭章與意象密不可分的關係。

關鍵詞：辭章、意象（形成、表現、組織、統合）、「『多』、
　　　　『二』、『一（0）』」結構。

一、前言

近幾年來，探討意象的人越來越多，如草木意象、花鳥意象、桃花意象、色彩意象、山意象、水意象、月意象，以及團圓的意象、流浪的意象、離別的意象、隱逸的意象等，都有人作為主題來研究文學總集、別集或個別作品；而這些文學總集、別集或個別作品，卻和辭章脫離不了關係。本文即以此狹義之意象為基礎，擴及於廣義來探討，先總論辭章與意象之不可分，再分論意象之形成、表現、組織與統合，然後又綜合起來，探究意象與辭章「多」、「二」、「一（0）」結構之關係，以見意象與辭章之一體性。

二、意象與辭章內涵

辭章是結合「形象思維」、「邏輯思維」[1]與統合思維所形成的。而這三種思維，各有所主。就形象思維來說，如果將一篇辭章所要表達之「情」或「理」，也就是「意」，主要訴諸各種偏於主觀的聯想、想像，和所選取之「景（物）」或「事」，也就是「象」，連結在一起，或者是專就個別之「情」、「理」、

---

[1] 吳應天：「人們的思維既有形象性，也有邏輯性，所以既可寫成形象體系，也可寫成邏輯體系。前者是文學作品，後者是科學理論。這樣劃分，同樣也是客觀事物的反映，但是這仍然是片面的看法。如果辨證地看問題，那就知道形象體系中寓有邏輯性，邏輯體系中也包含著形象性，兩者不僅互相聯繫、互相滲透，而且還互相結合、互相轉化。原因在於形象性和邏輯性具有對立統一關係。正由於這個緣故，由於簡明扼要的邏輯系統很容易為人們所理解，而生動具體的形象體系更容易使人感動，所以許多文學作品往往是形象性和邏輯性結合的複合文。」見《文章結構學》，頁345。

「景」（物）、「事」等材料本身設計其表現技巧的，皆屬「形象思維」；這涉及了「取材」與「措詞」等問題，而主要以此為探討對象的，就是意象學（狹義）、詞彙學與修辭學等。就邏輯思維來看，如果整個就「景（物）」或「事」（象）等各種材料，對應於自然規律，結合「情」與「理」（意），主要訴諸偏於客觀的聯想、想像，按秩序、變化、聯貫與統一之原則，前後加以安排、佈置，以成條理的，皆屬「邏輯思維」；這涉及了「佈局」（含「運材」）與「構詞」等問題，而主要以此為研究對象的，就字句言，即文（語）法學；就篇章言，就是章法學。就綜合思維而言，乃統合形象思維（偏於主觀）與邏輯思維（偏於客觀）兩者，在一篇辭章之內，形成「主旨」與「風格」（韻律）等，這就涉及「立意」、「決定體性」等問題，而主要以此為研究對象的，為主題學、文體學與風格學等。而以此整體或個別為對象加以研究的，則統稱為辭章學或文章學[2]。它們的關係如下圖：

---

[2] 參見拙著《章法學綜論・自序》，頁1。

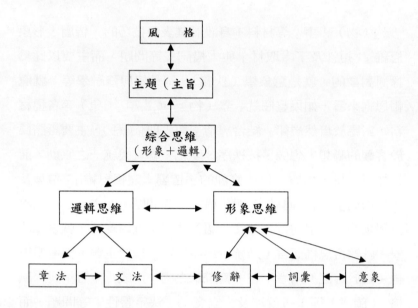

可見辭章的內涵，對應於學科領域而言，主要含意象學（狹義）、詞彙學、修辭學、文（語）法學、章法學、主題學、文體學、風格學……等。

而所謂的「意象」，乃合「意」與「象」來說。我國對這種文學中的「意象」，很早就注意到，以為它是「馭文之首術、謀篇之大端」（見《文心雕龍・神思》）。而這種「意象」，黃永武認為「是作者的意識與外界的物象相交會，經過觀察、審思與美的釀造，成為有意境的景象。」[3] 這裡所說的「物象」，所謂「物猶事也」（見朱熹《大學章句》），該包含「事」才對，因為「物（景）」只是偏就「空間」（靜）而言，而「事」則是偏就「時間」（動）來說罷了。而它是有廣義與狹義

---

[3] 見《中國詩學・設計篇》，頁3。

之別的：廣義者指全篇，屬於整體，可以析分爲「意」與「象」；狹義者指個別，屬於局部，往往合「意」與「象」爲一來稱呼。而整體是局部的總括、局部是整體的條分，所以兩者關係密切。不過，必須一提的是，狹義之「意象」，亦即個別之「意象」，雖往往合「意」與「象」爲一來稱呼，卻大都用其偏義，譬如草木或桃花的意象，用的是偏於「意象」之「意」，因爲草木或桃花都偏於「象」；如「桃花」的意象之一爲愛情，而愛情是「意」；而團圓或流浪的意象，則用的是偏於「意象」之「象」，因爲團圓或流浪，都偏於「意」；如「流浪」的意象之一爲浮雲，而浮雲是「象」。因此前者往往是一「象」多「意」，後者則爲一「意」多「象」。而它們無論是偏於「意」或偏於「象」，通常都通稱爲「意象」。底下就著眼於整體（含個別）的「意象」（意與象），試著用相應於它的綜合思維來統合形象思維與邏輯思維，並貫穿辭章的各主要內涵，以見意象在辭章上之地位。

先從「意象」之形成與表現來看，是都與形象思維有關的，因爲形象思維所涉及的，是「意」（情、理）與「象」（事、景）之結合及其表現。其中探討「意」（情、理）與「象」（事、景）之結合者，爲「意象學」（狹義），這是就意象之形成來說的。而探討「意」（情、理）與「象」（事、景）本身之表現者，如就原型求其符號化的，是「詞彙學」；如就變型求其生動化的，則爲「修辭學」。再從「意象」之組織來看，是與邏輯思維有關的，而邏輯思維所涉及的，則是意象（意與意、象與象、意與象、意象與意象）之排列組合，其中屬篇章者爲「章法學」，屬語句者爲「文法學」。至於綜合思維所涉及

的，乃是核心之「意」（情、理），即一篇之中心意旨——「主旨」與審美風貌——「風格」。由此看來，形象思維、邏輯思維與綜合思維三者，涵蓋了辭章的各主要內涵，而都離不開「意象」。它們的關係可呈現如下表：

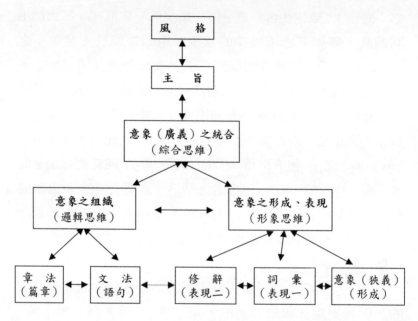

這樣看來，辭章是離不開「意象」的，就是主旨與風格，也是如此。因為「主旨」是核心之「意」，而「風格」是以主旨統合各「意象」之形成、表現與組織所產生一種整體之「審美風貌」。因此可以這麼說，如離開了「意象」就沒有辭章，其地位之重要，可想而知。

三、意象之形成

「意象」乃合「意」與「象」而成。由於它有哲學層面之基礎，所以運用在辭章層面上便能切合無間。

從哲學層面來看，意象與心、物之合一是有關的，但因它牽扯甚廣，而爭議也多，所以在此略而不論，只直接落到「意」與「象」來說。而論述「象」與「意」最精要的，要推《易傳》，其〈繫辭上〉云：

> 聖人有以見天下之賾，而擬諸其形容，象其物宜，是故謂之象。

而〈繫辭下〉又云：

> 《易》者，象也。象也者，像也。……是故吉凶生而悔吝著也。

對此，孔穎達在《周易正義》卷八中解釋道：

> 《易》卦者，寫萬物之形象，故《易》者，象也。象也者，像也，謂卦為萬物象者，法像萬物，猶若乾卦之象法像於天也。[4]

可見在此，「象」是指近取諸身、遠取諸物而得來的卦象，可藉以表示人事之吉凶悔吝。廣義地說，即藉具體形象來表達抽象事理，以達到象徵（或譬喻）的作用。因此陳望衡說：

---

[4] 見《周易正義》卷 8，頁 77。

《周易》的「觀物取象」以及「象者，像也」，其實並不
通向模仿，而是通向象徵。這一點，對中國藝術的品格
影響是極為深遠的。[5]

而所謂「象徵」，就其表出而言，就是一種符號，所以馮友蘭
說：

〈繫辭傳〉說：「易者，象也。」又說：「聖人有以見天
下之賾，而擬諸其形容，象其物宜，是故謂之象。」照
這個說法，「象」是模擬客觀事物的複雜（賾）情況
的。又說「象也者，象此者也」；象就是客觀世界的形
象。但是這個模擬和形象並不是如照像那樣下來，如畫
像那樣畫下來。它是一種符號，以符號表示事物的
「道」或「理」。六十四卦和三百八十四爻都是這樣的符
號。[6]

所謂「以符號表示事物的『道』或『理』」，和葉朗在《中國美
學史大綱》所說的：〈繫辭傳〉認為整個《易經》都是「象」，
都是以形象來表明義理[7]，其道理是一樣的。

除了上文談到〈繫辭傳〉，指出了《易經》「象」的層面與
「道或理」有關外，〈繫辭傳〉還進一步論及「立象以盡意」的
問題。〈繫辭上〉云：

子曰：「書不盡言，言不盡意。」然則，聖人之意，其

[5] 見《中國古典美學史》，頁202。
[6] 見《馮友蘭選集》上卷，頁394。
[7] 見《中國美學史大綱》，頁66。

> 不可見乎？子曰：「聖人立象以盡意，設卦以盡情偽，
> 繫辭焉以盡其言，變而通之以盡利，鼓之舞之以盡神。

一般而言，語言在表達思想情感時，會存在著某種侷限性，此即「言不盡意」的意思（這關涉到了「空白」、「補白」理論，當另文討論）。而在〈繫辭傳〉中，卻特地提出了「象可盡意、辭可盡言」的論點。王弼《周易略例·明象》對此曾說明云：

> 夫象者，出意者也；言者，明象者也。盡意莫若象，盡
> 象莫若言。言生於象，故可尋言以觀象；象生於意，故
> 可尋象以觀意。意以象盡，象以言著。[8]

由此可知，「情意」可透過「言語」、「形象」來表現，並且可以表現得很具體。而前者（情意）是目的、後者（言語、形象）為工具。陳望衡《中國古典美學史》釋此云：

> 王弼將「言」、「象」、「意」排了一個次序，認為「言」
> 生於「象」、「象」生於「意」。所以，尋言是為了觀
> 象，觀象是為了得意。言——象——意，這是一個系
> 列，前者均是後者的工具，後者均為前者的目的。[9]

他把「意」與「象」、「言」的前後關係，說得十分清楚，不過，他所謂的「言→象→意」，是就逆向的解讀（鑑賞）一面來說的，如果從順向的創作一面而言，則是「意→象→言」

8　見《周易略例·明象》，收於《易經集成》149，頁 21-22。
9　見陳望衡《中國古典美學史》，頁 207。

了。此外，葉朗在《中國美學史大綱》裡，也從另一角度，將
《易傳》所言之「象」與「意」闡釋得相當扼要而明白，他
說：

> 「象」是具體的，切近的，顯露的，變化多端的，而
> 「意」則是深遠的，幽隱的。〈繫辭傳〉的這段話接觸到
> 了藝術形象以個別表現一般，以單純表現豐富，以有限
> 表現無限的特點。[10]

所謂的「單純」（象）與「豐富」（意）、「有限」（象）與「無
限」（意），說的就是「象」與「意」之關係。

由此看來，辭章中的「意」與「象」，其哲學層面之基礎
就建立在這裡，而美感也由此產生。張紅雨在《寫作美學》
中說：

> 人們之所以有了美感，是因為情緒產生了波動。這
> 種波動與事物的形態常常是統一起來的，美感總是
> 附著在一定的事物上。[11]

他更進一步地指出：事物之所以可以成為激情物，是因為它觸
動人們的美感情緒，而使美感情緒產生波動，所以我們對事物
形態的摹擬，實際上是對美感情緒波動狀態的摹擬，是雕琢美
感情緒的必要手段。因此，所謂靜態、動態的摹擬，也並不是
對無生命的事物純粹作外形，或停留在事物動的表面現象上作

---

[10] 見《中國美學史大綱》，頁 26。

[11] 見張紅雨《寫作美學》，頁 311。

摹狀，而是要挖掘出它更本質、更形象的內容，來寄託和流洩美感的波動[12]。

　　他所說的「情緒波動」，即主體之「意」；而「事物形態」之「更本質、更形象的內容」，則爲客體之「象」。對這種意象之形成，格式塔心理學家用「同形同構」或「異質同構」來解釋。李澤厚在〈審美與形式感〉一文中說：

> 不僅是物質材料（聲、色、形等等）與視聽感官的聯繫，而更重要的是它們與人的運動感官的聯繫。對象（客）與感受（主），物質世界和心靈世界實際都處在不斷的運動過程中，即使看來是靜的東西，其實也有動的因素……其中就有一種形式結構上巧妙的對應關係和感染作用……格式塔心理學家則把這種現象歸結爲外在世界的力（物理）與內在世界的力（心理）在形式結構上的「同形同構」，或者說是「異質同構」，就是說質料雖異而形式結構相同，它們在大腦中所激起的電脈衝相同，所以才主客協調，物我同一，外在對象與內在情感合拍一致，從而在相映對的對稱、均衡、節奏、韻律、秩序、和諧……中，產生美感愉快。[13]

這把「意」與「象」之所以形成、趨於統一，而產生美感的原因、過程與結果，都簡要地交代清楚了。

---

[12] 參見張紅雨《寫作美學》，頁 311-314。

[13] 見《李澤厚哲學美學文選》，頁 503-504。

　　而從辭章層面來看，則意象是和辭章的內容融為一體的。而辭章內容的主要成分，不外情、理與事、物（景）。其中情與理為「意」，屬核心成分；事與物（景）乃「象」，為外圍成分。它可用下圖來表示：

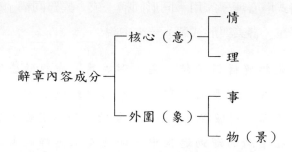

　　而此情、理與事、物（景）之辭章內容成分，就其情、理而言，是「意」；就其事、物（景）而言，是「象」。

　　所謂核心成分，為「情」或「理」，乃一篇之主旨所在。它安排在篇內時，都以「情語」或「理語」來呈現，既可置於篇首，也可置於篇腹，更可置於篇末[14]，以統合各個事、物（景）之「象」。而如果核心成分之「情」或「理」（主旨）未安置於篇內，就要從篇外去尋找，這是讀者要特別費心的。但無論是「理」或「情」，皆指「意象」之「意」來說。

　　所謂外圍成分，則以事語或物（景）語來表出。也就是說，形成外圍結構的，不外「物」材與「事」材而已。先就「物」材來說，凡是存於天地宇宙之間的實物或東西都可以成為文章的材料。以較大的物類而言，如天（空）、地、人、日、月、星、山（陸）、水（川、江、河）、雲、風、雨、雷、

電、煙、嵐、花、草、竹、木（樹）、泉、石、鳥、獸、蟲、魚、室、亭、珠、玉、朝、夕、晝、夜、酒、餚……等就是；以個別的物件而言，如桃、杏、梅、柳、菊、蘭、蓮、茶、麥、梨、棗、鶴、雁、鶯、鷗、鷺、鵜鴂、鷓鴣、杜鵑、蟬、蛙、鱸、蚊、蟻、馬、猿、笛、笙、琴、瑟、琵琶、船、旗、轎……等就是。這些物材可說無奇不有，不可勝數。大抵說來，作者在處理內容成分時，大都將個別的物材予以組合而形成結構。

再就「事」材來說，凡是發生在天地宇宙之間的事情都可以成為文章的材料。以抽象的事類而言，如取捨、公私、出入、聚散、得失、逢別、迎送、仕隱、悲喜、苦樂、歌舞、來（還）往（去）、成敗、視聽、醒醉、動靜，甚至入夢、弔古、傷今、閒居、出遊、感時、恨別、雪恥、滅恨、修身、齊家、治國、平天下，泛論、舉證、經過、結果……等就是；以具體的事件而言，如乘船、折荷、繞室、讀書、醉酒、離鄉、還家、邀約、赴約、生病、吃糠、遊山、落淚、彈箏、倚杖、聽蟬、接信、拆信、羅酒漿、備飯荼、甚至行孝、行悌、致敬……等就是。這些事材，可說俯拾皆是，多得數也數不清。作者通常都用具體的事件來寫，卻在無形中可由抽象的事類予以統括[15]。

以上所舉的「物材」，主要用於寫「景（物）」；而「事材」則主要用於敘「事」。所敘寫的無論是「景（物）」或「事」，皆指「意象」之「象」而言。茲舉馬致遠題作「秋思」

---

[15] 以上參見拙著《章法學綜論》，頁107-119。

的〈天淨沙〉曲為例：

> 枯藤、老樹、昏鴉。小橋、流水、人家。古道、西風、
> 瘦馬。夕陽西下。斷腸人在天涯。

本曲旨在寫浪跡天涯之苦。它先就空間，以「枯藤」兩句寫道旁所見，以「古道」句寫道中所見；再就時間，以「夕陽」句指出是黃昏，以增強它的情味力量；然後由景轉情，點明浪跡天涯者「人生如寄」、「漂泊無定」的悲痛[16]，亦即「斷腸」作結。

就在這首曲裡，可說一句一意象（狹義），形成了豐富之「意象」群，其中以「枯藤」、「老樹」、「昏鴉」、「古道」、「西風」、「瘦馬」、「夕陽西下」（黃昏）等「物」與「人在天涯」之「事」，針對著「斷腸」之「意」，透過「異質同構」之作用，而形成正面「意象」，很技巧地與「小橋」、「流水」、「人家」等「物」所形成的反面「意象」，把流浪的孤苦與團圓的溫馨作成強烈對比，以推深作者「人在天涯」的悲痛來。很顯然地，這種意象之形成，是可以還原到作者構思之際加以確定的。

因此，意象之形成，就像《文心雕龍‧神思》所說的，確是「馭文之首術、謀篇之大端」。

---

[16] 楊棟：「這首小令通過一幅秋野夕照圖的描繪，抒寫了一位浪跡天涯的遊子對『家』的思念，以及由此生發出的漂泊無定的厭倦及悲涼情緒，強烈地表現出人類普遍存在的內在孤獨感與無歸宿感。」見《中國古代文學名篇選讀》，頁62。

四、意象之表現

　　「意象」之表現，指「意象」就原型求其符號化或就變型求其生動化而言，這關係到「詞彙」或「修辭」。其中詞彙之學，爲語言學的一個部門，研究語言或一種語言的詞彙組成和歷史發展。莊文中說：「如果把語言比作一座大廈，那麼語彙是這座語言大廈的建築材料，正是千千萬萬個詞語——磚瓦、預制件——建成了巍峨輝煌的語言大廈。張志公先生說：『語言的基礎是詞彙，語言的性能（交際工具，信息傳遞工具，思維工具）無一不靠語彙來實現』，還說『就教、學使用而論，語彙重要，語彙難。』」[17] 可見語彙是將「情」、「理」、「景」（物）、「事」等意象轉爲文字符號的初步，在辭章中是有其基礎性與重要性的。而修辭之學，陳望道說：「修辭原是達意傳情的手段。主要爲著意和情，修辭不過調整語辭使達意傳情能夠適切的一種努力。」[18] 而黃慶萱以爲「修辭的內容本質，乃是作者的意象」、「修辭的方式，包括調整和設計」、「修辭的原則，要求精確而生動」[19]。可見修辭，主要著眼於個別意象之表現上，經過作者主觀的調整和設計，使它達到「精確而生動」，以增強感染力或說服力的目的。

　　先以「詞彙」來看，如上舉馬致遠的〈天淨沙〉曲，以「枯藤」、「老樹」、「昏鴉」、「古道」、「西風」、「瘦馬」、「夕陽

---

[17] 見《中學語言教學研究》，頁 29-30。
[18] 見《修辭學發凡》，頁 5。
[19] 見《修辭學》，頁 5-9。

西下」（黃昏）等「物」與「人在天涯」之「事」，針對著「斷腸」之「意」，透過「異質同構」之作用，而形成正面「意象」；以「小橋」、「流水」、「人家」等「物」，也針對著「斷腸」之「意」，透過「異質同構」之作用，而形成的反面「意象」。而這些「枯」與「藤」、「老」與「樹」、「昏」與「鴉」、「小」與「橋」、「流」與「水」、「人」與「家」、「古」與「道」、「西」與「風」、「瘦」與「馬」、「夕陽」與「西下」、「斷腸」與「人在天涯」等等，全是詞彙，可說是「意」與「象」的初步表現。如沒有這些詞彙，任何意象（情、理、事、景〔物〕）都無法用「符號」來承載、表出，以溝通「表達」者與「接受」者，就難怪張志公先生會說：「語言的基礎是詞彙，語言的性能（交際工具，信息傳遞工具，思維工具）無一不靠語彙來實現」了。

再以「詞彙」為直接基礎之「修辭」來看，它不但要求「精確」，更要求「生動」。譬如佚名的〈木蘭詩〉，就主要用了設問、頂真、倒裝與對偶等修辭方式，以達到「精確而生動」的效果。其中屬「設問」者，如：

問女何所思？問女何所憶？

這兩句著重於表現「意象」之「意」，藉以承上起下，提振文章精神。屬「頂真」者，如：

軍書十二卷，卷卷有爺名。

這兩句著重於表現「意象」之「象」（物），藉以連貫句子，使神旺氣暢。屬「倒裝」者，如：

萬里赴戎機，關山度若飛。

這兩句著重於表現「意象」之「象」（事），藉以喚起注意，增加文章波瀾。屬「對偶」者，如：

將軍百戰死，壯士十年歸。

這兩句著重於表現「意象」之「象」（事），藉以造成對襯，使文意更加凸顯出來。

此外，譬如張可久的〈折桂令〉曲：

對青山強整烏紗，歸雁橫秋，倦客思家。翠袖殷勤，金杯錯落，玉手琵琶。　　人老去西風白髮，蝶愁來明日黃花。回首天涯，一抹斜陽，數點寒鴉。

此曲主要用了借代、譬喻、對偶、引用等修辭技巧，其中最值得令人注意的是「引用」，首先是：

對青山強整烏紗。

這一句著重於表現「意象」之「象」（事），在這兒，作者用了晉代孟嘉於重陽節參加桓溫龍山宴會而風吹落帽的故事，這個故事見於《晉書‧孟嘉傳》：

（嘉）後為征西桓溫參軍，溫甚重之。九月九日，溫宴龍山，寮佐畢集。時佐吏並著戎服，有風至，吹嘉帽墮落，嘉不之覺。溫使左右勿言，欲觀其舉止。嘉良久如廁，溫令取還之，命孫盛作文嘲嘉，著嘉坐處。嘉還見，即答之，其文甚美，四坐嗟歎。

此外，也用了杜甫〈九日藍田崔氏莊〉詩「羞將短髮還吹帽，笑倩旁人爲正冠」的語句，以表現宦情闌珊與虛應故事的無奈之苦。其次是：

> 蝶愁來明日黃花。

這一句著重於表現「意象」之「象」（物），引用了蘇軾〈南鄉子〉「萬事到頭都是夢，休休，明日黃花蝶也愁」的詞句，以寓遲暮不遇之意。最後是：

> 回首天涯，一抹斜陽，數點寒鴉。

這三句著重於表現「意象」之「象」（物），在這裡，作者顯然用了秦觀〈滿庭芳〉「多少蓬萊舊事，空回首、煙靄紛紛。斜陽外，寒鴉數點，流水遶孤村」的詞句，以寥落的暮景襯托出無限之愁思。

這三處的「引用」，都用得極爲自然，不露痕跡，即使不知出處，也能了解曲意，如曉得出處，就更豐富了曲意，增添無比的情韻，這是「引用」的最高的技巧，令人激賞不止。

上舉修辭之例，一著眼於「全」（多種修辭格），一著眼於「偏」（一種修辭格），這樣更能看出修辭的妙處。而這種修辭的技巧，爲「意象」作進一層表現，可說散見於歷代詩文的每一作品裡，有如一顆顆亮麗的明珠，爲辭章散發出無比的光輝。

以上所述「詞彙」或「修辭」，都涉及「意象」之表現，是經由「形象思維」而形成的。

五、意象之組織

　　意象之組織，指意象在詞句篇章之排列組合而言，這涉及
了文（語）法與章法。其中文（語）法之學，乃研究語言結構
方式的一門科學，它包括詞的構成、變化與詞組、句子的組織
等。楊如雪在增修版《文法 ABC》中綜合呂叔湘、趙元任、
王力等學者的說法說：「何謂文法？簡單地說，文法就是語句
組織的條理。語句組織的條理不是一套既定的公式，而是從語
文裡分析、歸納出來的規律，這種語句組織的規律，包括詞的
內部結構及積辭成句的規則，因此文法可以說是語文構詞和造
句的規律。」[20] 既然文（語）法是「語句組織的條理」、「語文
構詞和造句的規律」，而所關涉的是個別概念之組合，當然和
由概念所組合而成的意象與偏於語句的邏輯思維有直接之關
聯。而章法之學，探討的是篇章內容的邏輯結構，也就是聯句
成節（句群）、聯節成段、聯段成篇的關於內容材料之一種組
織。對它的注意，雖然極早，但集樹而成林，確定它的範圍、
內容及原則，形成體系，而成為一個學門，則是晚近之事[21]。

---

[20] 見《文法 ABC》，頁 1-2。

[21] 鄭頤壽：「臺灣建立了『辭章章法學』的新學科，成果豐碩，代表作是臺灣師大博士
生導師陳滿銘教授的《章法學新裁》（以下簡稱「新裁」）及其高足仇小屏、陳佳君等
的一系列著作。……臺灣的辭章章法學體系完整、科學，已經具備成『學』的資
格。」見〈中華文化沃土，辭章學圃奇葩──讀陳滿銘《章法學新裁》及其相關著
作〉，《海峽兩岸中華傳統文化與現代化研討會文集》，頁 131-139。又王希杰：「章法
學是一門實用性很強的學問，也有極高的學術價值。它同文章學、修辭學、語用學、
文藝學、美學、邏輯學等都具有密切關係。章法學已經初步形成了一門科學。陳滿銘
教授初步建立了科學的章法學體系。……如果說唐鉞、王易、陳望道等人轉變了中國
修辭學，建立了學科的中國現代修辭學，我們也可以說，陳滿銘及其弟子轉變了中國

到了現在，可以掌握得相當清楚的章法，約有四十種。這些章
法，全出自於人類共通的理則，由邏輯思維形成，都具有形成
秩序、變化、聯貫，以更進一層達於統一的功能。而這所謂的
「秩序」、「變化」、「聯貫」、「統一」，便是章法的四大律。其中
「秩序」、「變化」與「聯貫」三者，主要是就材料之運用來說
的，重在分析；而「統一」，則主要是就情意之表出來說的，
重在通貫。這樣兼顧局部材料的分析（象）與整體情理的通貫
（意），來牢籠各種章法，是十分周全的[22]。這種篇章的邏輯思
維，與語句的邏輯思維，可以說是一貫的。

　　先以「文（語）法」來看，句子的基本類型有下列五種
（其中括號裡的成分，是可有可無的）：

類型	主語	謂		語
敘事句：	主語	（副語）	述語	（賓語）（補足語）
有無句：	主語	（副語）	述語	賓語
表態句：	主語	（副語）	表語	（補足語）
判斷句：	主語	（副語）	繫詞	斷語
準判斷句：	主語	（副語）	準繫詞	斷語

其中敘事句，如白居易〈慈烏夜啼〉：

　　　慈烏失其母。

這一句著重於組織「意象」之「象」（事），其中「慈烏」是主
語，「失」是述語，「其母」是賓語。有無句，如連橫〈臺灣通

章法學的研究大方向，建立了科學的章法學，把漢語章法學的研究轉向科學的道
路。」見〈章法學門外閒談〉，《國文天地》18 卷 5 期，頁 92-95。
[22] 見拙著《章法學綜論》，頁 17-58。

史序〉：

> 臺灣固無史也。

這一句著重於組織「意象」之「象」（事），其中「臺灣」是主語，「無」是述語，「史」是賓語（「固」是副語，「也」為句默助詞）。表態句，如陶淵明〈桃花源記〉：

> 芳草鮮美。

這一句著重於組織「意象」之「象」（物），其中「芳草」是主語，「鮮美」是表語。判斷句，如曹丕〈典論論文〉：

> 蓋文章，經國之大業，不朽之盛事。

這三句著重於組織「意象」之「意」（理），其中「文章」為主語（「蓋」是句首助詞），「經國之大業，不朽之盛事」是斷語。準判斷句，如劉蓉〈習慣說〉：

> 窪者若平。

這一句著重於組織「意象」之「象」（物），其中「窪者」是主語，「若」是準繫詞，「平」是斷語。[23]

以上句子的類型雖不同，卻都可依邏輯規律，由「主→謂」之原型變化為「謂→主」、「主→謂→主」、「謂→主→謂」等變型結構：

---

[23] 以上句子之基本類型、舉例、說明，均參見楊如雪《文法 ABC》，頁 87-109。

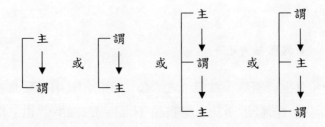

而這種主謂結構，無論是原型或變型，都是經由邏輯思維加以呈現的。

再以章法來看，由於它建立在「陰陽二元對待」之基礎上，處理的是篇章中內容材料的邏輯關係 [24]，也就是聯句成節（句群）、聯節（句群）成段、聯段成篇的一種組織，所以可看成是文（語）法的擴大延伸。一般說來，每一種章法都可依邏輯規律，也形成四種結構，以賓主法為例，即：

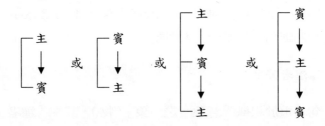

其中「主→賓」為原型，「賓→主」、「主→賓→主」、「賓→主→賓」為變型 [25]。如方苞的〈左忠毅公軼事〉：

---

[24] 見拙作〈論章法與邏輯思維〉，《第四屆中國修辭學國際學術研討會論文集》，頁 1-32。又見拙作〈辭章章法的哲學思辨〉，《辭章學論文集》上冊，頁 40-67。

[25] 見仇小屏〈論章法結構的原型與變型——以遠近法、今昔法、因果法為例〉，《修辭論叢》五輯，頁 405-440。

先君子嘗言，鄉先輩左忠毅公視學京畿。一日，風雪嚴寒，從數騎出，微行，入古寺。廡下一生伏案臥，文方成草。公閱畢，即解貂覆生，為掩戶，叩之寺僧，則史公可法也。及試，吏呼名，至史公，公瞿然注視。呈卷，即面署第一；召入，使拜夫人，曰：「吾諸兒碌碌，他日繼吾志事，惟此生耳。」

及左公下廠獄，史朝夕窺獄門外。逆閹防伺甚嚴，雖家僕不得近。久之，聞左公被炮烙，旦夕且死，持五十金，涕泣謀於禁卒，卒感焉。使史公更敝衣草屨，背筐，手長鑱，為除不潔者，引入，微指左公處，則席地倚牆而坐，面額焦爛不可辨，左膝以下，筋骨盡脫矣。史前跪，抱公膝而嗚咽。公辨其聲，而目不可開，乃奮臂以指撥眥，目光如炬。怒曰：「庸奴！此何地也，而汝來前！國家之事，糜爛至此。老夫已矣，汝復輕身而昧大義，天下事誰可支拄者！不速去，無俟姦人構陷，吾今即撲殺汝。」因摸地上刑械，作投擊勢。史噤不敢發聲，趨而出。後常流涕述其事以語人曰：「吾師肺肝，皆鐵石所鑄造也！」

崇禎末，流賊張獻忠出沒蘄、黃、潛、桐間，史公以鳳廬道奉檄守禦，每有警，輒數月不就寢，使將士更休，而自坐幄幕外，擇健卒十人，令二人蹲踞，而背倚之，漏鼓移，則番代。每寒夜起立，振衣裳，甲上冰霜迸落，鏗然有聲。或勸以少休，公曰：「吾上恐負朝廷，下恐愧吾師也。」史公治兵，往來桐城，必躬造左公第，候太公、太母起居，拜夫人於堂上。余宗老塗山，

　　左公甥也，與先君子善，謂獄中語乃親得之於史公云。

　　這篇文章藉左光斗的一件軼事，以寫其「忠毅」精神，是用「先順敘、後補敘」的結構來寫的：

　　「順敘」的部分，由起段至四段止，採「先點後染」之條理加以安排。其中「點」指起句，而「染」則指首段的「鄉先輩」句起至第四段止，乃用「先主後賓」的順序來寫，從內容來看，可分如下三部分：

　　頭一部分為首段，為本文的序幕，寫的是左光斗識拔史可法的經過。在這個部分裡，作者藉其父親之口，敘明左公曾「視學京畿」，將左公所以能識拔史公的原因作個交代；接著以「一日」與「及試」作時間上之聯絡，依次記敘左公於微服出巡時在一古寺識得史公，以及主持考試時當史公面署為第一的情形；然後以「召入」二字作接榫，引出「使拜夫人」數句，藉史公入拜左公夫人的機會，用「吾諸兒碌碌」三句話，寫出左公對史公的深切期許，認為只有史公才足以繼承他忠君愛國的志業，將左公為國舉拔英才的忠忱與苦心，寫得極其生動。這就第二部分（主體）來說，是背景之陳述，為「底」，主要是用「主、賓、主」的結構來敘述的。

　　第二部分即次段。是本文的主體，對第一段而言，為「圖」，主要是用「賓、主、賓」的結構加以陳述，陳述的是左公被下廠獄後史公冒死探監的經過。這段文字以「及」字承上啟下，首先用四句敘明左公被下牢獄與禁人接近的事實；接著用「久之」與「一日」作時間上的聯絡，依次寫左公受刑將死、史公冒死買通獄吏，以及史公探監、左公怒斥史公使離去

的情形；然後著一「後」字，帶出史公「吾師肺肝」的兩句感慨的話，充分的寫出左公的公忠憂國（忠）與剛正不屈（毅）來。以上兩個部分，主要在寫左光斗，為「主」。

　　第三部分，包括三、四、五段，是本文的餘波。這個部分，先以第三段寫史公受左公感召，繼其志業，「忠毅」的奉檄守禦流寇的辛苦；再以第四段寫史公篤厚師門，時時不忘拜候左公父母及夫人的情事；這裡寫的主要是史可法，對前兩部分而言，為「賓」。

　　而末段則補敘本文所記的軼事，確係有根有據，以回應篇首的「先君子嘗言」，以收束全文。

　　綜觀此文，作者始終是針對著「忠毅」二字來寫的。其中寫左公「忠毅」的部分是「主」，而寫史公「忠毅」的部分則為「賓」；也就是說，寫史公的「忠毅」，便等於在寫左公的「忠毅」，所謂「借賓以定主」，手段是相當高明的。附其結構分析表如下：

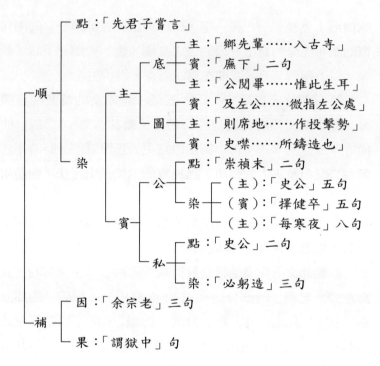

可見這篇文章的核心結構 [26] 為「先主後賓」。這裡所謂的「主」，指的是左公（光斗）；所謂的「賓」，指的是史公（可法）。就在「主」的部分裡，又形成「主→賓→主」與「賓→主→賓」的結構，其中的「主中主」，是指左公（光斗）；而「主中賓」，則指史公（可法）。至於「賓」的部分，雖與上個部分（主）一樣，也形成「主、賓、主」的結構，但其中的

---

[26] 一篇辭章，無論是散文或詩詞，通常都由許多章法結構以「陰陽二元對待」呈現其「層次邏輯」，逐層組合而成。而其中必有一個「核心結構」，與兩個或兩個以上的「輔助結構」。其中「核心結構」，不但可徹下，以統合各「輔助結構」；更可徹上，居於凸顯一篇辭章之主旨或綱領的關鍵地位，藉以形成其風格、韻律。參見拙作〈論章法「多、二、一（０）」的核心結構〉，臺灣師大《師大學報·人文與社會類》48 卷 2 期，頁 71-94。章法的「多、二、一（０）」結構，見拙著《章法學綜論》，頁 228-270。

「賓中主」，指的是史公（可法），而「賓中賓」，則指的是「健卒」。這樣就形成了「四賓主」（「主中主」、「主中賓」、「賓中主」、「賓中賓」）[27]。可用簡表將「四賓主」呈現如下：

```
                          ┌─ 主（左公）
           ┌─ 主（左公）─┤
           │              └─ 賓（史公）
           │              ┌─ 主（史公）
           └─ 賓（史公）─┤
                          └─ 賓（獄卒）
```

很明顯地，在此「四賓主」中，以「主中主」最為重要，乃一篇主旨之所在。所以這篇文章的主旨，一定落在「主中主」的左公（光斗）身上。一直以來，有人以為此文之主旨在於寫「師生情誼」，這就不分賓主了；又有人以為它是在寫「尊師重道」，這就喧賓奪主了。足見透過章法結構，是可以凸顯出其主旨的。不過，賓主法的四種結構都同時呈現在這篇文章裡，這可說是特例，通常是不會如此的。從以上分析可知：「四賓主」在這篇文章裡構成了許許多多「意象」（事），而這些「意象」（事），如果不經由邏輯思維加以組織，則必然是雜亂而無章的。

由此看來，章法結構可很清晰地把深藏在篇章內容的邏輯

---

[27] 「四賓主」之說，起於唐義玄，用於指師弟之間參悟的四種情況；而清代的閻若璩則援用於辭章：「四賓主者：一、主中主，如一家人唯有一主翁也；二、主中賓，如主翁之妻妾、兒孫、奴婢，即主翁之身分以主內事者也；三、賓中主，如親戚朋友，任主翁之外事者也；四、賓中賓，如朋友之朋友，與主翁無涉者也。於四者中，除卻賓中賓，而主中主亦只一見；惟以賓中主鉤動主中賓而成文章，八大家無不然也。」見《潛丘札記》，《四庫全書》八五九冊，頁413-414。

關係一一浮現出來,轉創作時之不自覺爲自覺,而將先驗能力
加以確認,這是十分肯定的事。

六、意象之統合

　　意象之統合,主要指主題與風格從源頭對整體意象之梳理
而言。主題之學,陳鵬翔在《主題學理論與實踐》中以爲「是
比較文學中的一部門(a field of study),而普通一般主題研究
(thematic studies)則是任何文學作品許多層面中一個層面的研
究;主題學探索的是相同主題(包套語、意象和母題等)在不
同時代以及不同作家手中的處理,據以了解時代的特徵和作家
的『用意意圖』(intention),而一般的主題研究探討的是個別
主題的呈現」[28],可見「主題」包含了「套語」、「意象」和
「母題」等,如果單就一篇辭章,亦即「個別主題的呈現」來
說,指的就是「情語」與「理語」、「意象」、「主旨」(含綱
領)等;而「情語」與「理語」是用以呈現「主旨」(含綱
領)的,可一併看待,因此「主題」落到一篇辭章裡,主要是
指「主旨」(含綱領)與「意象」(廣義)來說,是合形象思維
與邏輯思維爲一的。而風格之學,一般說來,所謂的風格是多
方面的,而文學風格更是如此,有文體、作家、流派、時代、
地域、民族和作品等風格之異[29]。即以一篇作品而言,又有內
容與形式(藝術)風格的不同,即以內容來說,就關涉到主題
(主旨、意象),而形式(藝術),則與文(語)法、修辭和章

---

[28] 見陳鵬翔《主題學理論與實踐》,頁238。
[29] 見黎運漢《漢語風格學》,頁3。又見周振甫《文學風格例話》,頁1-290。

法等有關。而一篇作品之風格，就是結合內容與形式（藝術）所產生有整個機體所顯示的審美風貌 [30]，這是合作者之形象思維與邏輯思維而爲一所形成，可以統攝主題、文（語）法、修辭和章法等種種個別風格，呈現整體風格之美。

先就主題來看，它有兩個方面需要重視，那就是「主旨」與「綱領」。主旨與綱領同屬於主題之範圍，因此彼此之間必然有共通點，那就是兩者都是統貫全篇的，但是相異處在於主旨是一篇辭章所欲表達的中心思想，綱領則是貫串材料的意脈；因此若以珠鍊爲譬，則大大小小的珍珠是材料，將之串聯起來的絲線如同綱領，但是珠鍊的最終目的是作爲裝飾，這最終目的就有如文章中的主旨。

關於主旨，最值得注意的地方有二：「主旨的顯隱」和「主旨出現的位置」。所謂主旨的顯隱，就是主旨是否在篇中明白點出，而根據這一點，又可以分爲三種情況：「主旨全顯者」、「主旨全隱者」、「主旨顯中有隱者」，分別可以用李密〈陳情表〉、岳飛〈良馬對〉、蘇洵〈六國論〉作爲例證。此外主旨出現的位置又有四種情況，主旨出現在篇首、主旨出現在篇腹、主旨出現在篇末、主旨出現在篇外，分別可以用李斯〈諫逐客書〉、白居易〈琵琶行〉、范仲淹〈岳陽樓記〉、李白〈黃鶴樓送孟浩然之廣陵〉作爲例證。

至於綱領，則依據意脈的多寡而有軌數多寡之分，譬如假設有一作文題目爲〈勤勞與懶惰〉，那麼綱領的軌數有二：勤勞與懶惰，主旨可能是歸於勤勞一面；而假設作文題爲〈昨

---

[30] 顧祖釗：「風格的成因並不是作品中的個別因素，而是從作品中的內容與形式的有機整體的統一性中所顯示的一種總體的審美風貌。」見《文學原理新釋》，頁184。

日、今日、明日〉，那麼綱領的軌數有三：昨日、今日、明日，而主旨可能是珍惜時間。因此綱領可以分爲單軌、雙軌、三軌，乃至於多軌等多種情形，單軌者可以用歐陽修〈採桑子〉（西湖好）作爲例證，雙軌者可以用韓非子〈老馬識途〉（管仲、隰朋）作爲例證，三軌者可以用袁宏道〈晚遊六橋待月記〉（春、月、朝煙夕嵐）作爲例證[31]。

通常，主旨與綱領是合而爲一的，如沈復的〈兒時記趣〉就是；而有時卻否，如《史記‧孔子世家贊》：

> 太史公曰：《詩》有之：「高山仰止，景行行止。」雖不能至，然心鄉往之。余讀孔氏書，想見其爲人。適魯，觀仲尼廟堂，車服、禮器，諸生以時習禮其家，余低回留之，不能去云。天下君王至於賢人眾矣，當時則榮，沒則已焉。孔子布衣，傳十餘世，學者宗之。自天子王侯，中國言六藝者，折中於夫子，可謂至聖矣！

這篇贊文，是採「凡」（綱領）、「目」、「凡」（主旨）的結構所寫成的。頭一個「凡」（綱領）的部分，自篇首至「然心鄉往之」止，引《詩》虛虛籠起，以「高山仰止，景行行止」兩句，領出「鄉往」兩字，作爲綱領，以統攝下文。「目」的部分，自「余讀孔氏書」至「折中於夫子」止，以「由小及大」的方式，含三節來寫：首節寫自己「讀孔氏書」與「觀仲尼廟堂」之所見、所思，以「想見其爲人」與「低回留之，不能去云」句，表出自己對孔子的「鄉往」之情；次節特將孔子與

---

[31] 以上綱領、軌數、主旨等論述，見拙著《章法學綜論》，頁1-506。

「天下君王至於賢人」作一對照，以「學者宗之」，表出孔門學者對孔子的「鄉往」之情，並暗示所以將孔子列爲世家的理由；三節寫各家以孔子的學說爲截長補短的標準，以「折中於夫子」，表出全天下讀書人對孔子的「鄉往」之情。後一個「凡」（主旨）的部分，即末尾「可謂至聖矣」一句，拈出主旨，以回抱前文作收。附結構分析表如下：

```
┌─ 凡（綱領）：「太史公曰」六句
│        ┌─ 目一（自身）：「余讀」八句
├─ 目 ──┼─ 目二（孔門學者）：「天下」六句
│        └─ 目三（天下讀書人）：「自天子」三句
└─ 凡（主旨）：「可謂至聖矣」
```

可見太史公此文，是以「鄉往」爲綱領，以作者本身、孔門學者以及全天下讀書人對孔子「鄉往」的事實爲內容，層層遞寫，結出「至聖」（嚮往到了極點的稱號）的一篇主旨，以讚美孔子。文雖短而意特長，令人讀了，也不禁湧生無限的「仰止」之情來，久久不止。

可見此文，用主旨（至聖）、綱領（鄉往）來統合全篇之「意象」（事），並且將綱領置於篇首，而把其全顯之主旨置於篇末；這凸顯了作者綜合思維的特色。

再就風格來看，由「陰陽二元對待」所形成之「剛」與「柔」，可說是各種風格之母。而我國涉及此「剛」與「柔」的特性來談風格的，雖然很早，但真正明明白白地提到「剛」與「柔」，而又強調用它們來概括各種風格的，首推清姚鼐的〈復魯絜非書〉。它「把各種不同風格的稱謂，作了高度的概括，

概括爲陽剛、陰柔兩大類。像雄渾、勁健、豪放、壯麗等都歸入陽剛類，含蓄、委曲、淡雅、高遠、飄逸等都可歸入陰柔類。」[32] 由於「剛」與「柔」之呈現，主要靠同樣由「陰陽二元對待」所形成章法與章法結構[33]，因此透過章法結構分析，是可以看出「剛」與「柔」之「多寡進絀」（姚鼐〈復魯絜非書〉）的。今舉王維的〈送梓州李使君〉詩爲例：

> 萬壑樹參天，千山響杜鵑。山中一夜雨，樹杪百重泉。
> 漢女輸橦布，巴人訟芋田。文翁翻教授，不敢倚先賢。

此乃「一首投贈詩，是寫當地（梓州）的風景土俗，並寓歌頌之意」[34]。它採「先實後虛」的結構寫成：「實」的部分，含前三聯，先以開端四句，寫「梓州」遠近之風景，再以「漢女」二句，寫「梓州」特別之土俗。其中「萬壑」二句，一訴諸視覺，一訴諸聽覺，來寫遠景；「山中」二句，藉「先久後暫」的結構，以寫近景；「漢女」二句，用「先正後反」的條理，來寫土俗。而「虛」的部分，則爲末二句，以「寓歌頌之意」作結。這樣一路寫來，可說「切地、切事、切人」，十分得法。對此，喻守真詳析云：

> 此詩首四句是懸想梓州山林之奇勝，是切地。同時領聯重複「山樹」二字，即是謹承起首「千山萬壑」而來。

---

[32] 見周振甫《文學風格例話》，頁 13。
[33] 章法可分陰陽剛柔，而由章法結構，藉其移位、轉位、調和、對比等變化，可粗略透過公式推算出其陰陽剛柔消長之「勢」，以見其風格之梗概。見拙作〈論辭章的章法風格〉，《修辭論叢》五輯，頁 1-51。
[34] 見喻守真《唐詩三百首詳析》，頁 147。

律詩中用重複字，此可爲法。頸聯特寫「巴人漢女」，是敘蜀中風俗，是切事。有此一聯就移不到別處去。結尾尋出文翁治蜀化民成俗，是切人，以文翁擬李使君，官同事同，是很好的影戲，是切人。這兩句意謂梓州地雖僻陋，然在衣食既足之時，亦可施以教化，不能以人民之難治，就改變文翁教授之政策，想來梓州人民亦不敢倚仗先賢而不遵使君的命令。[35]

解析得很深入，有助於對此詩的了解。附結構分析表如下：

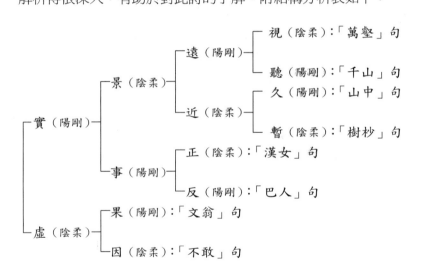

[35] 見《唐詩三百首詳析》，頁148。

如單以剛柔結構來呈現，則如下表：

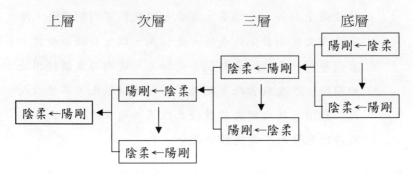

上層　　　　　次層　　　　　三層　　　　　底層

此詩之結構由四層重疊而組成：它最上層之「先實後虛」
（逆、移位）乃其核心結構，其「勢」之趨向爲「陽剛→陰
柔」；次層有「先景後事」（順）、「先果後因」（逆）等兩個
「移位」結構，其「勢」之趨向爲「陽剛→陰柔」→「陽剛→
陰柔」；三層有「先遠後近」（逆）、「先正後反」（順、對比）
等兩個「移位」結構，其「勢」之趨向爲「陽剛→陰柔」→
「陰柔→陽剛」；底層有「先視覺後聽覺」（順）、「先久後暫」
（逆）等兩個「移位」結構，其「勢」之趨向爲「陰柔→陽
剛」→「陽剛→陰柔」。總結起來看，此篇所形成之「勢」，趨
向「陰柔」的有四個結構、趨向「陽剛」的有三個結構，可看
出其「陰柔」之「勢」較「多」較「進」，而「陽剛」之
「勢」較「寡」較「黜」；尤其最重要的核心結構[36]，即上層結
構，其「勢」又趨向於「陰柔」。因此此詞顯屬偏於「陰柔」
風格[37]，關於這點，周振甫分析云：

[36] 見拙作〈論章法「多、二、一（０）的核心結構」，頁71-94。
[37] 此詩之結構由四層重疊而組成：它最上層之「先實後虛」（逆、移位）乃其核心結
構，其「勢」之數為「陰16、陽8」；次層有「先景後事」（順）、「先果後因」（逆）
等兩個「移位」結構，其「勢」之數為「陰19、陽14」；三層有「先遠後近」（逆）、

對王維這首詩的前四句，紀昀評爲「高調摩雲」，許印
芳評爲「筆力雄大」，可歸入剛健的風格。值得注意
的，是許印芳提出王維這類詩，兼有清遠、雄渾兩種風
格，就意味講是清遠的，像寫既有萬壑的參天大樹，又
有千山的杜鵑啼叫。經過一夜雨，看到山上的百重泉
水。這裡正寫出山中雄偉的自然景象，沒有一點塵囂，
透露出清遠的意味來。但從自然的景物看，又是氣勢雄
渾的。假使不能賞識這種清遠的意味，就不能讚賞這種
自然景物，寫不出雄渾的風格來。這個意見是值得探討
的。[38]

內容情意，亦即「意味」，就辭章而言，是決定一切的根源力
量，也就是「意象」之「意」；而「景象」則爲「意象」之
「象」。既然本詩「就意味講是清遠的」、就景物講是「雄渾」
的，那麼這首詩就當以「清遠」（陰柔）爲主、「雄渾」（陽
剛）爲輔，也就是說此詩的風格是「清遠中有雄渾」的。假如
這種看法沒錯，則由「內容的邏輯結構」（章法結構）所推出
來的剛柔之「勢」，正好可解釋這種現象。大致說來，這首詩
雖說偏於「陰柔」，卻可算接近於「剛柔相濟」；而「剛柔相
濟」，在美學中是受到極高之推崇的[39]。

「先正後反」（順、對比）等兩個「移位」結構，其「勢」之數爲「陰 12、陽 12」；
底層有「先視覺後聽覺」（順）、「先久後暫」（逆）等兩個「移位」結構，其「勢」之
數爲「陰 5、陽 4」。總結起來看，此篇所形成之「勢」，其數爲「陰 52、陽 38」，如
換算成百分比（四捨五入），則爲「陰 58、陽 42」。這是非常接近「剛柔互濟」的
「偏柔」風格。見拙作〈論辭章的章法風格〉，《修辭論叢》五輯，頁 28。

[38] 見《文學風格例話》，頁 49。

[39] 見陳望衡《中國古典美學史》，頁 202。

可見一篇風格之形成，與剛柔、「內容的邏輯結構」（章法結構），關係十分密切。換句話說，「風格」這種「審美風貌」有偏於「陰柔」、偏於「陽剛」或偏於「剛柔相濟」的可能，是統合「意」與「象」而產生的。

因此以上所述「主題」與「風格」，全離不開「意象」，是藉「綜合思維」所產生的結果，是統合「形象思維」與「邏輯思維」而為一的。

七、意象與辭章「多」、「二」、「一（０）」結構

在哲學或美學上，對所謂「對立的統一」、「多樣的統一」，即「二而一」、「多而一」之概念，都非常重視，一向被目為事物最重要的變化規律或審美原則，似乎已沒有進一步探討之空間。不過，若從《周易》（含《易傳》）與《老子》等古籍中去考察，則可使它更趨於精密、周遍，不但可由「有象」而「無象」，找出「多、二、一（０）」之逆向結構；也可由「無象」而「有象」，尋得「（０）一、二、多」之順向結構；並且透過《老子》「反者道之動」（四十章）、「凡物芸芸，各復歸其根」（十六章）與《周易‧序卦》「既濟」而「未濟」之說，將順、逆向結構不僅前後連接在一起，更形成循環、提升不已的螺旋結構，以反映宇宙人生生生不息的基本規律[40]。因

---

[40] 《老子》之「道生一」、《易傳》之「太極」為「一（０）」，《老子》「一生二」之「二」、《易傳》之「兩儀」（陰陽）為「二」，《老子》之「三生萬物」、《易傳》之「四象生八卦」為「多」。見拙作〈論「多」、「二」、「一（０）」的螺旋結構──以《周易》與《老子》為考察重心〉，《師大學報‧人文與社會類》48卷1期，頁1-

此這種規律、結構，可普遍適用於哲學、文學、美學以及其他學科或事事物物之上，而落到文學的創作與鑑賞之上來說，則「（0）一、二、多」可呈現創作的順向過程、「多、二、一（0）」可呈現鑑賞的逆向過程。如果落到章法而言，當然也一樣適用。

就拿章法的四大規律來說，即切合於「多、二、一（0）」的結構。其中「秩序與變化」，相當於「多」（多樣）；「聯貫」，以根本而言，相當於「二」（陽剛、陰柔）；而「統一」則相當於「一（0）」。如此由「多樣」而「二」而「統一」，凸顯了章法的四大規律所形成的，不是平列的關係，而是「多、二、一（0）」的邏輯結構。

如果這種「多、二、一（0）」結構落到章法結構來說，則核心結構[41]以外的所有其他結構，都屬於「多」；而核心結構所形成之「二元對待」，自成陰與陽而「相反相成」，以徹下徹上，形成結構之「調和性」（陰）與「對比性」（陽）的，是屬於「二」；至於辭章之「主旨」或由「統一」所形成之風格

19。而所謂「螺旋」，是指形成「陰陽二元對待」的兩者，如仁與智、明明德與親民、天（自誠明）與人（自明誠）等，都會產生互動、循環而提升的作用，而形成螺旋結構。參見拙作〈談儒家思想體系中的螺旋結構〉，臺灣師大《國文學報》29 期，頁 1-36。而此「螺旋」一詞，本用於教育課程之理論上，早在十七世紀，即由捷克教育家夸美紐思所提出，乃「根據不同年齡階段（或年級），遵循由淺入深，由簡單到複雜，由具體而抽象的順序，用循環、往復螺旋式提高的方法排列德育內容。螺旋式亦稱圓周式」，見《簡明國際教育百科全書》（北京：新華書局北京發行所，1991年 6 月一版一刷），頁 611。又，相對於人文，科技界亦發現生命之「基因」和「DNA」等都呈現螺旋結構。參見約翰‧格里賓著、方玉珍等譯《雙螺旋探密——量子物理學與生命》，頁 271-318。

41　見拙作〈論章法「多、二、一（0）」的核心結構〉，臺灣師大《師大學報‧人文與社會類》48 卷 2 期，頁 71-94。

（韻味、氣象、境界）等，則屬於「一（0）」。值得一提的是，以（0）來指風格（韻味、氣象、境界）等辭章之抽象力量，是相當切當的 [42]。

　　又如果由此擴大到辭章，自然也形成「多」、「二」、「一（0）」之螺旋結構，其中「多」指由「意象」（個別）、「詞彙」、「修辭」、「文（語）法」、與「章法」等所綜合起來表現之藝術形式；「二」指「形象思維」（陰柔）與「邏輯思維」（陽剛），藉以產生徹下徹上之作用；而「一（0）」則指由此而凸顯出來的「主旨」與「風格」等，這就是「修辭立其誠」《易・乾》之「誠」，乃辭章之核心所在。這樣以「多、二、一（0）」來看待辭章，就能透過「二」（「形象思維」〔陰柔〕與「邏輯思維」〔陽剛〕）的居間作用，使「多」（「意象」、「詞彙」、「修辭」、「文（語）法」與「章法」等）統一於「一（0）」（「主旨」與「風格」等）了。

　　茲舉白居易的〈長相思〉詞為例，加以說明：

　　　汴水流，泗水流，流到瓜州古渡頭。吳山點點愁。
　　　思悠悠，恨悠悠，恨到歸時方始休。月明人倚樓。

這闋詞敘遊子之別恨，是採「先染後點」的條理來構篇的。

　　就「染」的部分而言，乃用「先象（景）後意（情）」的意象結構所寫成。首先以「象（景）」的部分來說，它先用開篇三句，寫所見「水」景（象一），初步用二水之長流襯托出一份悠悠之恨。其中「汴水流」兩句，都是由「先主後謂」之

[42] 見拙著《章法學綜論》，頁227-270。

結構所形成的敘事句，疊敘在一起，以增強纏綿效果。而以水之流來襯托或譬喻恨之多，是歷來詞章家所慣用的手法，如李白〈太原早秋〉詩云：

思歸若汾水，無日不悠悠。

又如賈至〈巴陵夜別王八員外〉詩云：

世情已逐浮雲散，離恨空隨江水長。

此外，作者又以「流到瓜州古渡頭」來承接「泗水流」，採頂真法來增強它的情味力量。這種修辭法也常見於各類作品，如《詩·大雅·既醉》說：

威儀孔時，君子有孝子。孝子不匱，永錫爾類。

又如佚名的〈飲馬長城窟行〉說：

長跪讀素書，書中竟何如？

這樣用頂真法來修辭，自然把上下句聯成一氣，起了統調、連綿的作用。況且這個調子，上下片的頭兩句，又均為疊韻之形式，就以上片起三句而言，便一連用了三個「流」字，使所寫的水流更顯得綿延不盡，造成了纏綿的特殊效果。

作者如此寫所見「水」景後，再用「吳山點點愁」一句寫所見「山」景（象二）。在這兒，作者以「先主後謂」的表態句來呈現。其中「點點」兩字，一方面用來形容小而多的吳山（江南一帶的山），一方面也用來襯托「愁」之多。南宋的辛棄疾有題作「登建康賞心亭」的〈水龍吟〉詞說：

　　楚天千里清秋，水隨天去秋無際。遙岑遠目，獻愁供
　　恨，玉簪（尖形之山）羅髻（圓形之山）。

很顯然地，就是由此化出。而且用山來襯托愁，也不是從白居
易才開始的，如王昌齡〈從軍行〉詩云：

　　琵琶起舞換新聲，總是關山離別情。

這樣，水既以其「悠悠」帶出愁，山又以其「點點」擬作愁之
多，所謂「山牽別恨和腸斷，水帶離聲入夢流」（羅隱〈綿谷
迴寄蔡氏昆仲〉詩），情韻便格外深長。

　　其次以「意（情）」的部分來說，它藉「思悠悠」三句，
即景抒情，來寫見山水之景後所湧生的悠悠長恨。在此，作者
特意在「思悠悠」兩句裡，以「悠悠」形成疊字與疊韻，回應
上片所寫汴水、泗水之長流與吳山之「點點」，造成統一，以
加強纏綿之效果；並且又冠以「思」（指的是情緒，亦即
「恨」）和「恨」，直接收拾上片見山水之景（象）所生之
「愁」（意），表達了自己長期未歸之恨。而「恨到歸時方始
休」一句，則不僅和上二句產生了等於是「頂真」的作用，以
增強纏綿感，又將時間由現在（實）推向未來（虛），把
「恨」更推深一層。這種寫法也見於杜甫〈月夜〉詩：

　　何時倚虛幌，雙照淚痕乾。

這兩句寫異日月下重逢之喜（虛），以反襯出眼前相思之苦
（實）來，所表達的不正是「恨到歸時方始休」的意思嗎？所
以白居易如此將時間推向未來，如同杜詩一樣，是會增強許多

情味力量的。

　　就「點」的不分而言，（後）的部分來說，僅「月明人倚樓」一句，寫的是「象（景－事）」。這一句，就文法來說，由「月明」之表態句與「人倚樓」之敘事句，同以「先主後謂」的結構組成，只不過後者之「謂語」，乃含述語加處所賓語，有所不同而已。而「月明人倚樓」，雖是一句，卻足以牢籠全詞，使人想見主人翁這個「人」在「月明」之下「倚樓」，面對山和水而有所「思」、有所「恨」的情景，大大地起了「以景（事）結情」的最佳作用。大家都知道「以景結情」是詞章收結的好方法之一，譬如周邦彥的〈瑞龍吟〉（章臺路）詞在第三疊末用「探春盡是，傷離意緒」，將「探春」經過作個總結，並點明主旨之後，又寫道：

> 官柳低金縷，歸騎晚、纖纖池塘飛雨，斷腸院落，一簾風絮。

這顯然是藉「歸騎」上所見暮春黃昏的寥落景象（象）來襯托出「傷離意緒」（意）。這樣「以景（象）結情（意）」，當然令人倍感悲悽。所以白居易以「月明人倚樓」來收結，是能增添作品的情韻的。何況他在這裡又特地用「月明」之「象」來襯托別恨之「意」，更加強了效果。因為「月」自古以來就被用以襯托「相思」（別情），如李白〈聞王昌齡左遷龍標遙有此寄〉詩云：

> 我寄愁心與明月，隨風直到夜郎西。

又如孟郊〈古怨別〉詩云：

別後唯有思，天涯共明月。

這類例子，不勝枚舉。

作者就這樣以「先染『象（景）、意（情）』後點『象（景
－事）』」的結構，將「水」、「山」、「月」、「人」等「象」排列
組合，也就是透過主人翁在月下倚樓所見、所爲之「象」，把
他所感之「意」（恨），融成一體來寫，使意味顯得特別深長，
令人咀嚼不盡。有人以爲它寫的是閨婦相思之情，也說得通，
但一樣無損於它的美。附意象（含章法）結構表如下：

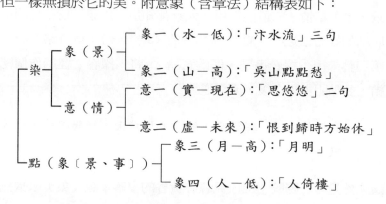

如凸顯其剛柔，則可分層表示如下：

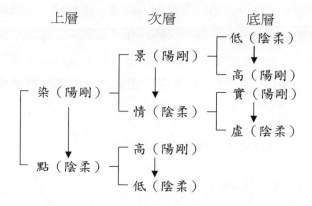

此詞之主旨為「悠悠」離恨，置於篇腹；而所形成的是偏於「陰柔」的風格，因為各層結構的剛柔之「勢」，除底層之「先低後高」趨於「陽剛」外，其餘的都趨於「陰柔」，尤其是其核心結構「先景後情」更如此。如此使「勢」很強烈地趨於「陰柔」，是很自然的事。

這樣，此詞就「意象」之形成、表現、組織、統合而言，可歸結成如下重點：

（一）**以「意象」之形成來看**，主要用「水流」、「山點點」、「月明」、「人倚樓」等，先後形成個別意象，而以「悠悠」之「恨」來統合它們，產生「異質同構」之莫大效果。這可以看出作者形象思維，亦即在意象形成上之特色。

（二）**以「意象」之表現來看**，首先看「詞彙」部分，它將所生「情」（意）、所見「景（事）」（象），形成各個詞彙，如「水」（流）、「瓜州」、「渡頭」（古）、「山」（點點）、「思」（悠悠）、「恨」（悠悠）、「月」（明）、「人」（倚）、「樓」等，為進一步之「修辭」奠定基礎。然後看「修辭」，它主要用「頂真」法來表現「水」之個別意象，用「類疊」法、「擬人」法等來表現「山」之個別意象，使「水」與「山」都含情，而連綿不盡，以增強作品的感染力。足以看出作者形象思維，亦即在意象表現上之特色。

（三）**以「意象」之組織來看**，首先看「文法」，所謂「水流」、「山點點」、「月明」、「人倚樓」等，無論

屬敘事句或屬表態句，用的全是主謂結構，將個別
概念組合成不同之意象，以呈現字句之邏輯結構。
然後看「章法」，它主要用了「景情」、「高低」、
「虛實」等章法，把各個個別意象先後排列在一
起，以形成篇章之邏輯結構。這足以看出作者邏輯
思維，亦即在意象組織上之特色。

（四）　以「意象」之統合來看，綜合以上「意象」（個
別）、「詞彙」、「修辭」、「文法」與「章法」等精心
的設計安排，充分地將「恨悠悠」之一篇主旨與
「音調諧婉，流美如珠」這種偏於「陰柔」[43]之風格
凸顯出來，使人領會到它的美；這樣合形象思維與
邏輯思維而為一，可以看出作者在意象統合上之特
色。

由此看來，辭章確實離不開「意象」之形成、表現與其組
織，此即「多」；而藉「形象思維」（陰柔）與「邏輯思維」
（陽剛）加以統合，此即「二」；並由此而凸顯出一篇主旨與風
格來，此即「一（0）」。辭章的這種結構，就相當於一棵樹之
合其樹幹與枝葉而成整個形體、姿態與韻味一樣，是密不可分
的。

八、結語

綜上所述，可知一篇辭章乃結合「意象（含廣義與狹

---

[43] 趙仁圭、李建英、杜媛萍：「整首詞藉流水寄情，含情綿邈。疊字、疊韻的頻繁使
用，使詞句音調諧婉，流美如珠。」見《唐五代詞三百首譯析》，頁148。

義）」之形成、「意象」之表現（含「詞彙」與「修辭」）、「意
象」之組織（含「文（語）法」與「章法」）與「意象」之統
合（含「主旨」與「風格」）而形成的一個綜合體。就在這個
綜合體中，「意象（含廣義與狹義）」之形成、「意象」之表現
（含「詞彙」與「修辭」），是由「形象思維」加以呈現的；「意
象」之組織（含「文（語）法」、「章法」），是由「邏輯思維」
加以呈現的；「意象」之統合（含「主旨」與「風格」），由
「形象思維」與「邏輯思維」和而爲一加以呈現的；這些都可
由「多、二、一（0）」結構加以統一，形成一個綜合體。而由
於它們都深深地植基於哲學與心理之上，從源頭將主（意）客
（象）合而爲一，以此形成有機之整體，而產生「美感愉快」，
因此可以這麼說，辭章從頭到尾是離不開「意象」的。

參考文獻

王　弼（1976）：周易略例・明象，易經集成 149，臺北：成文。

王希杰（2002）：章法學門外閑談，臺北：國文天地 18（5），頁 92-95。

仇小屏（2003）：論章法結構的原型與變型——以遠近法、今昔法、因果法為例，臺北：洪葉，修辭論叢五輯，頁 405-440。

孔穎達（1972）：周易正義卷八，臺北：廣文。

李澤厚（1987）：李澤厚哲學美學文選，臺北：谷風。

吳應天（1989）：文章結構學，北京：中國人民大學。

周振甫（1989）：文學風格例話，上海：上海教育。

約翰・格里賓著、方玉珍等譯（2001）：雙螺旋探密——量子物理學

與生命，上海：上海科技教育。

莊文中（2001）：中學語言教學研究，廣州：廣東教育。

張紅雨（1996）：寫作美學，高雄：麗文。

陳望道（1961）：修辭學發凡，香港：大光。

陳望衡（1998）：中國古典美學史，長沙：湖南教育。

陳滿銘（1985）：談安排辭章主旨（綱領）的幾種基本形式，臺北：國文學報 14，頁 201-224。

陳滿銘（2000）：談儒家思想體系中的螺旋結構，臺北：國文學報 29，頁 1-36。

陳滿銘（2002）：論章法與邏輯思維，臺北：第四屆中國修辭學國際學術研討會論文集，頁 1-32。

陳滿銘（2002）：辭章章法的哲學思辨，辭章學論文集上冊，福州：海潮攝影藝術，頁 40-67。

陳滿銘（2003）：論「多」、「二」、「一（0）」的螺旋結構——以《周易》與《老子》為考察重心，臺北：師大學報‧人文與社會類 48（1），頁 1-19。

陳滿銘（2003）：章法學綜論，臺北：萬卷樓。

陳滿銘（2003）：論辭章的章法風格，修辭論叢五輯。頁 1-51。

陳滿銘（2003）：論章法「多、二、一（0）」的核心結構，臺北：師大學報‧人文與社會類 48（2），頁 71-94。

陳鵬翔（2001）：主題學理論與實踐，臺北：萬卷樓。

喻守真（1996）：唐詩三百首詳析，臺北：臺灣中華。

葉　朗（1986）：中國美學史大綱，臺北：滄浪。

黃永武（1999）：中國詩學‧設計篇，臺北：巨流。

黃慶萱（2002）：修辭學，臺北：三民。

楊　棟（2001）：中國古代文學名篇選讀，天津：南開大學。

楊如雪（2002）：文法 ABC，臺北：萬卷樓。

趙仁圭、李建英、杜媛萍（1997）：唐五代詞三百首譯析，長春：吉
　　林文史。

鄭頤壽（2002）：中華文化沃土，辭章學圃奇葩——讀陳滿銘《章法
　　學新裁》及其相關著作，蘇州：海峽兩岸中華傳統文化與現代化
　　研討會文集，頁 131-139。

閻若璩（1983）：潛丘札記，四庫全書 859 冊，臺北：臺灣商務。

黎運漢（2000）：漢語風格學，廣州：廣東教育。

顧祖釗（2001）：文學原理新釋，北京：人民文學。

論章法結構與意象系統

以「多」、「二」、「一（0）」螺旋結構切入作考察

∽ 摘 要 ∽

自來研究意象的學者，大都只注意到「個別意象」，而忽略了「整體意象」；即使有的注意及此，也僅提出「意象群」或「總意象」、「分意象」的說法，而無法梳理出「意象系統」來。本文有鑑於此，即以「個別意象」與「整體意象」為基礎，試圖藉著由「層次邏輯」而形成之「章法結構」，將自「個別意象」逐層提升至「整體意象」的「意象系統」作一呈現，使深埋於意象與意象間的內在邏輯或「紐帶」，得以開挖、顯露出來，進而用「多」、「二」、「一（0）」的螺旋結構切入作考察，以見「章法結構」與「意象系統」不可分之關係。

關鍵詞：章法結構、意象系統、辭章、縱橫向疊合、「『多』、『二』、『一（0）』螺旋結構」。

一、前言

　　辭章合縱、橫兩向而形成，就「章法結構」與「意象系統」而言，縱向指「意象系統」；而橫向指「章法結構」。由於這縱、橫兩向的「章法結構」與「意象系統」，都需藉「層次邏輯」來支撐，使它們疊合在一起，因此，先把握以「層次邏輯」為基礎的「章法結構」，再藉此理清大、小「意象系統」，然後用「多」、「二」、「一（0）」的螺旋結構作一統合，帶出主旨與風格，是最佳途徑。本文即著眼於此，首先論辭章「多」、「二」、「一（0）」螺旋結構之形成，其次論「章法結構」與大小「意象系統」之關聯，末了論「章法結構」與「意象系統」之疊合，以見「章法結構」與「意象系統」兩者關係之密切。

二、辭章「多」、「二」、「一（0）」螺旋結構的形成

　　宇宙萬物創生、含容的歷程，可以用「多」、「二」、「一（0）」的螺旋結構來呈現。大致說來，古代的聖賢是先由「有象」（現象界）以探知「無象」（本體界），逐漸形成「多、二、一（0）」的逆向結構；再由「無象」（本體界）以解釋「有象」（現象界），逐漸形成「（0）一、二、多」的順向結構的。就這樣一順一逆，往復探求、驗證，久而久之，終於形成了他們圓融的宇宙人生觀。而這種宇宙人生觀，各家雖各有所

見，但若只求其同而不其求異，則總括起來說，都可以從「（0）一、二、多」（順）與「多、二、一（0）」（逆）的互動、循環而提升的螺旋關係[1]上加以統合。

　　而這種結構形成之過程，在〈序卦傳〉裡就約略地加以交代，雖然它們或許「因卦之次，託以明義」[2]，但由於卦、爻，均爲象徵之性質，乃一種概念性符號，即一般所說的「象」，象徵著宇宙人生之變化與各種物類、事類。就以《周易》（含《易傳》）而言，它的六十四卦，從其排列次序看，就粗具這種特點[3]。而各種物類、事類在「變化」中，循「由天（天道）而人（人事）」來說，所呈現的是「（一）二、多」的結構，這可說是〈序卦傳〉上篇的主要內容；而循「由人（人事）而天（天道）」來說，則所呈現的是「多、二（一）」的結構了，這可說是〈序卦傳〉下篇的主要內容。其中「（一）」指「太極」，「二」指「天地」或「陰陽」、「剛柔」，「多」指「萬物」（包括人事）。雖然「太極」（「道」）與「陰陽」（「剛柔」）等觀念與作用，在〈序卦傳〉裡，未明確指出，卻皆含

---

[1] 參見拙作〈論「多」、「二」、「一（0）」的螺旋結構——以《周易》與《老子》爲考察重心〉（臺北：《師大學報・人文與社會類》48 卷 1 期，2003 年 7 月），頁 1-20。而所謂「螺旋」，本用於教育課程之理論上，早在十七世紀，即由捷克教育家夸美紐思所提出，見《簡明國際教育百科全書》（北京：新華書局北京發行所，1991 年 6 月一版一刷），頁 611。又，相對於人文，科技界亦發現生命之「基因」和「DNA」等都呈現螺旋結構。參見約翰・格里賓著、方玉珍等譯《雙螺旋探密——量子物理學與生命》（上海：上海科技教育出版社，2001 年 7 月），頁 271-318。

[2] 見戴璉璋《易傳之形成及其思想》（臺北：文津出版社，1988 年 11 月臺灣初版），頁 186-187。

[3] 參見徐復觀《中國人性論史・先秦篇》（臺北：臺灣商務印書館，1978 年 10 月四版），頁 202。又，參見馮友蘭《馮友蘭選集》上卷（北京：北京大學出版社，2000 年 7 月一版一刷），頁 394。

蘊其中，不然「天地」失去了「太極」（「道」）與「陰陽」
（「剛柔」）等作用，便不可能不斷地「生萬物」（包括人事）
了。再看《易傳》：

> 乾知大始，坤作成物。（《周易·繫辭上》）
>
> 一陰一陽之謂道，繼之者善也，成之者性也。……生生
> 之謂易，成象之謂乾，效法之謂坤。（同上）
>
> 是故易有太極，是生兩儀，兩儀生四象，四象生八卦。
> （同上）

在這些話裡，《易傳》的作者用「易」、「道」或「太極」來統
括「陰」（坤）與「陽」（乾），作爲萬物生生不已的根源。而
此根源，就其「生生」這一含意來說，即「易」，所以說「生
生之謂易」；就其「初始」這一象數而言，是「太極」，所以
《說文解字》於「一」篆下說「惟初太極，道立於一，造分天
地，化成萬物」[4]；就其「陰陽」這一原理來說，就是「道」，
所以說「一陰一陽之謂道」。分開來說是如此，若合起來看，
則三者可融而爲一[5]。這樣，其順向歷程就可用「一、二、
多」的結構來呈現，其中「一」指「太極」、「道」、「易」，
「二」指「陰陽」、「乾坤」（天地），「多」指「萬物」（含人
事）。如果對應於〈序卦傳〉由天而人、由人而天，亦即「既
濟」而「未濟」之循環來看，則此「一、二、多」，就可以緊
密地和逆向歷程之「多、二、一」接軌，形成其螺旋結構[6]。

---

[4] 參見黃慶萱《周易縱橫談》（臺北：三民書局，1995 年 3 月初版），頁 33-34。

[5] 見《馮友蘭選集》上卷，同注 3，頁 286。

[6] 見拙作〈論「多」、「二」、「一（0）」的螺旋結構——以《周易》與《老子》為考察重
心〉，同注 1，頁 1-24。

就這樣，《周易》先由爻與爻的「相生相反」的變化[7]，以形成小循環；再擴及這種變化到卦，由卦與卦「相生相反」的變化，以形成大循環。而大、小循環又互動、循環不已，形成層層上升之螺旋結構。關於這點，黃慶萱說：

> 《周易》的周，……有周流的意思。《周易》每卦六爻，始於初，分於二，通於三，革於四，盛於五，終於上。代表事物的小周流。再看六十四卦，始於〈乾卦〉的行健自強；到了六十三掛的「既濟」，形成了一個和諧安定的局面；接著的卻是「未濟」，代表終而復始，必須作再一次的行健自強。物質的構成，時間的演進，人士的努力，總循著一定的周期而流動前進，於是生命進化了，文明日益發展。[8]

所謂「周流」、「終而復始」、「周期而流動前進」，說的就是《周易》變化不已的螺旋式結構。而這種結構，如對應於「三易」（《易緯・乾鑿度》）而言，則「多」說的是「變易」、「二」說的是「簡易」，而「一」說的是「不易」。因此「三易」不但可概括《周易》之內容與特色，也可以呈現「多」、「二」、「一」的螺旋結構。

這種螺旋結構，在《老子》一書中，不但可以找到，而且更完整：

> 道可道，非常道；名可名，非常名。无，名天地之始；

---

[7] 參見勞思光《新編中國哲學史》〔一〕（臺北：三民書局，1984 年 1 月增訂修版），頁 85-86。

[8] 見《周易縱橫談》，同注 4，頁 236。

有，名萬物之母。(〈一章〉)

致虛極，守靜篤，萬物並作，吾以觀復。凡物芸芸，各復歸其根。歸根曰靜，是謂復命，復命曰常。知常曰明。(〈十六章〉)

道之為物，惟恍惟惚。(〈二一章〉)

知其雄，守其雌，為天下谿；常德不離，復歸於嬰兒。知其白，守其黑，為天下式；為天下式，常德不忒，復歸於無極。知其榮，守其辱，為天下谷；為天下谷，常德乃足，復歸於樸。(〈二八章〉)

反者道之動，弱者道之用。天下萬物，生於有，有生於无。(〈四十章〉)

道生一，一生二，二生三，三生萬物。萬物負陰而抱陽，沖氣以為和。(〈四二章〉)

從上引各章裡，不難看出老子這種由「无（無）」而「有」而「无（無）」的主張。所謂「道可道非常道」、「道之為物，惟恍惟惚」、「道生一，一生二，二生三，三生萬物」、「有生於无」……等，都是就「由无（無）而有」的順向過程來說的。而所謂「反者道之動」、「復歸於無極」、「復歸於樸」，是就「有」而「无（無）」的逆向過程來說的。而這個「道」，乃「創生宇宙萬物的一種基本動力」，如就本末整體而言，是「无」（無）與「有」的統一體；如單就「本」（根源）而言，則因為它「不可得聞見」(《韓非子·解老》)，「所以老子用一個『無（无）』字來作為他所說的道的特性」[9]。而「由无

---

[9] 見徐復觀《中國人性論史·先秦篇》，同注3，頁329。

（無）而有」，所說的就是「由一而多」之宇宙萬物創生的過
程[10]。

如就「有」而「无（無）」，亦即「多而一」來看，老子在
此是以「反」作橋樑加以說明的。而這個「反」，除了「相
反」、「返回」之外，還有「循環」的意思。姜國柱說：

> 「道」的運動是周行不殆，循環往復的圓圈運動。運動
> 的最終結果是返回其根：「復歸其根」、「復歸於樸」。這
> 裡所說的「根」、「樸」都是指「道」而言。「道」產生、
> 變化成萬物，萬物經過周而復始的循環運動，又返回、
> 復歸於「道」。老子的這個思想帶有循環論的色彩。[11]

這強調的是「循環」，乃結合「相反」之義來加以說明的。如
此「相反相成」、循環不已，說的就是「變化」，而「變化」的
結果，就是「返回」至「道」的本身，這可說是變化中有秩
序、秩序中有變化之一個循環歷程。

這樣，結合《周易》和《老子》來看，它們所主張的
「道」，如僅著眼於其「同」，則它們主要透過「相反相成」、
「返本復初」而循環不已的作用，不但將「一、多」的順向歷
程與「多、一」的逆向歷程前後銜接起來，更使它們層層推
展，循環不已，而形成了螺旋式結構，以呈現宇宙創生、含容
萬物之原始規律。

就在這「由一而多」（順）、「多而一」（逆）的過程中，是

---

[10] 參見《宗白華全集》2（合肥：安徽教育出版社，1994 年 12 月一版二刷），頁 810。
又參見徐復觀《中國人性論史・先秦篇》，同注 3，頁 337。
[11] 見姜國柱《中國歷代思想史》〔壹、先秦卷〕（臺北：文津出版社，1993 年 12 月初
版一刷），頁 63。

有「二」介於中間，以產生承「一」啓「多」的作用的。而這個「二」，從「道生一，一生二，二生三，三生萬物」等句來看，該就是「一生二，二生三」的「二」。雖然對這個「二」，歷代學者有不同的說法，大致說來，有認爲只是「數字」而無特殊意思的，如蔣錫昌、任繼愈等便是；有認爲是「天地」的，如奚侗、高亨等便是，有認爲是「陰陽」的，如河上公、吳澄、朱謙之、大田晴軒等便是。其中以最後一種說法，似較合於原意，因爲老子既說「萬物負陰而抱陽」，看來指的雖僅僅是「萬物的屬性」，但萬物既有此屬性，則所謂有其「委」（末）就有其「源」（本），作爲創生源頭之「一」或「道」，也該有此屬性才對，所差的只是，老子沒有明確說出而已。所以陳鼓應解釋「道生一」章說：

> 老子用「一」來形容「道」向下落實一層的未分狀態。渾淪不分的「道」，實已稟賦陰陽兩氣；《易經》所說「一陰一陽之謂『道』」；「二」就是指『道』所稟賦的陰陽兩氣，而這陰陽兩氣便是構成萬物最基本的原質。「道」再向下落漸趨於分化，則陰陽兩氣的活動亦漸趨於頻繁。「三」應是指陰陽兩氣互相激盪而形成的均適狀態，每個新的和諧體就在這種狀態中產生出來。[12]

而黃釗也說：

> 愚意以爲「一」指元氣（從朱謙之說），「二」指陰陽二

---

[12] 見陳鼓應《老子今注今譯及評介》（臺北：臺灣商務印書館，1985 年 2 月修訂十版），頁 106。

氣（從大田晴軒說），「三」即「叁」，「參」也。若木
《薊下漫筆》「陰陽三合」為「陰陽參合」。「三生萬物」
即陰陽二氣參合產生萬物。[13]

他們對「一」與「三」（多）的說法雖有一些不同，但都以為
「二」是指「陰陽二（兩）氣」。而這種「陰陽二氣」的說法，
其實也照樣可包含「天地」在內，因為「天」為「乾」為
「陽」，而「地」則為「坤」為「陰」；所不同的，「天地」說的
是偏於時空之形式，用於持載萬物[14]；而「陰陽」指的則是偏
於「二氣之良能」（朱熹《中庸章句》），用於創生萬物。這樣
看來，老子的「一」該等同於《易傳》之「太極」、「二」該等
同於《易傳》之「兩儀」（陰陽），因此所呈現的，和《周易》
（含《易傳》）一樣，是「一、二、多」與「多、二、一」之原
始結構。不過，值得一提的是：（一）即使這「一」、「二」、
「多」之內容，和《周易》（含《易傳》）有所不同，也無損於
這種結構的存在。（二）「道生一」的「道」，既是「創生宇宙
萬物的一種基本動力」，而它「本身又體現了無（无）」[15]，那
麼老子的「道」可以說是「无」，卻不等於實際之「無」（實
零）[16]，而是「恍惚」的「无」（虛零），以指在「一」之前的
「虛理」[17]。這種「虛理」，如勉強以「數」來表示，則可以是

---

[13] 以上諸家之說與引證，見黃釗《帛書老子校注析》（臺北：學生書局，1991 年 10 月初版），頁 231。

[14] 參見徐復觀《中國人性論史・先秦篇》，同注 3，頁 335。

[15] 參見林啟彥《中國學術思想史》（臺北：書林出版社，1999 年 9 月一版四刷），頁 34。

[16] 參見馮友蘭《馮友蘭選集》上卷，同注 3，頁 84。

[17] 參見唐君毅《中國哲學原論・導論篇》（臺北：學生書局，1993 年 2 月校訂版第二刷），頁 350-351。

「(0)」。這樣，順、逆向的結構，就可調整爲「(0)一、二、多」(順)與「多、二、一(0)」(逆)，以補《周易》(含《易傳》)之不足，這就使得宇宙萬物創生、含容的順、逆向歷程，更趨於完整而周延了。

上述「多」、「二」、「一(0)」的螺旋結構，既然反映了宇宙萬物創生、含容的順、逆向歷程，當然就可適用於事事物物之上。哲學如此，美學如此，文學自然也不例外。即以辭章而言，它所形成之結構，若由本(意)而末(象)，就創作(寫)面來說，就呈現了「(0)一、二、多」的順向結構；若由末(象)而本(意)，就鑑賞(讀)面來說，則呈現的則是「多、二、一(0)」的逆向結構。

三、章法、意象與辭章「多」、「二」、「一(0)」螺旋結構

辭章是結合「形象思維」與「邏輯思維」[18]與「綜合思維」所形成的。而這三種思維，各有所主。就形象思維而言，如果是將一篇辭章所要表達之「情」或「理」，也就是「意」，主要訴諸各種偏於主觀的聯想、想像，和所選取之「景(物)」或「事」，也就是「象」，連結在一起，或者是專就個別之「情」、「理」、「景」(物)、「事」等材料本身設計其表現技巧的，皆屬「形象思維」；這涉及了「取材」與「措詞」等問題，而主要以此爲探討對象的，就是意象學(狹義)、詞彙學

---

[18] 參見吳應天《文章結構學》(北京：中國人民大學出版社，1989 年 8 月一版三刷)，頁 345。

與修辭學等。就邏輯思維而言,如果整個就「景(物)」或「事」(象)等各種材料,對應於自然規律,結合「情」與「理」(意),主要訴諸偏於客觀的聯想、想像,按秩序、變化、聯貫與統一之原則,前後加以安排、佈置,以成條理的,皆屬「邏輯思維」;這涉及了「佈局」(含「運材」)與「構詞」等問題,而主要以此為研究對象的,就字句言,即文(語)法學;就篇章言,就是章法學。就綜合思維而言,是合形象思維與邏輯思維而為一的。一篇辭章用以統合「形象思維」(偏於主觀)與「邏輯思維」(偏於客觀)而為一的,乃是主旨與風格(韻律)等,這就涉及了主題學與風格學等。而以此整體或個別為對象加以研究的,則統稱為辭章學或文章學[19]。

可見辭章的內涵,對應於學科領域而言,主要含意象學(狹義)、詞彙學、修辭學、文(語)法學、章法學、主題學、風格學……等。而其中意象學,此為研究辭章有關意象的一門學問。我國對這種文學中的「意象」,很早就注意到,以為它是「馭文之首術、謀篇之大端」(見《文心雕龍‧神思》)。而所謂「意象」,黃永武認為「是作者的意識與外界的物象相交會,經過觀察、審思與美的釀造,成為有意境的景象。」[20]這裡所說的「物象」,所謂「物猶事也」(見朱熹《大學章句》),該包含「事」才對,因為「物(景)」只是偏就「空間」(靜)而言,而「事」則是偏就「時間」(動)來說罷了。通常一篇作品,是由多種意象組成的。如單就個別意象的形成來說,運用的是偏於主觀的形象思維。而章法學,這所謂的「章法」,

---

[19] 參見拙著《章法學綜論‧自序》(臺北:萬卷樓圖書公司,2003 年 6 月初版),頁 1。

[20] 見《中國詩學‧設計篇》(臺北:巨流圖書公司,1999 年 6 月初版十三刷),頁 3。

探討的是篇章內容的邏輯結構，也就是聯句成節（句群）、聯節成段、聯段成篇的關於內容材料之一種組織。對它的注意，雖然極早，但集樹而成林，確定它的範圍、內容及原則，形成體系，而成為一個學門，則是晚近之事 [21]。到了現在，可以掌握得相當清楚的章法，約有四十種。這些章法，全出自於人類共通的理則，由邏輯思維形成，都具有形成秩序、變化、聯貫，以更進一層達於統一的功能。而這所謂的「秩序」、「變化」、「聯貫」、「統一」，便是章法的四大律。其中「秩序」、「變化」與「聯貫」三者，主要是就材料之運用來說的，重在分析；而「統一」，則主要是就情意之表出來說的，重在通貫。這樣兼顧局部的分析（材料）與整體的通貫（情意），來牢籠各種章法，是十分周全的 [22]。這種篇章的邏輯思維，與語句的邏輯思維，可以說是一貫的。

在此需要強調的是，所謂的「意象」，乃合「意」與

---

[21] 鄭頤壽：「臺灣建立了『辭章章法學』的新學科，成果豐碩，代表作是臺灣師大博士生導師陳滿銘教授的《章法學新裁》（以下簡稱「新裁」）及其高足仇小屏、陳佳君等的一系列著作。……臺灣的辭章章法學體系完整、科學，已經具備成『學』的資格。它研究成果豐碩，已經『集樹而成林了』；培養鍛煉了研究的『生力軍』，學術梯隊後勁很大；研究計畫宏偉，且具可操作性。」見〈中華文化沃土，辭章學圃奇葩──讀陳滿銘《章法學新裁》及其相關著作〉，《海峽兩岸中華傳統文化與現代化研討會文集》（蘇州：「海峽兩岸中華傳統文化與現代化研討會」，2002 年 5 月），頁131-139。又王希杰：「章法學作為一門學問，不是有關部門章法的個別知識，而是章法知識的總和，是一種概念的系統。章法學是一門實用性很強的學問，也有極高的學術價值。……章法學已經初步形成了一門科學。陳滿銘教授初步建立了科學的章法學體系。……如果說唐鉞、王易、陳望道等人轉變了中國修辭學，建立了學科的中國現代修辭學，我們也可以說，陳滿銘及其弟子轉變了中國章法學的研究大方向，建立了科學的章法學，把漢語章法學的研究轉向科學的道路。」見〈章法學門外閒談〉（臺北：《國文天地》18 卷 5 期，2002 年 10 月），頁 92-95。

[22] 見拙著《章法學綜論》，同注 19，頁 17-58。

「象」而成。它不只指狹義的個別意象而已，而是有廣義之整體意象的。廣義者指全篇，屬於整體，可以析分為「意」與「象」；狹義者指個別，屬於局部，往往合「意」與「象」為一來稱呼。而整體是局部的總括、局部是整體的條分，所以兩者關係密切。不過，必須一提的是，狹義之「意象」，亦即個別之「意象」，雖往往合「意」與「象」為一來稱呼，卻大都用其偏義，譬如草木或桃花的意象，用的是偏於「意象」之「意」，因為草木或桃花都偏於「象」；如「桃花」的意象之一為愛情，而愛情是「意」；而團圓或流浪的意象，則用的是偏於「意象」之「象」，因為團圓或流浪，都偏於「意」；如「流浪」的意象之一為浮雲，而浮雲是「象」。因此前者往往是一「象」多「意」，後者則為一「意」多「象」。而它們無論是偏於「意」或偏於「象」，通常都通稱為「意象」。底下就著眼於整體（含個別）的「意象」（意與象），試著用它來統合形象思維與邏輯思維，並貫穿辭章的各主要內涵，以見意象在辭章上之地位。

　　先從「意象」之形成與表現來看，是與形象思維有關的，而形象思維所涉及的，是「意」（情、理）與「象」（事、景）之結合及其表現。其中探討「意」（情、理）與「象」（事、景）之結合者，為「意象學」（狹義），探討「意」（情、理）與「象」（事、景）本身之表現者，為「修辭學」。再從「意象」之組合與排列來看，是與邏輯思維有關的，而邏輯思維所涉及的，則是意象（意與意、象與象、意與象、意象與意象）之排列組合，其中屬篇章者為「章法學」，主要探討「意象」之安排，而屬語句者為「文法學」，主要由概念之組合而探討

「意象」。至於綜合思維所涉及的，乃是核心之「意」（情、理），即一篇之中心意旨——「主旨」與審美風貌——「風格」。由此看來，形象思維、邏輯思維與綜合思維三者，涵蓋了辭章的各主要內涵，而都離不開「意象」。如對應於「多、二、一（0）」的逆向邏輯結構來說，則所謂的「多」，指由「意象」（個別）、「詞彙」、「修辭」、「文（語）法」、與「章法」等所綜合起來表現之藝術形式；「二」指「形象思維」（陰柔）與「邏輯思維」（陽剛），藉以產生徹下徹上之中介作用；而「一（0）」則指由此而凸顯出來的「主旨」與「風格」等，這就是「修辭立其誠」（《易·乾》）之「誠」，乃辭章之核心所在。這樣以「多」、「二」、「一（0）」來看待辭章內涵，就能透過「二」（「形象思維」與「邏輯思維」）的居間作用，使「多」（「意象」（個別）、「詞彙」、「修辭」、「文（語）法」與「章法」等）統一於「一（0）」（「主旨」與「風格」等）了。它們的關係可呈現如下表：

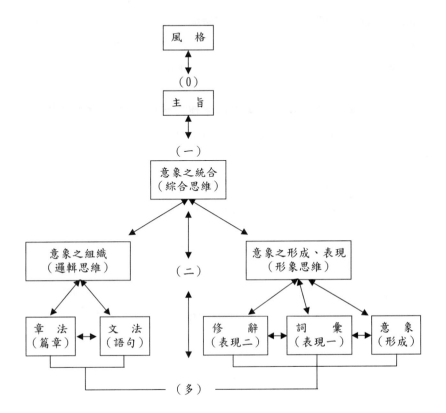

這樣看來，辭章是離不開「意象」的，就是主旨與風格，也是如此。因為「主旨」是核心之「意」，而風格是以主旨統合各「意象」之形成、表現與組織所產生之一種抽象力量。因此可以這麼說，如離開了「意象」就沒有辭章，其地位之重要，可想而知。

可見辭章確實離不開「意象」之形成、表現與其組織，並由此而凸顯出一篇主旨與風格來，這就相當於一棵樹之合其樹幹與枝葉而成整個形體、姿態與韻味一樣，其關係是密不可分

的。而就在這種篇章結構中，直接與「意象之組織」相關的，就是「章法結構」。這個問題，雖一直有人注意，卻無法獲得圓滿解決。如陳慶輝在《中國詩學》中即說道：

> 應該說意象的組合方式是多種多樣的，上述所舉只怕是掛一漏萬；而且複合意象的構成，作為一種審美創造，是一個複雜的心理過程，用所謂並列、對比、敘述、述議等結構形式加以說明，似乎是粗糙的、膚淺的，其深層的因素和邏輯還有待我們去挖掘和探索。[23]

意象的組織，確乎是一種複雜的心理過程，其中動用了精密的層次邏輯之思維能力，原本就是不易掌握、捕捉的，而且在古典詩詞中，可以幫助確認意象組織的邏輯關係之連接詞常常被省略，因此更加重了探索、挖掘的困難度。而王長俊等的《詩歌意象學》也認為：

> 中國古典詩歌的意象雖然可以直接拼接，意象之間似乎沒有關聯，其實在深層上卻互相勾連著，只是那些起連接作用的紐帶隱蔽著，並不顯露出來，這就是前人所謂的「斷峰雲連」、「辭斷意屬」。[24]

他所謂的「斷峰雲連」、「辭斷意屬」，指的就是意象組織的問題。由此看來，意象與意象間之隱蔽「紐帶」或「深層的因素和邏輯」，一直未被有系統地「挖掘」、「探索」而「顯露」出

---

[23] 見陳慶輝《中國詩學》（臺北：文史哲出版社，1994 年 12 月初版），頁 74。
[24] 見王長俊等《詩歌意象學》（合肥：安徽文藝出版社，2000 年 8 月一版一刷），頁 215。

來過,是公認的事實。而這個難題,雖不免在語句上牽扯到「文法」,卻主要可由和「篇章」直接有關的「章法」切入,將「個別意象」(單一意象)組織成「整體意象」(複合意象),而獲得圓滿之解決。也就是說,「章法結構」與「意象系統」,是密不可分的。

四、章法結構與大小意象系統

從辭章層面來看,意象和辭章的內容融爲一體的。而辭章內容的主要成分,不外情、理與事、物(景)。其中情與理爲「意」,屬核心成分;事與物(景)乃「象」,爲外圍成分。它可用下圖來表示:

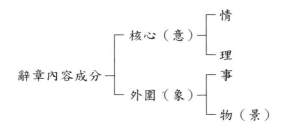

而此情、理與事、物(景)之辭章內容成分,就其情、理而言,是「意」;就其事、物(景)而言,是「象」。

所謂核心成分,爲「情」或「理」,乃一篇之主旨或綱領所在,主要以「情語」或「理語」來呈現。由於主旨與綱領同屬於主題之範圍,因此彼此之間必然有共通點,那就是兩者都是統貫全篇的,但是相異處在於主旨是一篇辭章所欲表達的中心思想,綱領則是貫串材料的意脈;因此若以珠鍊爲譬,則大

大小小的珍珠是材料，將之串聯起來的絲線如同綱領，但是珠鍊的最終目的是作為裝飾，這最終目的就有如文章中的主旨。關於主旨，最值得注意的地方有二：「主旨的顯隱」和「主旨出現的位置」。所謂主旨的顯隱，就是主旨是否在篇中明白點出，而根據這一點，又可以分為三種情況：「主旨全顯者」、「主旨全隱者」、「主旨顯中有隱者」。此外主旨出現的位置又有四種情況，即主旨出現在篇首、篇腹、篇末與篇外。至於綱領，則依據意脈的多寡而有軌數多寡之分，可以分為單軌、雙軌、三軌，乃至於多軌等多種情形。

　　所謂外圍成分，則以事語或物（景）語來表出。也就是說，形成外圍結構的，不外「物」材與「事」材而已。先就「物」材來說，凡是存於天地宇宙之間的實物或東西都可以成為文章的材料。以較大的物類而言，如天（空）、地、人、日、月、星、山（陸）、水（川、江、河）、雲、風、雨、雷、電、煙、嵐、花、草、竹、木（樹）、泉、石、鳥、獸、蟲、魚、室、亭、珠、玉、朝、夕、晝、夜、酒、餚……等就是；以個別的物件而言，如桃、杏、梅、柳、菊、蘭、蓮、茶、麥、梨、棗、鶴、雁、鶯、鷗、鷺、鵜鴂、鷓鴣、杜鵑、蟬、蛙、鱸、蚊、蟻、馬、猿、笛、笙、琴、瑟、琵琶、船、旗、轎……等就是。這些物材可說無奇不有，不可勝數。大抵說來，作者在處理內容成分時，大都將個別的物材予以組合而形成結構。再就「事」材來說，凡是發生在天地宇宙之間的事情都可以成為文章的材料。以抽象的事類而言，如取捨、公私、出入、聚散、得失、逢別、迎送、仕隱、悲喜、苦樂、歌舞、來（還）往（去）、成敗、視聽、醒醉、動靜，甚至入夢、弔

古、傷今、閒居、出遊、感時、恨別、雪恥、滅恨、修身、齊
家、治國、平天下，泛論、舉證、經過、結果⋯⋯等就是；以
具體的事件而言，如乘船、折荷、繞室、讀書、醉酒、離鄉、
還家、邀約、赴約、生病、吃糠、遊山、落淚、彈箏、倚杖、
聽蟬、接信、拆信、羅酒漿、備飯菜、甚至孝、悌、敬、信、
慈⋯⋯等就是。這些事材，可說俯拾皆是，多得數也數不清。
作者通常都用具體的事件來寫，卻在無形中可由抽象的事類予
以統括[25]。

　　而這些「意」與「象」是可藉「章法結構」來呈現其大小
系統的。底下舉幾首詩文為例，略作說明，以見一斑：

　　首先看《史記・孔子世家贊》：

> 太史公曰：《詩》有之：「高山仰止，景行行止。」雖不
> 能至，然心鄉往之。余讀孔氏書，想見其為人。適魯，
> 觀仲尼廟堂，車服、禮器，諸生以時習禮其家，余低回
> 留之，不能去云。天下君王至於賢人眾矣，當時則榮，
> 沒則已焉。孔子布衣，傳十餘世，學者宗之。自天子王
> 侯，中國言六藝者，折中於夫子，可謂至聖矣！

這篇贊文，採「先點後染」的「篇」結構寫成，「點」指「太
史公曰」；而「染」則自「《詩》有之」起至篇末，乃用「凡」
（綱領）、「目」、「凡」（主旨）的「章」結構寫成。其中頭一個
「凡」（綱領）的部分，自篇首至「然心鄉往之」止，引《詩》
虛虛籠起，以「高山仰止，景行行止」兩句語典形成「象」，

---

[25] 參見拙著《章法學綜論》，同注 19，頁 107-119。

由此領出「鄉往」兩字形成「意」，作為綱領，以統攝下文。「目」的部分，自「余讀孔氏書」至「折中於夫子」止，以「由小及大」的方式，含三節來寫：首節寫自己「讀孔氏書」與「觀仲尼廟堂」之所見為「象」、所思為「意」，以「想見其為人」與「低回留之，不能去云」句，表出自己對孔子的「鄉往」之情；次節特將孔子與「天下君王至於賢人」作一對照，以「一反一正」形成「象」，以「學者宗之」形成「意」，表出孔門學者對孔子的「鄉往」之情（理），並暗示所以將孔子列為世家的理由；三節寫各家以孔子的學說為截長補短的標準形成「象」，以「折中於夫子」形成「意」，表出全天下讀書人對孔子的「鄉往」之情（理）。後一個「凡」（主旨）的部分，即末尾「可謂至聖矣」一句，拈出主旨，以回抱前文之意（情、理）作收。附結構表如下：

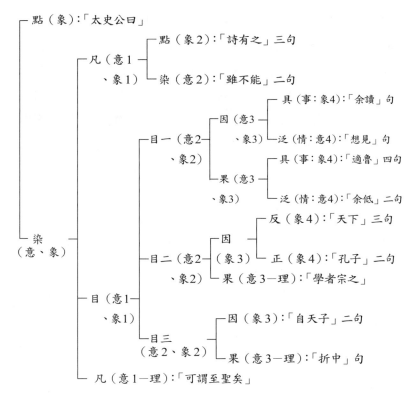

就篇章而言，其縱、橫向，所謂「情經辭緯」（《文心雕龍・
情采》：「情者，文之經；辭者，理之緯」），「縱」本指「意象」
（內容材料）、「橫」本指「章法」（形式條理）而言；如果改直
排爲橫排，則「縱」反指「章法」，而「橫」反指「意象」。因
此著眼於所謂「意」（第一層）、「意 1」（第二層）、「意 2」（第
三層）、「意 3」（第四層）、「意 4」（第五層）……與層級相應
之「象」（第一層）、「象 1」（第二層）、「象 2」（第三層）、「象
3」（第四層）、「象 4」（第五層）……等，這些經過章法處
理，就橫向由不同層級所呈現的，是個別的「小意象系統」；

而著眼於所謂「點染」、「凡目」、「因果」、「泛（情）、具（事）」與「正反」，這些從縱向將「意」與「象」（第一層）、「意 1」與「象 1」（第二層）、「意 2」與「象 2」（第三層）、「意 3」與「象 3」（第四層）、「意 4」與「象 4」（第五層）……等層層組織起來，所呈現的則是「章法結構」。至於透過這種「章法結構」，發揮意象與意象間「紐帶」的功能，把「個別意象」用「層次邏輯」逐層加以組織，自然就形成了整體的「大意象系統」。

　　如就「多」、「二」、「一（0）」來看，篇中那些「點染」、「因果」、「泛（情）、具（事）」與「正反」等結構，與分別所對應的「意 2」與「象 2」（第三層）、「意 3」與「象 3」（第四層）、「意 4」與「象 4」（第五層）等所形成之各「小意象系統」，為「多」；「凡、目、凡」的核心結構[26]與所組織之「意 1」、「象 1」（第二層），可徹下以統合「多」、徹上於「意」與「象」（第一層），以形成「大意象系統」，並進一層地歸根於「一（0）」的，為「二」；而一篇之主旨「至聖」與「虛神宕漾」[27]之風格，則為「一（0）」。就這樣，太史公此文，握定「鄉往」作為綱領，以作者本身、孔門學者以及全天下讀書人對孔子「鄉往」的事實為內容，層層遞寫，結出「至聖」（嚮往到了極點的稱號）的一篇主旨，以讚美孔子。文雖短而意特長，令人讀了，也不禁湧生無限的「仰止」之情來，久久不止。

---

[26] 參見拙作〈論章法「多、二、一（0）」的核心結構〉（臺北：《師大學報‧人文與社會類》48 卷 2 期，2003 年 12 月），頁 71-94。

[27] 見吳楚材、王文濡《精校評注古文觀止》卷 5（臺北：臺灣中華書局，1972 年 11 月臺六版），頁 8。

再看晏殊的〈浣溪沙〉詞：

> 小閣重簾有燕過，晚花紅片落庭莎，曲闌干影入涼波。
> 一霎好風生翠幕，幾回疏雨滴圓荷，酒醒人散得愁多。

這是抒寫春暮閑愁的作品，此詞的主旨在末尾的「酒醒人散得愁多」一句上。其中「酒醒人散」，用以敘事，為「象」；「得愁多」，用於抒情，為「意」。因為這種「愁」實在太抽象了，無從產生巨大的感染力量，於是作者就特意的安排了映入眼簾的具體景物，個別形成「象」，把它凸顯出來：首先是重簾下的過燕，其次是庭莎上的落紅，再其次是涼波中的闌影，接著是翠幕間的一陣好風，最後是圓荷上的幾回疏雨。這些由近及遠的景物（象），對一個「酒醒人散」的作者來說，每一樣都適足以增添他的一份愁，那就難怪他會「得愁」那樣「多」（意）了。因此，這置於篇末之「酒醒人散得愁多」，就是一篇內容之核心成分（意），用以統合過燕、落紅、闌影、風荷等外圍成分（象），是很富於感染力的。

附結構表如下：

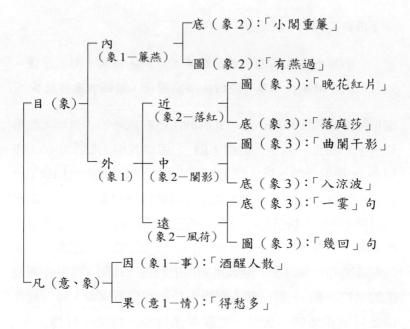

依據上表，此詞著眼於所謂「意」（第一層）、「意 1」（第二層）與「象」（第一層）、「象 1」（第二層）、「象 2」（第三層）、「象 3」（第四層）等，這些經過章法處理，就橫向由不同層級所呈現的，是它個別的「小意象系統」；而著眼於所謂「凡目」、「內外」、「因果」、「遠近」等章法，從縱向將「意」與「象」（第一層）、「意 1」與「象 1」（第二層）、「象 2」（第三層）、「象 3」（第四層）等層層組織起來，所呈現的則是它的「章法結構」。至於透過這種「章法結構」，發揮意象與意象間「紐帶」的功能，把「個別意象」用「層次邏輯」逐層加以組織，自然就形成了它整體的「大意象系統」。

如就「多」、「二」、「一（0）」來看，篇中那些「凡目」、「內外」、「因果」、「遠近」等結構，與分別所對應的「意 1」

與「象1」（第二層）、「象2」（第三層）、「象3」（第四層）等
所形成之各「小意象系統」，為「多」；「先目後凡」的核心結
構與所組織之「意」、「象」（第一層），可徹下以統合「多」，
以形成「大意象系統」，並徹上歸根於「一（0）」的，為
「二」；而一篇之主旨——熱鬧過後的「悽清之情」與「富貴溫
婉」之風格，則為「一（0）」。就這樣，作者寫出了他「嘆息
時光易逝，盛筵不再，美景難留的淡淡閒愁」[28]。

然後看蘇軾的〈臨江仙〉詞：

> 夜飲東坡醒復醉，歸來彷彿三更。家童鼻息已雷鳴。敲
> 門都不應，倚杖聽江聲。　　長恨此身非我有，何時忘
> 卻營營。夜闌風靜縠紋平。小舟從此逝，江海寄餘生。

這首〈臨江仙〉詞，題作「夜歸臨皋」，也作於元豐五年，是
採「具（事）泛（情）、具（景、事）」的結構寫成的。它在上
片，先以「夜飲」二句，敘自己夜半從雪堂醉歸之事，主要以
「醉」、「歸」形成「象」；再以「家童」三句，交代自己所以
「倚杖聽江聲」的因果，主要以「鼻息」、「敲門」、「聽江聲」
形成「象」；以上是頭一個「具」（事）的部分。而在下片，則
寫「倚杖聽江聲」時所見所感，先以「長恨」兩句，採「先果
後因」的結構寫所感，表達急欲解脫束縛之感喟與退隱江湖之
意願；這是「泛」（情）的部分。接著以「夜闌」句寫所見，
主要以「風靜縠平」之景形成「實象」；然後以「小舟」二句
虛寫面對「夜闌風靜縠紋平」時之所思，主要以「小舟逝江海」

---

[28] 見《唐宋詞鑑賞辭典》（上海：上海辭書出版社，1999年1月一版十五刷），頁410。

之事形成「象」。如此即事（景）抒情，將作者超曠之襟懷表現得十分清楚。附結構表如下：

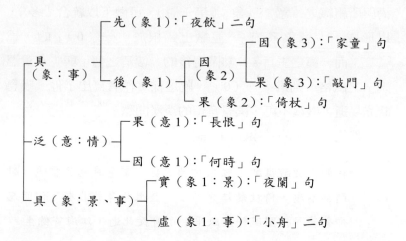

依據上表，此詞著眼於所謂「意」（第一層）、「意 1」（第二層）與「象」（第一層）、「象 1」（第二層）、「象 2」（第三層）、「象 3」（第四層）等，這些經過章法處理，就橫向由不同層級所呈現的，是它個別的「小意象系統」；而著眼於所謂「泛具」、「先（昔）後（今）」、「因果」、「虛實」章法，這些從縱向將「意」與「象」（第一層）、「意 1」與「象 1」（第二層）、「象 2」（第三層）、「象 3」（第四層）等層層組織起來，所呈現的則是它的「章法結構」。至於透過這種「章法結構」，發揮意象與意象間「紐帶」的功能，把「個別意象」用「層次邏輯」逐層加以組織，自然就形成了它整體的「大意象系統」。

如就「多」、「二」、「一（0）」來看，篇中那些「凡目」、「先（昔）後（今）」、「因果」、「虛實」等結構，與分別所對應

的「意1」與「象1」（第二層）、「象2」（第三層）、「象3」（第四層）等所形成之各小「意象系統」，為「多」；「具、泛、具」的核心結構與所組織之「意」、「象」（第一層），可徹下以統合「多」，以形成大「意象系統」，並徹上歸根於「一（0）」的，為「二」；而一篇之主旨「隱逸之思」與「飄逸超曠」[29]之風格，則為「一（0）」。就這樣，作者寫出了他謫居中的真性情，體現了它的鮮明個性。

以上所舉的三例中，首例主要以「事」為「象」、「情與理」為「意」，而形成意象系統；次例主要以「景（物）」為「象」、「情」為「意」，而形成意象系統；末例以「景（物）與事」為「象」、「情」為「意」，而形成意象系統。從這些例證中，可看出無論大、小的「意象系統」，都必須透過「章法結構」才能完整呈現。如此一來，任何辭章中意象與意象間之隱蔽「紐帶」或「深層的因素和邏輯」，便得以藉「層次邏輯」所形成之「章法結構」，深入「探索」、「挖掘」而完全「顯露」出來了。

五、章法結構與意象系統之疊合

辭章的篇章結構，有縱、橫兩向。其中縱向的結構，乃由「意象（內容）系統」，亦即「情、理、景、事」等分層組成；而橫向的結構，則由邏輯層次，也就是各種章法，如今昔、遠近、大小、本末、賓主、正反、虛實、凡目、因果、抑揚、平

---

[29] 參見高原解析，見《唐宋詞鑑賞辭典》，同注28，頁641-643。

側……等落實為「章法結構」而組成。因此捨縱向而取橫向，或捨橫向而取縱向，是無法探知辭章的篇章結構的。唯有疊合縱、橫向而為一，用「表」為輔加以呈現，才能凸顯一篇辭章在「意象系統」與「章法結構」上的特色。

而所謂「章法」，由於是綴句成節（句群）、連節成段、統段成篇的一種組織，所以一直被歸入「形式」來看待，似乎與「意象」（內容）扯不上關係。其實，這裡所指的「句」、「節」（句群）、「段」、「篇」，說的是句、節（句群）、段、篇的「意象」，而要縱橫組合這些「意象」，形成合乎「秩序、變化、聯貫、統一」此四大要求的辭章，則非靠各種「章法」來達成任務不可。

因此，說得精確一點，「章法」所探求的，是「意象（內容）」的深層結構。劉熙載在其《藝概・詞曲概》中說得好：「詞以煉章法為隱，煉字句為秀。秀而不隱，是猶百琲明珠，而無一線穿也。」[30]這雖專就「詞」來說，但也一樣可適用於其他文體。所謂「隱」，指「蘊藏於內」；所謂「秀」，指「表現於外」。一篇辭章，如僅煉「表現於外」的「字句」，來傳遞情意，而不煉「蘊藏於內」的「章法」，藉邏輯思維以貫穿情意，使前後串成條理（秩序、變化、聯貫、統一），則它必定因失去內在條理，而雜亂無章，這當然就像「百琲明珠，而無一線穿」了。

既然「章法」所探求的，是「意象（內容）」的深層結構，那麼「章法」便等同於人類共通的一種理則，是人人所與

---

[30] 見《劉熙載文集》（南京：江蘇古籍出版社，2000 年 12 月一版一刷），頁 143。

生俱來的；而所有的作者在創作之際，也就自覺或不自覺地受它的支配，以「章法結構」分層組合「情」、「理」、「景（物）」、「事」。因此，「章法」絕不是強加於文章之上的外在框架，而是任何一篇辭章所不可無的內在之邏輯條理。這種邏輯條理深蘊於辭章「意象（內容）」之內，如不予深入挖掘，是探求不到的。這也就是縱向的「意象系統」所以必須與橫向的「章法結構」疊合的原因。茲採先分解後疊合之方式，舉例略作說明。不過，「表」如以橫排方式呈現，就像上文所說的，縱向的反指「章法結構」，而橫向的反為「意象系統」。

　　首先看王維的〈渭川田家〉詩：

> 斜光照墟落，窮巷牛羊歸。野老念牧童，倚杖候荊扉。
> 雉雊麥苗秀，蠶眠桑葉稀。田夫荷鋤至，相見語依依。
> 即此羨閒逸，悵然歌式微。

這首詩藉「渭川田家」黃昏時「閒逸」之景，以興歆羨之情，從而表出作者急欲歸隱田園的心願。其小「意向系統」，可藉章法梳理之後用下表來呈現：

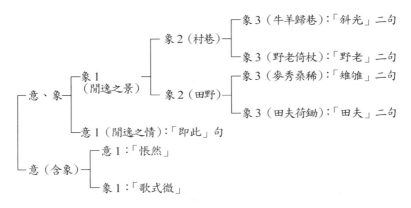

從上表可看出此詩先藉由村巷與田野，分別著眼於牛羊、野老、桑麥、田夫，寫所歆羨的閒逸之景，再由此帶出「羨閒逸」之情，然後用《詩經‧邶風‧式微》「式微，式微，胡不歸」的詩意，以表達自己「踵武靖節」[31]的心願。這就形成了「意、象」與「意含象」（第一層）、「象 1、意 1」（第二層）、「象 2」（第三層）、「象 3」（第四層）的「小意向系統」。而這種「小意向系統」，是用什麼內在的邏輯條理，以形成其深層結構的呢？如細予審辨，則不難發現它用了因果、虛實（情景）、遠近、天人（自然、人事）等章法，以形成其結構，那就是：

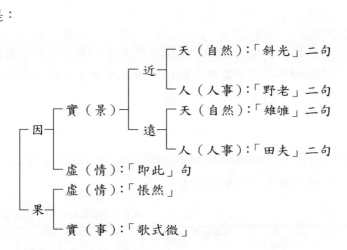

若特別凸顯「章法」，輔以「意象」，將上舉兩表疊合在一起，便成下表：

---

[31] 見高步瀛《唐宋詩舉要》注（臺北：學海出版社，1973 年 2 月初版），頁 12。

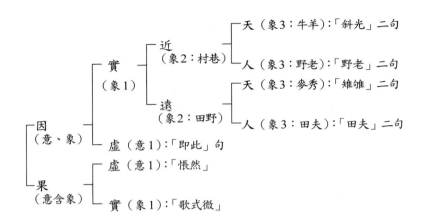

由此可見橫向（意象系統）與縱向（章法結構）的關係，是深密得不可分割的。先就「小意象系統」來看，以「意、象」與「意含象」（第一層）、「象 1」與「意 1」（第二層）、「象 2」（第三層）、「象 3」（第四層）形成其小系統；再就「章法結構」來看，以「先因後果」（第一層）、「先實後虛」與「先虛後實」（第二層）、「先近後遠」（第三層）、兩疊「先天後人」（第四層）形成其結構；然後就「大意象系統」來看，用各層「章法結構」，將「小意象系統」縱橫聯結，以形成其大系統。其中第二、三、四等層所屬「意象系統」與「章法結構」為「多」，而第一層所屬「意象」與「結構」以徹下徹上者為「二」；至於所表達「羨閒逸，歌式微」之一篇主旨與「疏散簡淡」[32]之風格，則為「一（0）」。

然後看白居易的〈長相思〉詞：

> 汴水流，泗水流，流到瓜州古渡頭。吳山點點愁。

---

[32] 見韓潤解析，見唐圭璋等《唐詩鑑賞辭典》（北京：北京燕山出版社，2000 年 11 月一版三刷），頁 146-147。

　　思悠悠，恨悠悠，恨到歸時方始休。月明人倚樓。

此詞藉自身之所見、所爲來寫相思之情（所思）。其橫向（原縱向）之「意象（內容）系統」，可用下表來呈現：

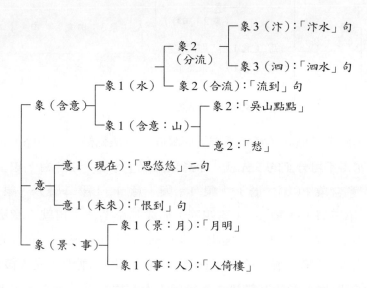

從上表可看出「作者在上片，寫的是自己置身於瓜州古渡所見的景物：首以『汴水流』三句，寫向北所見到的『水』景，藉汴、泗二水之不斷奔流，襯托出一份悠悠別恨；再以『吳山點點愁』一句，寫向南所見到之『山』景，藉吳山之『點點』又襯托出另一份悠悠別恨來，使得情寓景中，全力爲下半的抒情預鋪路子。到了下片，則即景抒情，一開頭就將一篇之主旨『悠悠』之恨拈出，再以『恨到歸時方始休』作進一層的渲染。然後以結句，寫自己在樓上對月相思的樣子，將『恨』字

作更具體之描繪，而且也『呼應了全篇』[33]。」[34]。如果從章
法切入，則它以「泛具」、「方位轉換」、「虛實」與「高低」、
「凡目」、「情景」、「並列」等章法組成其縱向（原橫向）之深
層結構，即：

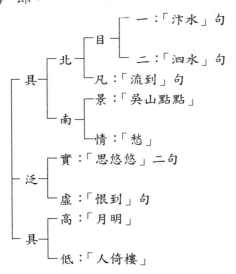

如果以縱向（章法）為主、橫向（意象）為輔加以疊合，則形
成了下表：

---

[33] 參見黃屏解析，見陳邦炎《詞林觀止》上（上海：上海古籍出版社，1994 年 4 月一
版一刷），頁 25。

[34] 見拙作〈談篇章的縱向結構〉（臺北：臺灣師大《中國學術年刊》，2001 年 5 月），頁
274-275。

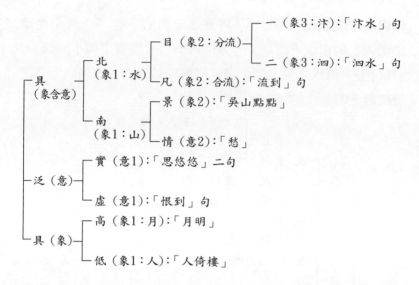

透過這個例子，可看出縱向（章法）與橫向（意象）關係之密切來。先就「小意象系統」來看，以「意含象」、「意」與「象」（第一層）、「象 1」與「意 1」（第二層）、「象 2」與「意 2」（第三層）、「象 3」（第四層）形成其小系統；再就「章法結構」來看，以「具、泛、具」（第一層）、「先北後南」、「先實後虛」與「先高後低」（第二層）、「先目後凡」與「先景後情」（第三層）、「並列」（第四層）形成其結構；然後就「大意象系統」來看，用各層「章法結構」，將「小意象系統」縱橫聯結，以形成其大系統。其中第二、三、四等層所屬「意象系統」與「章法結構」為「多」，而第一層所屬「意象」與「結構」以徹下徹上者為「二」；至於所表達「相思之情」的一篇主旨與「音調諧婉，流美如珠」[35]之風格，則為「一（0）」。就

---

[35] 趙仁圭、李建英、杜媛萍：「整首詞藉流水寄情，含情綿邈。疊字、疊韻的頻繁使用，使詞句音調諧婉，流美如珠。」見《唐五代詞三百首譯析》（長春：吉林文史出

這樣以「多」、「二」、「一（0）」統合縱橫向，將「意象系統」與「章法結構」疊合而爲一了。

總結起來看，所謂「小意象系統」，是就「橫向」（依橫排結構表）、「個別意象」來說的，它藉「章法結構」自第一層開始，依「由最大類到最小意象」之順次，逐層下遞，到最低一層的「個別意象」，即形成此「個別意象」之「小意象系統」。而所謂「大意象系統」，則是就「縱向」（依橫排結構表）、「整體意象」而言的，它藉「章法結構」將「橫向」之各「小意象系統」，逐層作縱向之統合，成爲「大意象系統」，從而呈現「章法結構」與大、小「意象系統」緊密疊合之整體結構。因此，大小「意象系統」之形成，都有賴於「（0）一、二、多」的「章法結構」。

而這種系統與結構，如著眼於創作面，所呈現的是「（0）一、二、多」，而著眼於鑑賞面，則所呈現的是「多、二、一（0）」。這就同一作品而言，作者由「意」而「象」地在從事順向（「（0）一、二、多」）創作的同時，也會一再由「象」而「意」地如讀者作逆向（「多、二、一（0）」）之檢查；同樣地，讀者由「象」而「意」地作逆向（「多、二、一（0）」）鑑賞（批評）的同時，也會一再由「意」而「象」地如作者在作順向（「（0）一、二、多」）之揣摩。如此順逆互動、循環而提升，形成螺旋結構，而最後臻於至善，自然能使得創作與鑑賞合爲一軌。

版社，1997 年 1 月一版一刷），頁 148。

六、結語

　　一般說來，由「意」而「象」而形成「系統」，是大都不自覺的；而由「象」而「意」，用「客觀存在」之「章法」切入，是完全自覺的。前者所呈現的是「（0）一、二、多」之順向過程，後者所呈現的爲「多、二、一（0）」的逆向過程。在此過程中，兩者一直互動、循環而提升，形成「多」、「二」、「一（0）」的螺旋結構，逐漸地化「不自覺」爲「自覺」，以求最後臻於完全合軌的境界，使得「意象系統」因「章法結構」之介入而完全顯露，而「章法結構」也因「意象系統」之融入而能將縱橫向結合在一起，由此可見「意象系統」與「章法結構」，是不可分割的。

參考文獻

王希杰〈章法學門外閑談〉，臺北：《國文天地》18 卷 5 期，2002 年 10 月，頁 92-95。

王長俊等《詩歌意象學》，合肥：安徽文藝出版社，2000 年 8 月一版一刷。

吳應天《文章結構學》，北京：中國人民大學出版社，1989 年 8 月一版三刷。

吳楚材、王文濡《精校評注古文觀止》卷 5，臺北：臺灣中華書局，1972 年 11 月臺六版。

宗白華《宗白華全集》2，合肥：安徽教育出版社，1994 年 12 月一版

二刷。

林啟彥《中國學術思想史》，臺北：書林出版社，1999 年 9 月一版四刷。

姜國柱《中國歷代思想史》〔壹、先秦卷〕，臺北：文津出版社，1993 年 12 月初版一刷。

約翰·格里賓著、方玉珍等譯《雙螺旋探密——量子物理學與生命》，上海：上海科技教育出版社，2001 年 7 月。

高步瀛《唐宋詩舉要》，臺北：學海出版社，1973 年 2 月初版。

孫育華主編《唐詩鑑賞辭典》，北京：北京燕山出版社，2000 年 11 月一版三刷。

唐君毅《中國哲學原論·導論篇》，臺北：學生書局，1993 年 2 月校訂版第二刷。

唐圭璋等《唐宋詞鑑賞辭典》，上海：上海辭書出版社，1999 年 1 月一版十五刷。

徐復觀《中國人性論史·先秦篇》，臺北：臺灣商務印書館，1978 年 10 月四版。

陳邦炎主編《詞林觀止》上，上海：上海古籍出版社，1994 年 4 月一版一刷。

陳滿銘〈談篇章的縱向結構〉，臺北：臺灣師大《中國學術年刊》，2001 年 5 月，頁 274-275。

陳滿銘《章法學綜論》，臺北：萬卷樓圖書公司，2003 年 6 月初版。

陳滿銘〈論「多」、「二」、「一（0）」的螺旋結構——以《周易》與《老子》為考察重心〉，臺北：《師大學報·人文與社會類》48 卷 1 期，2003 年 7 月，頁 1-20。

陳滿銘〈論章法「多、二、一（0）」的核心結構〉，臺北：《師大學

報・人文與社會類》48 卷 2 期，2003 年 12 月，頁 71-94。

陳鼓應《老子今注今譯及評介》，臺北：臺灣商務印書館，1985 年 2
月修訂十版。

陳慶輝《中國詩學》，臺北：文史哲出版社，1994 年 12 月初版。

黃　釗《帛書老子校注析》，臺北：學生書局，1991 年 10 月初版。

黃永武《中國詩學・設計篇》，臺北：巨流圖書公司，1999 年 6 月初
版十三刷。

黃慶萱《周易縱橫談》，臺北：三民書局，1995 年 3 月初版。

馮友蘭《馮友蘭選集》上卷，北京：北京大學出版社，2000 年 7 月一
版一刷。

勞思光《新編中國哲學史》〔一〕，臺北：三民書局，1984 年 1 月增
訂修版。

趙仁圭、李建英、杜媛萍《唐五代詞三百首譯析》，長春：吉林文史
出版社，1997 年 1 月一版一刷。

鄭頤壽〈中華文化沃土，辭章學圃奇葩——讀陳滿銘《章法學新裁》
及其相關著作〉，《海峽兩岸中華傳統文化與現代化研討會文
集》，蘇州：「海峽兩岸中華傳統文化與現代化研討會」，2002 年
5 月，頁 131-139。

劉熙載《劉熙載文集》，南京：江蘇古籍出版社，2000 年 12 月一版一
刷。

戴璉璋《易傳之形成及其思想》，臺北：文津出版社，1988 年 11 月臺
灣初版。

辭章意象系統論

∽ 摘　要 ∾

　　自來研究意象的學者，大都只注意到「個別意象」，而忽略了「整體意象」；即使有的注意及此，也僅提出「意象群」或「總意象」、「分意象」的說法，而無法梳理出「意象系統」來，這是由於不能掌握它內在的層次邏輯的緣故。因此如果試圖藉著由「層次邏輯」而形成之「章法結構」，將自「個別意象」逐層提升至「整體意象」的「意象系統」，分縱橫向作一探討，使深埋於意象與意象間的內在邏輯或「紐帶」，得以開挖、顯露出來，並附以「多」、「二」、「一（0）」的螺旋結構作考察，則「意象系統」可大致得以清晰呈現。

關鍵詞：意象（形成、表現、組織、統合）、意象系統、章法結構、縱橫向疊合、「多」、「二」、「一（0）」結構。

一、前言

近幾年來，探討意象的人越來越多，如草木意象、花鳥意象、桃花意象、色彩意象、山意象、水意象、月意象，以及團圓的意象、流浪的意象、離別的意象、隱逸的意象等，都有人作為主題來研究文學總集、別集或個別作品；而這些文學總集、別集或個別作品，卻和辭章脫離不了關係。本文即以此狹義之意象為基礎，擴及於廣義與其整體系統來探討，先論析意象之形成，再辨明意象系統與章法結構之關係，然後凸出意象系統縱、橫向之疊合，以見意象系統之梗概。

二、意象之形成

「意象」乃合「意」與「象」而成。由於它有哲學層面之基礎，所以運用在辭章層面上便能切合無間。

從哲學層面來看，意象與心、物之合一是有關的，但因它牽扯甚廣，而爭議也多，所以在此略而不論，只直接落到「意」與「象」來說。而論述「象」與「意」最精要的，要推《易傳》，其〈繫辭上〉云：

> 聖人有以見天下之賾，而擬諸其形容，象其物宜，是故謂之象。

而〈繫辭下〉又云：

> 《易》者，象也。象也者，像也。……是故吉凶生而悔
> 吝著也。

對此，孔穎達在《周易正義》卷八中解釋道：

> 《易》卦者，寫萬物之形象，故《易》者，象也。象也
> 者，像也，謂卦為萬物象者，法像萬物，猶若乾卦之象
> 法像於天也。[1]

可見在此，「象」是指近取諸身、遠取諸物而得來的卦象，可
藉以表示人事之吉凶悔吝。從廣義地說，即藉具體形象來表達
抽象事理，以達到象徵（或譬喻）的作用。因此陳望衡《中國
古典美學史》說：

> 《周易》的「觀物取象」以及「象者，像也」，其實並不
> 通向模仿，而是通向象徵。這一點，對中國藝術的品格
> 影響是極為深遠的。[2]

而所謂「象徵」，就其表出而言，就是一種符號，所以馮友蘭
在《馮友蘭選集》上卷說：

> 〈繫辭傳〉說：「易者，象也。」又說：「聖人有以見天
> 下之賾，而擬諸其形容，象其物宜，是故謂之象。」照
> 這個說法，「象」是模擬客觀事物的複雜（賾）情況
> 的。又說「象也者，象此者也」；象就是客觀世界的形

---

1 見孔穎達《周易正義》卷八（臺北：廣文書局，1972 年 1 月），頁 77。
2 見陳望衡《中國古典美學史》（長沙：湖南教育出版社，1998 年 8 月一版一刷），頁
  202。

象。但是這個模擬和形象並不是如照像那樣下來，如畫像那樣畫下來。它是一種符號，以符號表示事物的「道」或「理」。六十四卦和三百八十四爻都是這樣的符號。[3]

所謂「以符號表示事物的『道』或『理』」，和葉朗在《中國美學史大綱》所說的：〈繫辭傳〉認為整個《易經》都是「象」，都是以形象來表明義理[4]，其道理是一樣的。

除了上文談到〈繫辭傳〉，指出了《易經》「象」的層面與「道或理」有關外，〈繫辭傳〉還進一步論及「立象以盡意」的問題。〈繫辭上〉云：

> 子曰：「書不盡言，言不盡意。」然則，聖人之意，其不可見乎？子曰：「聖人立象以盡意，設卦以盡情偽，繫辭焉以盡其言，變而通之以盡利，鼓之舞之以盡神。

一般而言，語言在表達思想情感時，會存在著某種侷限性，此即「言不盡意」的意思（這關涉到了「空白」、「補白」理論，當另文討論）。而在〈繫辭傳〉中，卻特地提出了「象可盡意、辭可盡言」的論點。王弼《周易略例‧明象》對此曾說明云：

> 夫象者，出意者也；言者，明象者也。盡意莫若象，盡象莫若言。言生於象，故可尋言以觀象；象生於意，故

---

[3] 見《馮友蘭選集》上卷（北京：北京大學出版社，2000年7月一版一刷），頁394。
[4] 見葉朗《中國美學史大綱》（臺北：滄浪出版社，1986年9月），頁66。

可尋象以觀意。意以象盡，象以言著。[5]

由此可知，「情意」可透過「言語」、「形象」來表現，並且可以表現得很具體。而前者（情意）是目的、後者（言語、形象）爲工具。陳望衡《中國古典美學史》釋此云：

> 王弼將「言」、「象」、「意」排了一個次序，認爲「言」生於「象」、「象」生於「意」。所以，尋言是爲了觀象，觀象是爲了得意。言—象—意，這是一個系列，前者均是後者的工具，後者均爲前者的目的。[6]

他把「意」與「象」、「言」的前後關係，說得十分清楚，不過，他所謂的「言→象→意」，是就逆向的解讀（鑑賞）一面來說的，如果從順向的創作一面而言，則是「意→象→言」了。此外，葉朗在《中國美學史大綱》裡，也從另一角度，將《易傳》所言之「象」與「意」闡釋得相當扼要而明白，他說：

> 「象」是具體的，切近的，顯露的，變化多端的，而「意」則是深遠的，幽隱的。〈繫辭傳〉的這段話接觸到了藝術形象以個別表現一般，以單純表現豐富，以有限表現無限的特點。[7]

所謂的「單純」（象）與「豐富」（意）、「有限」（象）與「無

---

[5] 見王弼《周易略例·明象》，收於《易經集成》149（臺北：成文出版社，1976 年出版），頁 21-22。

[6] 見陳望衡《中國古典美學史》，同注 2，頁 207。

[7] 見《中國美學史大綱》，同注 4，頁 26。

限」（意），說的就是「象」與「意」之關係。

由此看來，辭章中的「意」與「象」，其哲學層面之基礎就建立在這裡。對應於此，在文學理論中最早以合成詞的方式標舉出「意象」這一藝術概念的[8]，是劉勰《文心雕龍·神思》：

> 是以陶鈞文思，貴在虛靜，疏瀹五藏，澡雪精神；積學以儲寶，酌理以富才，研閱以窮照，馴致以繹辭；然後使玄解之宰，尋聲律而定墨；燭照之匠，窺意象而運斤。此蓋馭文之首術，謀篇之大端。

在這一段話中，劉勰講的是作家須使內心虛靜，然後才能醞釀文思、經營意象；在此「意象」一詞指的是構思中的形象，頗能直接傳達情意與形象在文學表達上統合為一的關係[9]，而美感也由此產生。張紅雨在《寫作美學》中說：

> 人們之所以有了美感，是因為情緒產生了波動。這種波動與事物的形態常常是統一起來的，美感總是附著在一定的事物上。[10]

他更進一步地指出：事物之所以可以成為激情物，是因為它觸動人們的美感情緒，而使美感情緒產生波動，所以我們對事物形態的摹擬，實際上是對美感情緒波動狀態的摹擬，是雕琢美

---

[8] 前於劉勰的王充，在《論衡·亂龍篇》中就提到過「意象」，這是「意象」作為合成詞第一次出現。他說：「夫畫布為熊麋之象，明布為侯，禮貴意象，示義取名也。」但這並不是針對文學理論而發。

[9] 參見歐麗娟《杜詩意象論》（臺北：里仁書局，1997 年初版），頁 12。

[10] 見張紅雨《寫作美學》（高雄：麗文文化出版社，1996 年 10 月初版），頁 311。

感情緒的必要手段。因此，所謂靜態、動態的摹擬，也並不是對無生命的事物純粹作外形，或停留在事物動的表面現象上作摹狀，而是要挖掘出它更本質、更形象的內容，來寄託和流洩美感的波動[11]。

他所說的「情緒波動」，即主體之「意」；而「事物形態」之「更本質、更形象的內容」，則爲客體之「象」。對這種意象之形成，格式塔心理學家用「同形同構」或「異質同構」來解釋。李澤厚在〈審美與形式感〉一文中說：

> 不僅是物質材料（聲、色、形等等）與視聽感官的聯繫，而更重要的是它們與人的運動感官的聯繫。對象（客）與感受（主），物質世界和心靈世界實際都處在不斷的運動過程中，即使看來是靜的東西，其實也有動的因素……其中就有一種形式結構上巧妙的對應關係和感染作用……格式塔心理學家則把這種現象歸結為外在世界的力（物理）與內在世界的力（心理）在形式結構上的「同形同構」，或者說是「異質同構」，就是說質料雖異而形式結構相同，它們在大腦中所激起的電脈衝相同，所以才主客協調，物我同一，外在對象與內在情感合拍一致，從而在相映對的對稱、均衡、節奏、韻律、秩序、和諧……中，產生美感愉快。[12]

這把「意」與「象」之所以形成、趨於統一，而產生美感的原因、過程與結果，都簡要地交代清楚了。

---

[11] 參見張紅雨《寫作美學》，同注 10，頁 311-314。
[12] 見《李澤厚哲學美學文選》（臺北：谷風出版社，1987 年 5 月初版），頁 503-504。

　　而從辭章層面來看，則意象是和辭章的內容融爲一體的。而辭章內容的主要成分，不外情、理與事、物（景）。其中情與理爲「意」，屬核心成分；事與物（景）乃「象」，爲外圍成分。它可用下圖來表示：

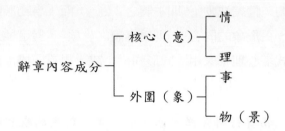

而此情、理與事、物（景）之辭章內容成分，就其情、理而言，是「意」；就其事、物（景）而言，是「象」。

　　所謂核心成分，爲「情」或「理」，乃一篇之主旨所在。它安排在篇內時，都以「情語」或「理語」來呈現，既可置於篇首，也可置於篇腹，更可置於篇末[13]，以統合各個事、物（景）之「象」。而如果核心成分之「情」或「理」（主旨）未安置於篇內，就要從篇外去尋找，這是讀者要特別費心的。但無論是「理」或「情」，皆指「意象」之「意」來說。

　　所謂外圍成分，則以事語或物（景）語來表出。也就是說，形成外圍結構的，不外「物」材與「事」材而已。先就「物」材來說，凡是存於天地宇宙之間的實物或東西都可以成爲文章的材料。以較大的物類而言，如天（空）、地、人、日、月、星、山（陸）、水（川、江、河）、雲、風、雨、雷、

---

[13] 見拙作〈談安排辭章主旨（綱領）的幾種基本形式〉（臺北：《國文學報》14 期，1985 年 6 月），頁 201-224。

電、煙、嵐、花、草、竹、木（樹）、泉、石、鳥、獸、蟲、魚、室、亭、珠、玉、朝、夕、晝、夜、酒、餚……等就是；以個別的物件而言，如桃、杏、梅、柳、菊、蘭、蓮、茶、麥、梨、棗、鶴、雁、鶯、鷗、鷺、鵜鴂、鷓鴣、杜鵑、蟬、蛙、鱸、蚊、蟻、馬、猿、笛、笙、琴、瑟、琵琶、船、旗、轎……等就是。這些物材可說無奇不有，不可勝數。大抵說來，作者在處理內容成分時，大都將個別的物材予以組合而形成結構。

再就「事」材來說，凡是發生在天地宇宙之間的事情都可以成為文章的材料。以抽象的事類而言，如取捨、公私、出入、聚散、得失、逢別、迎送、仕隱、悲喜、苦樂、歌舞、來（還）往（去）、成敗、視聽、醒醉、動靜，甚至入夢、弔古、傷今、閒居、出遊、感時、恨別、雪恥、滅恨、修身、齊家、治國、平天下，泛論、舉證、經過、結果……等就是；以具體的事件而言，如乘船、折荷、繞室、讀書、醉酒、離鄉、還家、邀約、赴約、生病、吃糠、遊山、落淚、彈箏、倚杖、聽蟬、接信、拆信、羅酒漿、備飯茶、甚至行孝、行悌、致敬……等就是。這些事材，可說俯拾皆是，多得數也數不清。作者通常都用具體的事件來寫，卻在無形中可由抽象的事類予以統括[14]。

以上所舉的「物材」，主要用於寫「景（物）」；而「事材」則主要用於敘「事」。所敘寫的無論是「景（物）」或「事」，皆指「意象」之「象」而言。茲舉馬致遠題作「秋思」

---

[14] 以上參見拙著《章法學綜論》（臺北：萬卷樓圖書公司，2002年6月），頁107-119。

的〈天淨沙〉曲為例：

> 枯藤、老樹、昏鴉。小橋、流水、人家。古道、西風、
> 瘦馬。夕陽西下。斷腸人在天涯。

本曲旨在寫浪跡天涯之苦。它先就空間，以「枯藤」兩句寫道旁所見，以「古道」句寫道中所見；再就時間，以「夕陽」句指出是黃昏，以增強它的情味力量；然後由景轉情，點明浪跡天涯者「人生如寄」、「漂泊無定」的悲痛[15]，亦即「斷腸」作結。

就在這首曲裡，可說一句一意象（狹義），形成了豐富之「意象」群，其中以「枯藤」、「老樹」、「昏鴉」、「古道」、「西風」、「瘦馬」、「夕陽西下」（黃昏）等「物」與「人在天涯」之「事」，針對著「斷腸」之「意」，透過「異質同構」之作用，而形成正面「意象」，很技巧地與「小橋」、「流水」、「人家」等「物」所形成的反面「意象」，把流浪的孤苦與團圓的溫馨作成強烈對比，以推深作者「人在天涯」的悲痛來。很顯然地，這種意象之形成，是可以還原到作者構思之際加以確定的。

因此，意象之形成，就像《文心雕龍·神思》所說的，確是「馭文之首術、謀篇之大端」。

---

[15] 楊棟：「這首小令通過一幅秋野夕照圖的描繪，抒寫了一位浪跡天涯的遊子對『家』的思念，以及由此生發出的漂泊無定的厭倦及悲涼情緒，強烈地表現出人類普遍存在的內在孤獨感與無歸宿感。」見《中國古代文學名篇選讀》（天津：南開大學出版社，2001年3月一版一刷），頁62。

三、意象系統與辭章內涵

　　所謂的「意象」，乃合「意」與「象」而成。它不只指狹義的個別意象而已，而是有廣義之整體意象的。廣義者指全篇，屬於整體，可以析分為「意」與「象」；狹義者指個別，屬於局部，往往合「意」與「象」為一來稱呼。而整體是局部的總括、局部是整體的條分，所以兩者關係密切。不過，必須一提的是，狹義之「意象」，亦即個別之「意象」，雖往往合「意」與「象」為一來稱呼，卻大都用其偏義，譬如草木或桃花的意象，用的是偏於「意象」之「意」，因為草木或桃花都偏於「象」；如「桃花」的意象之一為愛情，而愛情是「意」；而團圓或流浪的意象，則用的是偏於「意象」之「象」，因為團圓或流浪，都偏於「意」；如「流浪」的意象之一為浮雲，而浮雲是「象」。因此前者往往是一「象」多「意」，後者則為一「意」多「象」。而它們無論是偏於「意」或偏於「象」，通常都通稱為「意象」。底下就著眼於整體（含個別）的「意象」（意與象），試著用它來統合形象思維與邏輯思維，並貫穿辭章的各主要內涵，以見意象在辭章上之地位。

　　先從「意象」之形成與表現來看，是與形象思維有關的，而形象思維所涉及的，是「意」（情、理）與「象」（事、景）之結合及其表現。其中探討「意」（情、理）與「象」（事、景）之結合者，為「意象學」（狹義），探討「意」（情、理）與「象」（事、景）本身之表現者，為「修辭學」。再從「意象」之組合與排列來看，是與邏輯思維有關的，而邏輯思維所

涉及的，則是意象（意與意、象與象、意與象、意象與意象）
之排列組合，其中屬篇章者爲「章法學」，主要探討「意象」
之安排，而屬語句者爲「文法學」，主要由概念之組合而探討
「意象」。至於綜合思維所涉及的，乃是核心之「意」（情、
理），即一篇之中心意旨——「主旨」與審美風貌——「風
格」。由此看來，形象思維、邏輯思維與綜合思維三者，涵蓋
了辭章的各主要內涵，而都離不開「意象」。如對應於「多、
二、一（0）」[16]的逆向邏輯結構來說，則所謂的「多」，指由
「意象」（個別）、「詞彙」、「修辭」、「文（語）法」、與「章
法」等所綜合起來表現之藝術形式；「二」指「形象思維」（陰
柔）與「邏輯思維」（陽剛），藉以產生徹下徹上之中介作用；
而「一（0）」則指由此而凸顯出來的「主旨」與「風格」等，
這就是「修辭立其誠」《易・乾》之「誠」，乃辭章之核心所
在。這樣以「多」、「二」、「一（0）」[17]來看待辭章內涵，就能
透過「二」（「形象思維」與「邏輯思維」）的居間作用，使
「多」（「意象」（個別）、「詞彙」、「修辭」、「文（語）法」與
「章法」等）統一於「一（0）」（「主旨」與「風格」等）了。
它們的關係可呈現如下表：

---

[16] 見拙作〈章法「多、二、一（0）」結構論〉（臺北：《中國學術年刊》25 期（春季號），2004 年 3 月），頁 129-172。

[17] 見拙作〈論「多」、「二」、「一（0）」的螺旋結構——以《周易》與《老子》為考察重心〉（臺北：《師大學報・人文與社會類》48 卷 1 期，2003 年 7 月），頁 1-20。

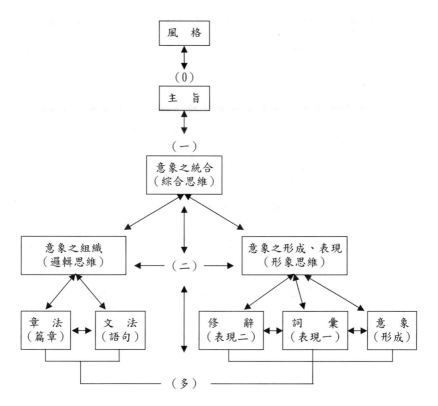

這樣看來，辭章是離不開「意象」的，就是主旨與風格，也是如此。因為「主旨」是核心之「意」，而風格是以主旨統合各「意象」之形成、表現與組織所產生之一種抽象力量。因此可以這麼說，如離開了「意象」就沒有辭章，其地位之重要，可想而知。

可見辭章確實離不開「意象」之形成、表現與其組織，並由此而凸顯出一篇主旨與風格來，這就相當於一棵樹之合其樹幹與枝葉而成整個形體、姿態與韻味一樣，其關係是密不可分的。而就在這種篇章結構中，直接與「意象之組織」，亦即

「意象系統」相關的，就是「章法結構」。這個問題，雖一直有人注意，卻無法獲得圓滿解決。如陳慶輝在《中國詩學》中即說道：

> 應該說意象的組合方式是多種多樣的，上述所舉只怕是掛一漏萬；而且複合意象的構成，作為一種審美創造，是一個複雜的心理過程，用所謂並列、對比、敘述、述議等結構形式加以說明，似乎是粗糙的、膚淺的，其深層的因素和邏輯還有待我們去挖掘和探索。[18]

意象的組織，確乎是一種複雜的心理過程，其中動用了精密的層次邏輯之思維能力，原本就是不易掌握、捕捉的，而且在古典詩詞中，可以幫助確認意象組織的邏輯關係之連接詞常常被省略，因此更加重了探索、挖掘的困難度。而王長俊等的《詩歌意象學》也認為：

> 中國古典詩歌的意象雖然可以直接拼接，意象之間似乎沒有關聯，其實在深層上卻互相勾連著，只是那些起連接作用的紐帶隱蔽著，並不顯露出來，這就是前人所謂的「斷峰雲連」、「辭斷意屬」。[19]

他所謂的「斷峰雲連」、「辭斷意屬」，指的就是意象組織的問題。由此看來，意象與意象間之隱蔽「紐帶」或「深層的因素和邏輯」，一直未被「挖掘」、「探索」而「顯露」出來過，是

---

[18] 見陳慶輝《中國詩學》（臺北：文史哲出版社，1994年12月初版），頁74。

[19] 見王長俊等《詩歌意象學》（合肥：安徽文藝出版社，2000年8月一版一刷），頁215。

公認的事實。而這個難題，雖不免在語句上牽扯到「文法」，卻主要可由和「篇章」直接有關的「章法」切入，將「個別意象」（單一意象）組織成「整體意象」（複合意象），而獲得圓滿之解決。也就是說，「章法結構」與「意象系統」，是密不可分的。

四、意象系統與章法結構

　　辭章的篇章結構，有縱、橫兩向，所謂「情經辭緯」[20]，就是這個意思。其中縱向的結構，乃由「意象（內容）系統」，亦即「情、理、景、事」等分層組成；而橫向的結構，則由邏輯層次，也就是各種章法，如今昔、遠近、大小、本末、賓主、正反、虛實、凡目、因果、抑揚、平側……等落實為「章法結構」而組成。因此捨縱向而取橫向，或捨橫向而取縱向，是無法探知辭章的篇章結構的。唯有疊合縱、橫向而為一，用「表」為輔加以呈現，才能凸顯一篇辭章在「意象系統」與「章法結構」上的特色。

　　而所謂「章法」，由於是綴句成節（句群）、連節成段、統段成篇的一種組織，所以一直被歸入「形式」來看待，似乎與「意象」（內容）扯不上關係。其實，這裡所指的「句」、「節」（句群）、「段」、「篇」，說的是句、節（句群）、段、篇的「意象」，而要縱橫組合這些「意象」，形成合乎「秩序、變化、聯

---

[20] 劉勰《文心雕龍‧情采》：「文采所以飾言，而辯麗本乎情性。故情者文之經，辭者理之緯，經正而後緯成，理定而後辭暢，此立文知本源也。」見《增訂文心雕龍校注》卷7（北京：中華書局，2000年8月一版一刷），頁415。

貫、統一」此四大要求的辭章，則非靠各種「章法」來達成任務不可。

因此，說得精確一點，「章法」所探求的，是「意象（內容）」的深層結構。劉熙載在其《藝概·詞曲概》中說得好：「詞以煉章法爲隱，煉字句爲秀。秀而不隱，是猶百琲明珠，而無一線穿也。」[21]這雖專就「詞」來說，但也一樣可適用於其他文體。所謂「隱」，指「蘊藏於內」；所謂「秀」，指「表現於外」。一篇辭章，如僅煉「表現於外」的「字句」，來傳遞情意，而不煉「蘊藏於內」的「章法」，藉邏輯思維以貫穿情意，使前後串成條理（秩序、變化、聯貫、統一），則它必定因失去內在條理，而雜亂無章，這當然就像「百琲明珠而無一線穿」了。

既然「章法」所探求的，是「意象（內容）」的深層結構，那麼「章法」便等同於人類共通的一種理則，是人人所與生俱來的；而所有的作者在創作之際，也就自覺或不自覺地受它的支配，以「章法結構」分層組合「情」、「理」、「景（物）」、「事」。因此，「章法」絕不是強加於文章之上的外在框架，而是任何一篇辭章所不可無的內在之邏輯條理。這種邏輯條理深蘊於辭章「意象（內容）」之內，如不予深入挖掘，是探求不到的。這也就是縱向的「意象系統」所以必須與橫向的「章法結構」疊合的原因。茲採先分解後疊合之方式，舉例略作說明。不過，「表」如以橫排方式呈現，則縱向的反指「章法結構」，而橫向的反爲「意象系統」。

---

[21] 見《劉熙載文集》（南京：江蘇古籍出版社，2000 年 12 月一版一刷），頁 143。

首先看王維的〈渭川田家〉詩：

> 斜光照墟落，窮巷牛羊歸。野老念牧童，倚杖候荊扉。
> 雉雊麥苗秀，蠶眠桑葉稀。田夫荷鋤至，相見語依
> 依。即此羨閒逸，悵然歌式微。

這首詩藉「渭川田家」黃昏時「閒逸」之景，以興歆羨之情，從而表出作者急欲歸隱田園的心願。其「意象系統」，可藉「章法」梳理之後用下表來呈現：

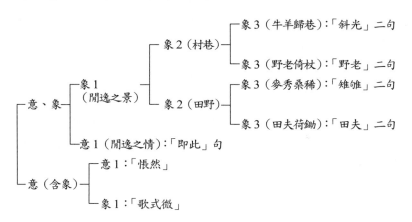

從上表可看出此詩先藉由村巷與田野，分別著眼於牛羊、野老、桑麥、田夫，寫所歆羨的閒逸之景，再由此帶出「羨閒逸」之情，然後用《詩經‧邶風‧式微》「式微，式微，胡不歸」的詩意，以表達自己「踵武靖節」[22]的心願。這就形成了「意、象」與「意含象」（上層）、「象 1、意 1」（次層）、「象 2」（三層）、「象 3」（底層）的「意象系統」。以下用簡圖分層表示如下：

---

[22] 見高步瀛《唐宋詩舉要》注（臺北：學海出版社，1973 年 2 月初版），頁 12。

```
   上層           次層            三層            底層
 ┌1.意、象←→象1（閒逸之景）←→象2（村巷）←→象3（牛羊歸巷）
 │2.意、象←→象1（閒逸之景）←→象2（村巷）←→象3（野老倚杖）
 │3.意、象←→象1（閒逸之景）←→象2（田野）←→象3（麥秀桑稀）
 └4.意、象←→象1（閒逸之景）←→象2（田野）←→象3（田夫荷鋤）
 ─5.意、象←→意1（閒逸之情）
 ┌6.意（含象）←→意1（悵然）
 └7.意（含象）←→意2（歌式微）
```

而這種「意象系統」，也自成縱橫兩向，為與「縱意象、橫章法」作區割，特稱縱向者為「大意象系統」、橫向者為「小意象系統」。其中橫向由「底層」到「上層」，呈現的是意象「由實（具體－物或事本身）而虛（抽象－物類或事類）」的各個層級；縱向由「1」到「7」，呈現的是意象「由先而後」（1→2→3→4→5→6→7）的敘寫順序。它們究竟是用什麼內在的邏輯條理，以形成其深層結構，逐一組織的呢？如細予審辨，則不難發現它用了因果、虛實（情景）、遠近、天人（自然、人事）等章法，以形成其結構，那就是：

```
              ┌近┬天（自然）：「斜光」二句
        ┌實（景）┤  └人（人事）：「野老」二句
  ┌因──┤    └遠┬天（自然）：「雉雊」二句
  │     │        └人（人事）：「田夫」二句
  │     └虛（情）：「即此」句
  └果──┬虛（情）：「悵然」
        └實（事）：「歌式微」
```

若特別凸顯「章法」，輔以「意象」，將上舉兩表疊合在一起，
便成下表：

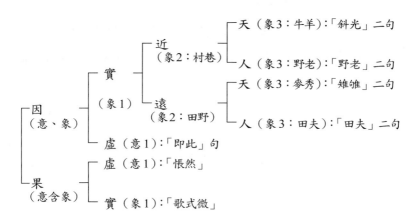

由此可見意象系統與章法結構的關係，是深密得不可分割的。
先就「小意象系統」來看，以「意、象」與「意含象」（上
層）、「象 1」與「意 1」（次層）、「象 2」（三層）、「象 3」（底
層）形成其小系統；再就「章法結構」來看，以「先因後果」
（上層）、「先實後虛」與「先虛後實」（次層）、「先近後遠」
（三層）、兩疊「先天後人」（底層）形成其結構；然後就「大
意象系統」來看，用各層「章法結構」，將小「意象系統」縱
橫聯結，以形成其「1」至「7」級之大系統。其中「次」、
「三」、「底」等層所屬「意象系統」與「章法結構」為「多」，
而上層所屬「意象」與「結構」以徹下徹上者為「二」；至於
所表達「羨閒逸，歌式微」之一篇主旨與「疏散簡淡」[23]之風
格，則為「一（0）」。

　　然後看白居易的〈長相思〉詞：

　　汴水流，泗水流，流到瓜州古渡頭。吳山點點愁。
　　思悠悠，恨悠悠，恨到歸時方始休。月明人倚樓。

此詞藉自身之所見、所爲來寫相思之情（所思）。其橫向（原
縱向）之「意象（內容）系統」，可用下表來呈現：

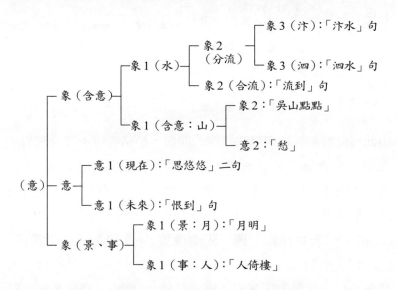

從上表可看出「作者在上片，寫的是自己置身於瓜州古渡所見
的景物：首以『汴水流』三句，寫向北所見到的『水』景，藉
汴、泗二水之不斷奔流，襯托出一份悠悠別恨；再以『吳山點
點愁』一句，寫向南所見到之『山』景，藉吳山之『點點』又
襯托出另一份悠悠別恨來，使得情寓景中，全力爲下半的抒情
預鋪路子。到了下片，則即景抒情，一開頭就將一篇之主旨
『悠悠』之恨拈出，再以『恨到歸時方始休』作進一層的渲

染。然後以結句，寫自己在樓上對月相思的樣子，將『恨』字作更具體之描繪，而且也『呼應了全篇』[24]。」[25]其「意象系統」用簡圖分層表示如下：

上層　　　　次層　　　　　三層　　　　　底層

1. 象（含意）⟷象1（水）⟷象2（分流）⟷象3（汴）
2. 象（含意）⟷象1（水）⟷象2（分流）⟷象3（泗）
3. 象（含意）⟷象1（水）⟷象2（合流）
4. 象（含意）⟷象1（山）⟷象2（吳山）
5. 象（含意）⟷意1（愁）
6. 意⟷意1（現在）
7. 意⟷意1（未來）
8. 象（景、事）⟷象1（景：月）
9. 象（景、事）⟷象1（事：人）

可見其「小意象系統」有四層（上、次、三、底）、「大意象系統」有九級（1→2→3→4→5→6→7→8→9）。如從章法切入，則它以「泛具」、「方位轉換」、「虛實」與「高低」、「凡目」、「情景」、「並列」等章法組成其縱向（原橫向）之深層結構，即：

---

[24] 參見黃屏解析，見陳邦炎《詞林觀止》上（上海：上海古籍出版社，1994 年 4 月一版一刷），頁 25。

[25] 見拙作〈談篇章的縱向結構〉（臺北：臺灣師大《中國學術年刊》，2001 年 5 月），頁 274-275。

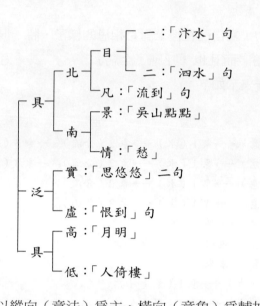

```
        ┌ 北 ┬ 目 ┬ 一：「汴水」句
        │    │    └ 二：「泗水」句
   ┌ 具 ┤    └ 凡：「流到」句
   │    └ 南 ┬ 景：「吳山點點」
   │         └ 情：「愁」
───┤ 泛 ┬ 實：「思悠悠」二句
   │    └ 虛：「恨到」句
   └ 具 ┬ 高：「月明」
        └ 低：「人倚樓」
```

如果以縱向（章法）為主、橫向（意象）為輔加以疊合，則形成了下表：

```
                              ┌ 一（象3：汴）：「汴水」句
              ┌ 北   ┬ 目      │
              │（象1：水）（象2：分流）└ 二（象3：泗）：「泗水」句
   ┌ 具 ──────┤      └ 凡（象2：合流）：「流到」句
   │（象含意） └ 南   ┬ 景（象2）：「吳山點點」
   │          （象1：山）└ 情（意2）：「愁」
   │
───┤ 泛（意）┬ 實（意1）：「思悠悠」二句
   │         └ 虛（意1）：「恨到」句
   │
   └ 具（象）┬ 高（象1：月）：「月明」
             └ 低（象1：人）：「人倚樓」
```

透過這個例子，可看出縱向（章法）與橫向（意象）關係之密切來。先就「小意象系統」來看，以「意含象」、「意」與「象」（上層）、「象 1」與「意 1」（次層）、「象 2」與「意 2」（三層）、「象 3」（底層）形成其小系統；再就「章法結構」來看，以「具、泛、具」（上層）、「先北後南」、「先實後虛」與「先高後低」（次層）、「先目後凡」與「先景後情」（三層）、「並列」（底層）形成其結構；然後就「大意象系統」來看，用各層「章法結構」，將「小意象系統」縱橫聯結，以形成其「1」至「9」級之大系統。其中「次」、「三」、「底」等層所屬「意象系統」與「章法結構」爲「多」，而上層所屬「意象」與「結構」以徹下徹上者爲「二」；至於所表達「相思之情」的一篇主旨與「音調諧婉，流美如珠」[26]之風格，則爲「一（0）」。就這樣以「多」、「二」、「一（0）」統合縱橫向，將「意象系統」與「章法結構」疊合而爲一了。

　　總結起來看，所謂「小意象系統」，是就「橫向」（依橫排結構表）、「個別意象」來說的，它藉「章法結構」自上層開始，依「由最大類到最小意象」之順次，逐層下遞，到最低一層的「個別意象」，即形成此「個別意象」之「小意象系統」。而所謂「大意象系統」，則是就「縱向」（依橫排結構表）、「整體意象」而言的，它藉「章法結構」將「橫向」之各「小意象系統」，逐層（上、次……底）逐級（1、2、3……）作縱向之統合，成爲「大意象系統」，從而呈現「章法結構」與大小

26 趙仁圭、李建英、杜媛萍：「整首詞藉流水寄情，含情綿邈。疊字、疊韻的頻繁使用，使詞句音調諧婉，流美如珠。」見《唐五代詞三百首譯析》（長春：吉林文史出版社，1997年1月一版一刷），頁148。

「意象系統」緊密疊合之整體結構。因此，大小「意象系統」之形成，都有賴於「(0)一、二、多」的「章法結構」。

而這種系統與結構，如著眼於創作面，所呈現的是「(0)一、二、多」；而著眼於鑑賞面，則所呈現的是「多、二、一(0)」。這就同一作品而言，作者由「意」而「象」地在從事順向（「(0)一、二、多」）創作的同時，也會一再由「象」而「意」地如讀者作逆向（「多、二、一(0)」）之檢查；同樣地，讀者由「象」而「意」地作逆向（「多、二、一(0)」）鑑賞（批評）的同時，也會一再由「意」而「象」地如作者在作順向（「(0)一、二、多」）之揣摩。如此順逆互動、循環而提升，形成螺旋結構，而最後臻於至善，自然能使得創作與鑑賞合為一軌。

五、結語

一般說來，由「意」而「象」而形成縱橫向「系統」，是大都不自覺的；而由「象」而「意」，用「客觀存在」[27]之「章法」切入，是完全自覺的。前者所呈現的是「(0)一、二、多」之順向過程，後者所呈現的為「多、二、一(0)」的逆向過程。在此過程中，兩者一直互動、循環而提升，形成「多」、「二」、「一(0)」的螺旋結構，逐漸地化「不自覺」為「自覺」，以求最後臻於完全合軌的境界，使得大小「意象系統」因「章法結構」之介入而完全顯露出來。

---

[27] 見王希杰〈章法學門外閑談〉（臺北：《國文天地》18 卷 5 期，2002 年 10 月），頁 92-95。

參考文獻

王　弼《周易略例・明象》，收於《易經集成》149，臺北：成文出版社，1976 年出版。

工希杰〈章法學門外閑談〉，臺北：《國文天地》18 卷 5 期，2002 年 10 月，頁 92-95。

王長俊等《詩歌意象學》，合肥：安徽文藝出版社，2000 年 8 月一版一刷。

孔穎達《周易正義》卷八，臺北：廣文書局，1972 年 1 月。

李澤厚《李澤厚哲學美學文選》，臺北：谷風出版社，1987 年 5 月初版。

高步瀛《唐宋詩舉要》注，臺北：學海出版社，1973 年 2 月初版。

唐圭璋等《唐詩鑑賞辭典》，北京：北京燕山出版社，2000 年 11 月一版三刷。

張紅雨《寫作美學》，高雄：麗文文化出版社，1996 年 10 月初版。

陳邦炎《詞林觀止》上，上海：上海古籍出版社，1994 年 4 月一版一刷。

陳望衡《中國古典美學史》，長沙：湖南教育出版社，1998 年 8 月一版一刷。

陳滿銘〈談安排辭章主旨（綱領）的幾種基本形式〉，臺北：《國文學報》14 期，1985 年 6 月，頁 201-224。

陳滿銘〈談篇章的縱向結構〉，臺北：臺灣師大《中國學術年刊》，2001 年 5 月，頁 274-275。

陳滿銘《章法學綜論》，臺北：萬卷樓圖書公司，2002 年 6 月。

陳滿銘〈論「多」、「二」、「一（0）」的螺旋結構——以《周易》與

《老子》為考察重心〉，臺北：《師大學報・人文與社會類》48 卷 1 期，2003 年 7 月，頁 1-20。

陳滿銘〈章法「多、二、一（0）」結構論〉，臺北：《中國學術年刊》 25 期（春季號），2004 年 3 月，頁 129-172。

陳慶輝《中國詩學》，臺北：文史哲出版社，1994 年 12 月初版。

馮友蘭《馮友蘭選集》上卷，北京：北京大學出版社，2000 年 7 月一 版一刷。

葉　朗《中國美學史大綱》，臺北：滄浪出版社，1986 年 9 月。

楊　棟《中國古代文學名篇選讀》，天津：南開大學出版社，2001 年 3 月一版一刷。

趙仁圭、李建英、杜媛萍《唐五代詞三百首譯析》，長春：吉林文史 出版社，1997 年 1 月一版一刷。

劉勰著、黃叔琳校注《增訂文心雕龍校注》，北京：中華書局，2000 年 8 月一版一刷。

劉熙載《劉熙載文集》，南京：江蘇古籍出版社，2000 年 12 月一版一 刷。

歐麗娟《杜詩意象論》，臺北：里仁書局，1997 年 12 月初版。

論辭章意象之形成

據格式塔「異質同構」說加以推衍

∽ 摘　要 ∾

　　辭章之四大要素為「情」、「理」、「物（景）」、「事」，其中「情」與「理」為「意」、「物（景）」與「事」為「象」。而「意」與「象」之所以能相互連結，自來雖有「移情」、「投射」之理論加以解釋，卻不夠圓滿；於是有「格式塔」心理學派「異質同構」或「同形說」之出現。而這種「異質同構」說用於解釋意象之形成，是被公認比「移情」、「投射」說更為精確的。因此以此為基礎，分別就意象形成之理論基礎、類型，進行探討，並特別將其類型，依據辭章四大要素之連結，除了就個別意象由「異質同構」推擴至「同質同構」外，再就整體意象拓大到「異形同構」與「同形同構」，加以呈現，則顯然能較周遍地呈現意象形成之各個面向。

關鍵詞：意象之形成、格式塔、異質同構、同質同構、異形同構、同形同構。

一、前言

所謂的「意象」，乃合「意」與「象」而成。它不只指狹義的個別意象而已，而是有廣義之整體意象的。廣義者指全篇，屬於整體，可以析分為「意」與「象」；狹義者指個別，屬於局部，往往合「意」與「象」為一來稱呼。而整體是局部的總括、局部是整體的條分，所以兩者關係密切。本文即著眼於此，先探討其形成之哲學意涵，再論述它在辭章學的表現，然後推衍格式塔之「同形」說，就個別意象形成之同質同構、異質同構與整體意象連結之同形同構、異形同構等，舉例說明其類型之多樣，以見個別與整體意象形成之梗概。

二、意象形成的哲學意涵

「意象」乃合「意」與「象」而成。由於它有哲學層面之基礎，所以運用在辭章層面上便能切合無間。

從哲學層面來看，意象與心、物之合一是有關的，但因它牽扯甚廣，而爭議也多，所以在此略而不論，只直接落到「意」與「象」來說。而論述「象」與「意」最精要的，要推《易傳》，其〈繫辭上〉云：

> 聖人有以見天下之賾，而擬諸其形容，象其物宜，是故謂之象。

而〈繫辭下〉又云：

> 《易》者，象也。象也者，像也。……是故吉凶生而悔
> 吝著也。

對此，孔穎達在《周易正義》卷八中解釋道：

> 《易》卦者，寫萬物之形象，故《易》者，象也。象也
> 者，像也，謂卦為萬物象者，法像萬物，猶若乾卦之象
> 法像於天也。[1]

可見在此，「象」是指近取諸身、遠取諸物而得來的卦象，可
藉以表示人事之吉凶悔吝。廣義地說，即藉具體形象來表達抽
象事理，以達到象徵（或譬喻）的作用。因此陳望衡說：

> 《周易》的「觀物取象」以及「象者，像也」，其實並不
> 通向模仿，而是通向象徵。這一點，對中國藝術的品格
> 影響是極為深遠的。[2]

而所謂「象徵」，就其表出而言，就是一種符號，所以馮友蘭
說：

> 〈繫辭傳〉說：「易者，象也。」又說：「聖人有以見天
> 下之賾，而擬諸其形容，象其物宜，是故謂之象。」照
> 這個說法，「象」是模擬客觀事物的複雜（賾）情況
> 的。又說「象也者，象此者也」；象就是客觀世界的形
> 象。但是這個模擬和形象並不是如照像那樣下來，如畫
> 像那樣畫下來。它是一種符號，以符號表示事物的

---

[1] 見《周易正義》卷8（臺北：廣文書局，1972年1月），頁77。
[2] 見《中國古典美學史》（長沙：湖南教育出版社，1998年8月一版一刷），頁202。

「道」或「理」。六十四卦和三百八十四爻都是這樣的符號。[3]

所謂「以符號表示事物的『道』或『理』」，和葉朗在《中國美學史大綱》所說的：〈繫辭傳〉認為整個《易經》都是「象」，都是以形象來表明義理[4]，其道理是一樣的。

除了上文談到〈繫辭傳〉，指出了《易經》「象」的層面與「道或理」有關外，〈繫辭傳〉還進一步論及「立象以盡意」的問題。〈繫辭上〉云：

> 子曰：「書不盡言，言不盡意。」然則，聖人之意，其不可見乎？子曰：「聖人立象以盡意，設卦以盡情偽，繫辭焉以盡其言，變而通之以盡利，鼓之舞之以盡神。

一般而言，語言在表達思想情感時，會存在著某種侷限性，此即「言不盡意」的意思（這關涉到了「空白」、「補白」理論，當另文討論）。而在〈繫辭傳〉中，卻特地提出了「象可盡意、辭可盡言」的論點。王弼《周易略例‧明象》對此曾說明云：

> 夫象者，出意者也；言者，明象者也。盡意莫若象，盡象莫若言。言生於象，故可尋言以觀象；象生於意，故可尋象以觀意。意以象盡，象以言著。[5]

---

[3] 見《馮友蘭選集》上卷（北京：北京大學出版社，2000年7月一版一刷），頁394。
[4] 見《中國美學史大綱》（臺北：滄浪出版社，1986年9月），頁66。
[5] 見《周易略例‧明象》，收於《易經集成》149（臺北：成文出版社，1976年出版），頁21-22。

由此可知，「情意」可透過「言語」、「形象」來表現，並且可以表現得很具體。而前者（情意）是目的、後者（言語、形象）為工具。陳望衡《中國古典美學史》釋此云：

> 王弼將「言」、「象」、「意」排了一個次序，認為「言」生於「象」、「象」生於「意」。所以，尋言是為了觀象，觀象是為了得意。言—象—意，這是一個系列，前者均是後者的工具，後者均為前者的目的。[6]

他把「意」與「象」、「言」的前後關係，說得十分清楚。不過，他所謂的「言→象→意」，是就逆向的鑑賞（讀）一面來說的，如果從順向的創作（寫）一面而言，則是「意→象→言」了。此外，葉朗在《中國美學史大綱》裡，也從另一角度，將《易傳》所言之「象」與「意」闡釋得相當扼要而明白，他說：

> 「象」是具體的，切近的，顯露的，變化多端的，而「意」則是深遠的，幽隱的。〈繫辭傳〉的這段話接觸到了藝術形象以個別表現一般，以單純表現豐富，以有限表現無限的特點。[7]

所謂的「單純」（象）與「豐富」（意）、「有限」（象）與「無限」（意），說的就是「象」與「意」之關係[8]。惟其如此，自然可適應於各方面，盧明森指出：

---

[6] 見陳望衡《中國古典美學史》，同注 2，頁 207。
[7] 見《中國美學史大綱》，同注 4，頁 26。
[8] 以上論述部分，可參見陳佳君《虛實章法析論》（臺北：文津出版社，2002 年 11 月初版一刷），頁 7-15。

它（意象）理解為對於一類事物的相似特徵、典型特徵或共同特徵的抽象與概括，同時也包括通過想像所創造出來的新的形象。人類正是通過頭腦中的意象系統來形象、具體地反映豐富多彩的客觀世界與人類生活的，既適用於文學藝術領域、心理學領域，又適用於科學技術領域。[9]

這是因為從源頭來看，「意象」乃合「意」與「象」而成，而「意」與「象」，即「心」與「物」，原有著「二而一」、「一而二」的關係。

由此看來，辭章中的「意」與「象」，其哲學層面之基礎就建立在這裡。

三、意象之形成在辭章上的表現

而在文學理論中最早以合成詞的方式標舉出「意象」這一文學藝術概念的，是劉勰《文心雕龍・神思》：

是以陶鈞文思，貴在虛靜，疏瀹五藏，澡雪精神；積學以儲寶，酌理以富才，研閱以窮照，馴致以繹辭；然後使玄解之宰，尋聲律而定墨；燭照之匠，窺意象而運斤。此蓋馭文之首術，謀篇之大端。[10]

---

[9]　見黃順基、蘇越、黃展驥主編《邏輯與知識創新》第二十章（北京：中國人民大學出版社，2002 年 4 月一版一刷），頁 430。

[10]　見劉勰著、黃叔琳注《增訂文心雕龍校注》卷 6（北京：中華書局，2000 年 8 月一版一刷），頁 369。

在此，劉勰指出作家須使內心虛靜，才能醞釀文思、經營意象。而如此經營意象，美感就因而產生。張紅雨在《寫作美學》中說：

> 人們之所以有了美感，是因為情緒產生了波動。這種波動與事物的形態常常是統一起來的，美感總是附著在一定的事物上。[11]

他更進一步地指出：事物之所以可以成為激情物，是因為它觸動人們的美感情緒，而使美感情緒產生波動，所以我們對事物形態的摹擬，實際上是對美感情緒波動狀態的摹擬，是雕琢美感情緒的必要手段。因此，所謂靜態、動態的摹擬，也並不是對無生命的事物純粹作外形，或停留在事物動的表面現象上作摹狀，而是要挖掘出它更本質、更形象的內容，來寄託和流洩美感的波動[12]。

他所說的「情緒波動」，即主體之「意」；而「事物形態」之「更本質、更形象的內容」，則為客體之「象」。對這種意象之形成，格式塔心理學家用「同形同構」或「異質同構」來解釋。李澤厚在〈審美與形式感〉一文中說：

> 不僅是物質材料（聲、色、形等等）與視聽感官的聯繫，而更重要的是它們與人的運動感官的聯繫。對象（客）與感受（主），物質世界和心靈世界實際都處在不斷的運動過程中，即使看來是靜的東西，其實也有動的

---

[11] 見張紅雨《寫作美學》（高雄：麗文化出版社，1996年10月初版），頁311。

[12] 參見張紅雨《寫作美學》，同注10，頁311-314。

因素……其中就有一種形式結構上巧妙的對應關係和感染作用……格式塔心理學家則把這種現象歸結為外在世界的力（物理）與內在世界的力（心理）在形式結構上的「同形同構」，或者說是「異質同構」，就是說質料雖異而形式結構相同，它們在大腦中所激起的電脈衝相同，所以才主客協調，物我同一，外在對象與內在情感合拍一致，從而在相映對的對稱、均衡、節奏、韻律、秩序、和諧……中，產生美感愉快。[13]

而歐陽周、顧建華、宋凡聖等在《美學新編》中也指出：

完形心理學美學依據「場」的概念去解釋「力」的樣式在審美知覺中的形成，並從中引申出了著名的「同形論」或稱為「異質同構」的理論。按照這種理論，他們認為外部事物、藝術樣式、人物的生理活動和心理活動，在結構形式方面，都是相同的，它們都是「力」的作用模式。在安海姆看來，自然物雖有不同的形狀，但都是「物理力作用之後留下的痕跡」。藝術作品雖有不同的形式，卻是運用內在力量對客觀現實進行再創造的過程。所以，「書法一般被看著是心理力的活的圖解」。總之，世界上的一切事物，其基本結構最後都可歸結為「力的圖式」。正是在這種「異質同構」的作用下，人們才在外部事物和藝術作品中，直接感受到某種「活力」、「生命」、「運動」和「動態平衡」等性質。……所

---

[13] 見《李澤厚哲學美學文選》（臺北：谷風出版社，1987年5月初版），頁503-504。

> 以，事物的形體結構和運動本身就包含著情感的表現，
> 具有審美的意義。[14]

他們這把「意」與「象」之所以形成、趨於統一，而產生美感的原因、過程與結果，都簡要地交代清楚了。

若單從辭章層面來看，則意象和辭章的內容是融爲一體的。而辭章內容的主要成分，不外情、理與事、物（景）。其中情與理爲「意」，屬核心成分；事與物（景）乃「象」，爲外圍成分。它可用下圖來表示：

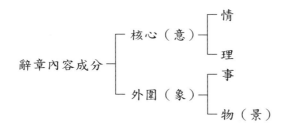

而此情、理與事、物（景）之辭章內容成分，就其情、理而言，是「意」；就其事、物（景）而言，是「象」。

所謂核心成分，爲「情」或「理」，乃一篇之主旨所在。它安排在篇內時，都以「情語」或「理語」來呈現，既可置於篇首，也可置於篇腹，更可置於篇末[15]，以統合各個事、物（景）之「象」。而如果核心成分之「情」或「理」（主旨）未安置於篇內，就要從篇外去尋找，這是讀者要特別費心的。但

---

[14] 見《美學新編》（杭州：浙江大學出版社，2001 年 5 月一版九刷），頁 253。安海姆之「同形論」或「同形說」，參見蔣孔陽、朱立元主編《西方美學通史》第六卷（上海：上海文藝出版社，1999 年 11 月一版一刷），頁 715-717。

[15] 見拙作〈談安排辭章主旨（綱領）的幾種基本形式〉（臺北：臺灣師大《國文學報》14 期，1985 年 6 月），頁 201-224。

無論是「理」或「情」，皆指「意象」之「意」來說。

所謂外圍成分，則以「事語」或「物（景）語」來表出。也就是說，形成外圍結構的，不外「物」（景）材與「事」材而已。先就「物」（景）材來說，凡是存於天地宇宙之間的實物或東西都可以成爲文章的材料。以較大的物類而言，如天（空）、地、人、日、月、星、山（陸）、水（川、江、河）、雲、風、雨、雷、電、煙、嵐、花、草、竹、木（樹）、泉、石、鳥、獸、蟲、魚、室、亭、珠、玉、朝、夕、晝、夜、酒、餚……等就是；以個別的物件而言，如桃、杏、梅、柳、菊、蘭、蓮、茶、麥、梨、棗、鶴、雁、鶯、鷗、鷺、鵜鴂、鷓鴣、杜鵑、蟬、蛙、鱸、蚊、蟻、馬、猿、笛、笙、琴、瑟、琵琶、船、旗、轎……等就是。這些物材可說無奇不有，不可勝數。大抵說來，作者在處理內容成分時，大都將個別的物材予以組合而形成結構。

再就「事」材來說，凡是發生在天地宇宙之間的事情都可以成爲文章的材料。以抽象的事類而言，如取捨、公私、出入、聚散、得失、逢別、迎送、仕隱、悲喜、苦樂、歌舞、來（還）往（去）、成敗、視聽、醒醉、動靜，甚至入夢、弔古、傷今、閒居、出遊、感時、恨別、雪恥、滅恨、修身、齊家、治國、平天下，泛論、舉證、經過、結果……等就是；以具體的事件而言，如乘船、折荷、繞室、讀書、醉酒、離鄉、還家、邀約、赴約、生病、吃糠、遊山、落淚、彈箏、倚杖、聽蟬、接信、拆信、羅酒漿、備飯菜，甚至行孝、行悌、致敬……等就是。這些事材，可說俯拾皆是，多得數也數不清。作者通常都用具體的事件來寫，卻在無形中可由抽象的事類予

以統括。[16]

　　以上所舉的「物」（景）材，主要用於寫「物（景）」；而「事材」則主要用於敘「事」。所敘寫的無論是「物（景）」或「事」，皆指「意象」之「象」而言。茲舉馬致遠題作「秋思」的〈天淨沙〉曲爲例：

> 枯藤、老樹、昏鴉。小橋、流水、人家。古道、西風、瘦馬。夕陽西下。斷腸人在天涯。

本曲旨在寫浪跡天涯之苦。它先就空間，以「枯藤」兩句寫道旁所見，以「古道」句寫道中所見；再就時間，以「夕陽」句指出是黃昏，以增強它的情味力量；然後由景轉情，點明浪跡天涯者「人生如寄」、「漂泊無定」的悲痛[17]，亦即「斷腸」作結。

　　就在這首曲裡，可說一句一意象（狹義），形成了豐富之「意象」群，其中以「枯藤」、「老樹」、「昏鴉」、「古道」、「西風」、「瘦馬」、「夕陽西下」（黃昏）等「物」（景）與「人在天涯」之「事」，針對著「斷腸」之「意」，透過「異質同構」之作用，而形成正面「意象」，很技巧地與「小橋」、「流水」、「人家」等「物」所形成的反面「意象」，把流浪的孤苦與團圓的溫馨作成強烈對比，以推深作者「人在天涯」的悲痛來。很

---

[16] 以上參見拙著《章法學綜論》（臺北：萬卷樓圖書公司，2003 年 6 月初版），頁 107-119。

[17] 楊棟：「這首小令通過一幅秋野夕照圖的描繪，抒寫了一位浪跡天涯的遊子對『家』的思念，以及由此生發出的漂泊無定的厭倦及悲涼情緒，強烈地表現出人類普遍存在的內在孤獨感與無歸宿感。」見《中國古代文學名篇選讀》（天津：南開大學出版社，2001 年 3 月一版一刷），頁 62。

顯然地，這種意象之形成，是可以還原到作者構思之際加以確定的。

因此，意象之形成，就像《文心雕龍‧神思》所說的，確是「馭文之首術、謀篇之大端」。

既然所謂的「意象」，乃合「意」與「象」而成。它除了指狹義的個別意象外，也用以指廣義之整體意象。廣義者指全篇，屬於整體，可以析分為「意」與「象」；狹義者指個別，屬於局部，往往合「意」與「象」為一來稱呼。而整體是局部的總括、局部是整體的條分，所以兩者關係密切。不過，必須一提的是，意象有廣義與狹義之別。而狹義之「意象」，亦即個別之「意象」，雖往往合「意」與「象」為一來稱呼，卻大都用其偏義，譬如草木或桃花的意象，用的是偏於「意象」之「意」，因為草木或桃花都偏於「象」；如「桃花」的意象之一為愛情，而愛情是「意」；而團圓或流浪的意象，則用的是偏於「意象」之「象」，因為團圓或流浪，都偏於「意」；如「流浪」的意象之一為浮雲，而浮雲是「象」。因此前者往往是一「象」多「意」，後者則為一「意」多「象」。而它們無論是偏於「意」或偏於「象」，通常都通稱為「意象」。

四、辭章意象形成之「質」（形）、「構」類型

而這種「意」與「象」，看來雖是對待的「二元」，卻有形質、主從之分。其中「情」與「理」，是「質」是「主」；而「物」（景）與「事」，為「形」為「從」。這可藉王國維的「一

切景語皆情語」一語，將「景」還原爲「物」，並加以擴充，那就是：

也就是說，作者用「物」（景）、「事」來寫，是手段，而藉以充分凸顯「情」與「理」，才是目的。因此「物」（景）、「事」之形是以「理」或「情」爲質的。

如果進一步以「質」與「構」切入探討，則大體而言，主體之「情」與客體之「理」是「質」（本質）、主體之「事」（人爲）與客體之「物（景）」（自然）爲「形」（現象），而主、客體交互由「外在世界的力（物理）與內在世界的力（心理）」作用所聯接起來的「形式結構」，則爲「構」。它們的關係可用下圖來表示：

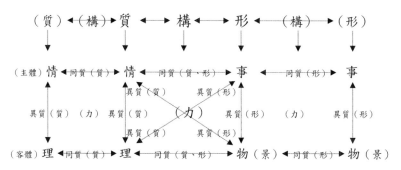

其中主體爲「人類」、客體爲「自然」，兩者是不同質的，卻可透過「力」的作用形成「構」，搭起連結的橋樑。而主體與客體，又所謂「誠於中（質）而形於外（形）」，是各有其

「形」、「質」的：就主體的人類來說,「情」是「質」、「事」(含人事景)是「形」;就客體的自然而言,「理」是「質」、「物(景)」(含自然事)是「形」。

因此完整說來,主與客、主與主、客與客、質與質、質與形、形與形之間,都可以形成「構」(力),而連結在一起。其中連結「情」(意)與「情」(意)、「情」(意)與「事」(象)、「理」(意)與「理」(意)、「理」(意)與「物(景)」(象)的,為**「同質同構」**類型;連結「情」(意)與「理」(意)、「情」(意)與「物(景)」(象)、「理」(意)與「事」(象)的,為**「異質同構」**類型;連結「景」(象)與「物(景)」(象)、「事」(象)與「事」(象)的,為**「同形同構」**類型;連結「景」(象)與「事」(象)的,為**「異形同構」**類型。本來,這「同形同構」與「異形同構」的兩種類型,乃屬於「同質同構」或「異質同構」的範圍,可分別歸入上兩類型之內,但為了凸顯形與質之「二元」關係,在此特地抽離出來單獨探討,以見「象」(形)以「意」(質)為「構」的特點。如此來看待意象形成之類型,是會比較周全的。而這種類型,如果單著眼於「意」與「象」之連結,並且將「物」擴展為「景」加以呈現,則可呈現如下:

首先為「意」與「意」類型:

(一)情與情(同質)、(二)情與理(同質)、(三)理與理(同質)。

其次為「意」與「象」類型:

(一)情與事(同質、形與質)、(二)情與景(異質、形與質)、(三)理與景(同質、形與質)、(四)理與事

（異質、形與質）。

又其次為「象」與「象」類型：

（一）事與事（同質、同形）、（二）事與景（異質、異
形）、（三）景與景（同質、同形）。

這樣兩相對照，它們的關係是可以清楚看出來的。茲舉兩個例
子略作說明，以概見「質（形）」、「構」類型之多樣：

首先看《史記·孔子世家贊》一文：

> 太史公曰：《詩》有之：「高山仰止，景行行止。」雖不
> 能至，然心鄉往之。余讀孔氏書，想見其為人。適魯，
> 觀仲尼廟堂，車服、禮器，諸生以時習禮其家，余低回
> 留之，不能去云。天下君王至於賢人眾矣，當時則榮，
> 沒則已焉。孔子布衣，傳十餘世，學者宗之。自天子王
> 侯，中國言六藝者，折中於夫子，可謂至聖矣！

這篇贊文，採「先點後染」的「篇」結構寫成，「點」指「太
史公曰」；而「染」則自「《詩》有之」起至篇末，乃用「凡」
（綱領）、「目」、「凡」（主旨）的「章」結構寫成。其中頭一個
「凡」（綱領）的部分，自篇首至「然心鄉往之」止，引《詩》
虛虛籠起，以「高山仰止，景行行止」兩句語典形成「象」，
由此領出「鄉往」兩字形成「意」，作為綱領，以統攝下文。
「目」的部分，自「余讀孔氏書」至「折中於夫子」止，以
「由小及大」的方式，含三節來寫：首節寫自己「讀孔氏書」
與「觀仲尼廟堂」之所見為「象」、所思為「意」，以「想見其
為人」與「低回留之，不能去云」句，偏於個人，表出自己對
孔子的「鄉往」之情；次節特將孔子與「天下君王至於賢人」

作一對照，以「一反一正」形成「象」，以「學者宗之」形成
「意」，由「情」轉「理」，由個人推演到孔門學者，表出他們
對孔子的「鄉往」之意（理），並暗示所以將孔子列爲世家的
理由；三節寫各家以孔子的學說爲截長補短的標準形成
「象」，以「折中於夫子」形成「意」，依然由「情」轉「理」，
又由孔門學者擴及於全天下讀書人，表出他們對孔子的「鄉
往」之意（理）。後一個「凡」（主旨）的部分，即末尾「可謂
至聖矣」一句，拈出主旨，以回抱前文之意（情、理）作收。
附結構表如下：

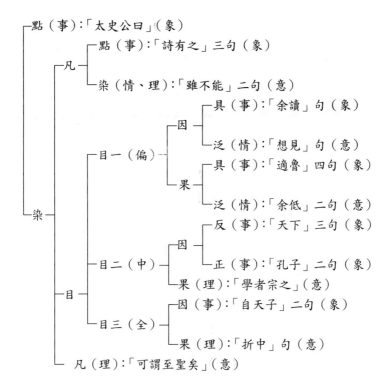

可見此文始終以「鄉（嚮）往」（綱領）為「構」，使全文的「意」與「象」連結在一起，含「事」與「情」（同質同構）、「事」與「理」（異質同構）、「事」與「事」（同形同構）、「情」與「理」（異質同構）等類型。就這樣以「鄉（嚮）往」（綱領）為「構」，藉各種章法將各「個別意象」串聯成「整體意象」[18]，凸出一篇之主旨「至聖」與「虛神宕漾」[19]之風格

---

[18] 參見拙作〈辭章意象論〉（臺北：臺灣師大《師大學報・人文與社會類》51 卷 1 期，2005 年 4 月），頁 17-39

[19] 見吳楚材、王文濡《精校評注古文觀止》卷 5（臺北：臺灣中華書局，1972 年 11 月臺六版），頁 8。

來。

其次看姜夔〈揚州慢〉一詞：

> 淮左名都，竹西佳處，解鞍少駐初程。過春風十里，盡薺麥青青。自胡馬、窺江去後，廢池喬木，猶厭言兵。漸黃昏，清角吹寒，都在空城。　　杜郎俊賞，算而今、重到須驚。縱豆蔻詞工，青樓夢好，難賦深情。二十四橋仍在，波心蕩、冷月無聲。念橋邊紅藥，年年知為誰生。

此闋題作「淳熙丙申至日，余過維揚。夜雪初霽，薺麥彌望。入其城，則四顧蕭條，寒水自碧，暮色漸起，戍角悲吟。余懷愴然，感慨今昔，因自度此曲。千巖老人以為有〈黍離〉之悲也。」可見是篇感懷今昔的作品，寫於宋孝宗淳熙三年（西元1176 年），即金主完顏亮大舉南犯後的十五年。由於這時揚州依然未從兵燹中恢復過來，於是作者在目睹揚州蕭條的景象後，便不禁傷今懷昔，而填了這首詞，以寄託對揚州昔日繁華的追念與今日河山殘破的哀思。

起首三句，以「名都」、「佳處」，泛寫揚州昔日的繁華，從而交代自己所以選揚州為旅程首站的原因。「過春風」八句，轉就揚州今日之荒涼，寫自己「過維揚」之所見所聞：其中「過春風」兩句，藉「薺麥青青」，寫城外的荒涼，「自胡馬」六句，藉廢池喬木、空城寒角，寫城內的荒涼，將情寓於景，以抒發無限的今昔之感。以上都藉「事」與「景」來寫「象」。

下片開端五句，藉杜牧的〈贈別〉與〈遣懷〉兩詩，帶出

揚州昔日的繁華，反襯揚州今日的蕭條，在相互對比下，以「重到須驚」、「難賦深情」把無限的今昔之感又推深一層；這是融合「事」（象）與「情」（意）來寫的部分。「二十四橋」五句，就二十四橋和橋邊，寫盛景不再，藉「景」（象）抒「情」（意）來進一步抒發今昔之感作收。

綜觀此詞，以今昔之感貫串全篇，寫得悽愴至極，千巖老人以為有〈黍離〉之悲，是一點也沒錯的。

附結構表如下：

```
        ┌─事─┬─因（事）：「淮左」二句（象）
        │    └─果（事）：「解鞍」句（象）
    ┌─今─┤    ┌─城外（景）：「過春風」二句（象）
    │   └─景─┤           ┌─視覺（景）：「自胡馬」三句（象）
    │        └─城內（景）─┤
    │                    └─聽覺（景）：「漸黃昏」三句（象）
────┼─昔（事、情）─┬─因（事、情）：「杜郎」二句（象、意）
    │             └─果（事、情）：「縱豆蔻」三句（象、意）
    └─今─┬─景：「二十四橋」二句（象）
         └─情：「念橋邊」二句（意）
```

可見此詞用「悽涼」為橋樑，來連結「四顧蕭條」之「象」與「余懷愴然」之「意」，形成「構」，使「事」與「事」（同形同構）、「景」與「景」（同形同構）、「事」與「情」（同質同構）、「事」與「景」（異形同構）、「景」與「情」（異質同構）連結在一起，藉各種章法將各「個別意象」串聯成「整體意

象」，以抒發「感慨今昔」之悽愴情懷（主旨）、凸出「清空疏朗」的風格[20]。針對這種主旨，「千巖老人以爲有〈黍離〉之悲」，體會切確而深刻。

由此可知，所謂的「構」，乃在「情」、「理」、「物（景）」、「事」四大要素間各自或相互連結的一種內蘊力量。這種力量，通常透過「聯想」與「想像」，由「情」、「理」本身或與「物（景）」、「事」共通的各種樣態加以通貫而形成；可以說是屬於一種抽象的概念系統。這落到一篇辭章來說，當然就涉及了它的主旨或綱領，甚至它的對比或調和屬性，如上舉的《史記・孔子世家贊》一文，即以調和性的綱領「鄉（嚮）往」爲「構」，以貫穿全篇的「意」與「象」；而姜夔的〈揚州慢〉一詞，則藉對比性的今日的「蕭條」（正）與當年的「繁華」（反）爲「構」，以通貫全詞。此外，值得注意的是，形成的「構」，除了有對比與調和之異外，還有偏全、顯隱之別，先就偏全來看，如上舉的〈孔子世家贊〉與〈揚州慢〉，即屬於「全」（全篇）之例；而如「離愁漸遠見無窮，迢迢不斷如春水」（歐陽脩〈踏莎行〉）兩句，其中形容性的「無窮」即「不斷」，在修辭上來說是「喻解」，在意象而言則是「構語」，乃屬於全篇綱領的一小環，可用「偏」（局部）來看待它。再就顯隱來看，上舉的〈踏莎行〉，文中出現了「無窮」、「不斷」的「構語」，即屬於「顯」之例；而如「好風如水」（蘇軾〈永遇樂〉），是以「清涼」爲「喻解」爲「構」，卻隱於篇外，因此可視爲「隱」。諸如此類，在「心理場」（主體）、「物理

[20] 見吳惠娟《唐宋詞審美觀照》（上海：學林出版社，1999 年 8 月一版一刷），頁 272-275。

場」（客體）各自或相互之間產生「電脈衝」（力），自然就能使得「意」與「意」、「意」與「象」、「象」與「象」連結為一，而產生美感了。

五、結語

綜上所述，可見「意」與「象」之連結，如用格式塔心理學派的「同形說」或「異質同構」之理論作為基礎，對應於辭章的四大要素：「情、理、物（景）、事」，在「異質同構」之外，推衍出「同質同構」、「異形同構」、「同形同構」等類型，則顯然比較可以完整地呈現辭章意象形成中主與客、主與主、客與客、質與質、質與形、形與形之間那種「心理場」與「物理場」各自或交互作用的多種樣貌。這樣掌握貫穿其中的「力度」（構）及其類型，對分析、鑑賞辭章，捕捉其美感而言，是大有助益的。

參考文獻

王　弼《周易略例‧明象》，收於《易經集成》149，臺北：成文出版社，1976 年出版，頁 21-22。

孔穎達《周易正義》卷 8，臺北：廣文書局，1972 年 1 月，頁 77。

李澤厚《李澤厚哲學美學文選》，臺北：谷風出版社，1987 年 5 月初版，頁 503-504。

吳楚材、王文濡《精校評注古文觀止》卷 5，臺北：臺灣中華書局，1972 年 11 月臺六版，頁 8。

吳惠娟《唐宋詞審美觀照》，上海：學林出版社，1999 年 8 月一版一刷，頁 272-275。

張紅雨《寫作美學》，高雄：麗文文化出版社，1996 年 10 月初版，頁311。

陳佳君《虛實章法析論》，臺北：文津出版社，2002 年 11 月初版一刷，頁 7-15。

陳望衡《中國古典美學史》，長沙：湖南教育出版社，1998 年 8 月一版一刷，頁 202。

陳滿銘〈談安排辭章主旨（綱領）的幾種基本形式〉，臺北：《國文學報》14 期，1985 年 6 月，頁 201-224。

陳滿銘《章法學綜論》，臺北：萬卷樓圖書公司，2003 年 6 月初版，頁 107-119。

陳滿銘〈辭章意象論〉，臺北：臺灣師大《師大學報・人文與社會類》51 見 1 期 2005 年 4 月，頁 17-39

馮友蘭《馮友蘭選集》上卷，北京：北京大學出版社，2000 年 7 月一版一刷，頁 394。

葉　朗《中國美學史大綱》，臺北：滄浪出版社，1986 年 9 月，頁66。

黃順基、蘇越、黃展驥主編《邏輯與知識創新》，北京：中國人民大學出版社，2002 年 4 月一版一刷，頁 430。

楊　棟《中國古代文學名篇選讀》，天津：南開大學出版社，2001 年3 月一版一刷，頁 62。

蔣孔陽、朱立元主編《西方美學通史》第 6 卷，上海：上海文藝出版社，1999 年 11 月一版一刷，頁 715-717。

劉　勰著、黃叔琳注《增訂文心雕龍校注》卷 6（北京：中華書局，

2000 年 8 月一版一刷），頁 369。

歐陽周、顧建華、宋凡聖等《美學新編》，杭州：浙江大學出版社，
2001 年 5 月一版九刷，頁 253。

意象與聯想、想像互動論

以「多」、「二」、「一（0）」螺旋結構切入作考察

∽ 摘 要 ∽

　　聯想與想像是思維力的兩大翅膀，藉以讓思維力遨遊於客觀與主觀時空，以通貫心、物，上徹其本、下徹其末，將真實世界、倫理世界與藝術世界融通為一，以呈現真、善、美的圓融境域。而意與象即相當於心與物，為人類思維活動的原動力，自然和聯想與想像關係密切。大體說來，就在聯想與想像的作用下，意象得以形成、表現、組織與統合；其中意象之形成、表現，關涉到偏於主觀的「聯想與想像」所觸動之形象思維；意象之組織，關涉到偏於客觀的「聯想與想像」所觸動之邏輯思維；而意象之統合，則關涉到合客觀與主觀而為一的「聯想與想像」所觸動之綜合思維。由此可知意象與聯想、想像，在思維力的大力牽合下，不但三位一體，而且使它們形成「意象←→聯想、想像」的螺旋（「多」、「二」、「一（0）」）結構。

關鍵詞：意象（形成、表現、組織、統合）、聯想、想像、
　　　　「『多』、『二』、『一（0）』」螺旋結構。

一、前言

我們人的一切離不開思維，辭章亦不例外。它是結合「形象思維」與「邏輯思維」[1]與「綜合思維」所形成的。而這三種思維，各有所主。就形象思維而言，主要訴諸各種偏於主觀的聯想、想像，而使個別意象得以形成並有所表現；就邏輯思維而言，主要訴諸偏於客觀的聯想、想像，而使意象群得以組織起來；就綜合思維而言，主要訴諸主、客觀的聯想、想像，合形象思維與邏輯思維而為一，而產生「以意統象」的效果，使整體意象得以統合在一起。本文即著眼於此，就意象之形成、表現、組織與統合等層面，藉「多」、「二」、「一（0）」螺旋結構[2]，探討意象與聯想、想像之間的互動，以見它們「三位一體」的關係。

二、意象與聯想、想像互動的理論基礎

辭章的內涵，對應於學科領域而言，主要含意象學（狹義）、詞彙學、修辭學、文（語）法學、章法學、主題學、風格學……等。而其中的意象學，為研究辭章有關意象的一門學問。我國對這種文學中的「意象」，很早就注意到，以為它是「馭文之首術、謀篇之大端」（見《文心雕龍·神思》）。而所謂

---

[1] 參見吳應天《文章結構學》（北京：中國人民大學出版社，1989 年 8 月一版三刷），頁 345。

[2] 見陳滿銘〈論「多」、「二」、「一（0）」的螺旋結構——以《周易》與《老子》為考察重心〉（臺北：《師大學報·人文與社會類》48 卷 1 期，2003 年 7 月），頁 1-20。

「意象」，黃永武認爲「是作者的意識與外界的物象相交會，經過觀察、審思與美的釀造，成爲有意境的景象。」[3]這裡所說的「物象」，所謂「物猶事也」（見朱熹《大學章句》），該包含「事」才對，因爲「物（景）」只是偏就「空間」（靜）而言，而「事」則是偏就「時間」（動）來說罷了。而盧明森則從文藝領域加以擴充說：

> 它（意象）理解爲對於一類事物的相似特徵、典型特徵或共同特徵的抽象與概括，同時也包括通過想像所創造出來的新的形象。人類正是通過頭腦中的意象系統來形象、具體地反映豐富多彩的客觀世界與人類生活的，既適用於文學藝術領域、心理學領域，又適用於科學技術領域。[4]

可見「意象」是一切思維（含形象、邏輯、綜合）的基本單元，因爲從源頭來看，「意象」乃合「意」與「象」而成，而「意」與「象」，即「心」與「物」，原有著「二而一」、「一而二」的關係。所以就文藝領域來說，自然就能貫穿了一篇辭章的整個內涵，而成爲多種意象的組合體。它不僅指狹義的個別意象而已，而是包括有廣義之整體意象的。廣義者指全篇，屬於整體，可以析分爲「意」與「象」；狹義者指個別，屬於局部，往往合「意」與「象」爲一來稱呼。而整體是局部的總括、局部是整體的條分，所以兩者關係密切。不過，必須一提

---

[3] 見《中國詩學・設計篇》（臺北：巨流圖書公司，1999 年 6 月初版十三刷），頁 3。

[4] 見黃順基、蘇越、黃展驥主編《邏輯與知識創新》第二十章（北京：中國人民大學出版社，2002 年 4 月一版一刷），頁 430。

的是，狹義之「意象」，亦即個別之「意象」，雖往往合「意」
與「象」爲一來稱呼，卻大都用其偏義，譬如草木或桃花的意
象，用的是偏於「意象」之「意」，因爲草木或桃花都偏於
「象」；如「桃花」的意象之一爲愛情，而愛情是「意」；而團
圓或流浪的意象，則用的是偏於「意象」之「象」，因爲團圓
或流浪，都偏於「意」；如「流浪」的意象之一爲浮雲，而浮
雲是「象」。因此前者往往是一「象」多「意」，後者則爲一
「意」多「象」。而它們無論是偏於「意」或偏於「象」，通常
都通稱爲「意象」。由於「形象思維與邏輯思維是人類思維的
基本型態」[5]，因此底下就著眼於整體（含個別）的「意象」
（意與象），試著用它來統合形象思維與邏輯思維，並貫穿辭章
的各主要內涵，以見意象在辭章上之地位。

　　先從「意象」之形成與表現來看，是與形象思維有關的，
而形象思維所涉及的，是「意」（情、理）與「象」（事、景）
之結合及其表現。其中探討「意」（情、理）與「象」（事、
景）之結合者，爲「意象學」（狹義），探討「意」（情、理）
與「象」（事、景）本身之表現者，爲「修辭學」。再從「意
象」之組合與排列來看，是與邏輯思維有關的，而邏輯思維所
涉及的，則是意象（意與意、象與象、意與象、意象與意象）
之排列組合，其中屬篇章者爲「章法學」，主要探討「意象」
之安排，而屬語句者爲「文法學」，主要由概念之組合而探討
「意象」。至於綜合思維所涉及的，乃是核心之「意」（情、
理），即一篇之中心意旨──「主旨」與審美風貌──「風

---

[5] 見黃順基、蘇越、黃展驥主編《邏輯與知識創新》第二十章（北京：中國人民大學出
　版社，2002 年 4 月一版一刷），頁 425。

格」。

　　由此看來，形象思維、邏輯思維與綜合思維三者，涵蓋了
辭章的各主要內涵，而都離不開「意象」。如對應於「多、
二、一（0）」的逆向邏輯結構來說，則所謂的「多」，指由
「意象」（個別）、「詞彙」、「修辭」、「文（語）法」、與「章
法」等所綜合起來表現之藝術形式；「二」指「形象思維」（陰
柔）與「邏輯思維」（陽剛），藉以產生徹下徹上之中介作用；
而「一（0）」則指由此而凸顯出來的「主旨」與「風格」等，
這就是「修辭立其誠」（《易・乾》）之「誠」，乃辭章之核心
所在。這樣以「多」、「二」、「一（0）」來看待辭章內涵，就能
透過「二」（「形象思維」與「邏輯思維」）的居間作用，使
「多」（「意象」（個別）、「詞彙」、「修辭」、「文（語）法」與
「章法」等）統一於「一（0）」（「主旨」與「風格」等）了。
它們的關係可呈現如下表：

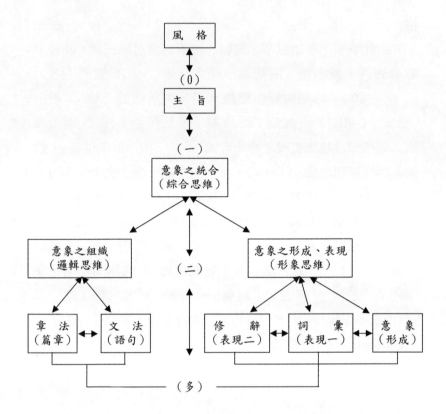

這樣看來，辭章是離不開「意象」的，就是主旨與風格，也是如此。因為「主旨」是核心之「意」，而風格是以主旨統合各「意象」之形成、表現與組織所產生之一種抽象力量。因此可以這麼說，如離開了「意象」就沒有辭章，其地位之重要，可想而知。

可見辭章確實離不開「意象」之形成、表現與其組織，並由此而凸顯出一篇主旨與風格來，這就相當於一棵樹之合其樹幹與枝葉而成整個形體、姿態與韻味一樣，其關係是密不可分

的。

　　辭章的內涵是如此，如果由能力切入，則這些全是以「思維力」為基礎的。它們初由「一般能力」發展為「特殊能力」，再由「特殊能力」發展為「綜合能力」，然後由「綜合能力」回歸到「一般能力」，而將「一般能力」推進一層，形成層層互動、循環而提升之螺旋結構，由隱而顯地表現「創造力」。

　　其中的「一般能力」，通用於各類學科，一律以「思維力」為其重心。其中的「觀察力」是為「思維力」而服務，「記憶力」乃用以記憶「觀察」以「思維」之所得，「聯想力」是「思維力」的初步表現，而「想像力」則是「思維力」的更進一步呈顯，以主導「形象」、「邏輯」與「綜合」三種思維。其中作比較偏於主觀聯想、想像的，屬「形象思維」；作比較偏於客觀聯想、想像的，屬「邏輯思維」；而兩者是兩相對待的。至於合「形象」、「邏輯」兩種思維而為一的，則為「綜合思維」，用於進一步表現「綜合力」，由隱而顯地發揮「創造力」。

　　如對應於「（0）一、二、多」的順向結構來說，「思維力」為「（0）一」，「形象思維」（陰柔）與「邏輯思維」（陽剛）為「二」，由「形象思維」、「邏輯思維」與「綜合思維」所衍生的各種「特殊能力」與綜合各種「特殊能力」所產生的「創造力」為「多」。這樣由「（0）一」而「二」而「多」，凸顯的是「創生」的順向過程；而由「多」而「二」而「（0）一」，凸顯的則是「歸根」的逆向過程。

　　而「特殊能力」，則專用於某類學科。就以「辭章」而

言，辭章是結合「形象思維」、「邏輯思維」[6] 與「綜合思維」
而形成的。這三種思維，各有所主。如果是將一篇辭章所要表
達之「意」，訴諸各種偏於主觀之聯想、想像，和所選取之
「象」連結在一起 [7]，或者是專就個別之「意」、「象」等本身
設計其表現技巧的，皆屬「形象思維」；這涉及了「取材」與
「措詞」等問題，而主要以此爲研究對象的，就是意象學、詞
彙學與修辭學等。如果是專就各種「象」，對應於自然規律，
結合「意」，訴諸偏於客觀之聯想、想像，按秩序、變化、聯
貫與統一之原則，前後加以安排、佈置，以成條理的，皆屬
「邏輯思維」；這涉及了「運材」、「佈局」與「構詞」等問題，
而主要以此爲研究對象的，就字句言，即文（語）法學；就篇
章言，就是章法學。至於合「形象思維」與「邏輯思維」而爲
一，探討其整個體性 [8]的，則爲「綜合思維」，這涉及了「立
意」、「確立體性」等問題，而主要以此爲研究對象的，爲主題
學、文體學、風格學等。而以此整體或個別爲對象加以研究
的，則統稱爲辭章學或文章。

　　如對應於「多」、「二」、「（0）一」，和「一般能力」一
樣，由「（0）一」而「二」而「多」，凸顯的是創作（寫）的
順向過程；而由「多」而「二」而「（0）一」，凸顯的則是鑑
賞（讀）的逆向過程。

　　至於「綜合力」，是綜合以上各種能力所呈現的，「創造

[6] 吳應天《文章結構學》（北京：中國人民大學出版社，1989 年 8 月一版三刷），頁
345。
[7] 彭漪漣《古典詩詞邏輯趣談》（上海：上海人民出版社，2001 年 9 月一版一刷），頁
13。
[8] 陳望道《修辭學發凡》（香港：大光出版社，1961 年 2 月版），頁 250。

力」便由此產生。因此「創造力」，可說是「思維力」的最高
表現。

　　再來看「統合」圖：

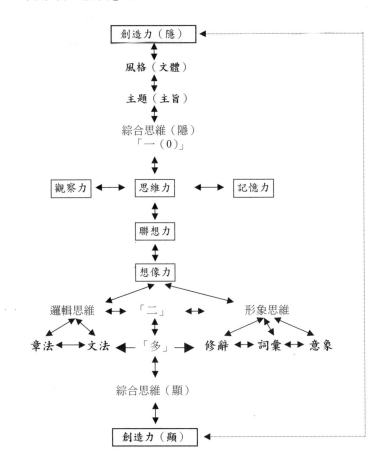

這種形成螺旋結構的能力，是可用「鑑賞」（讀）與「創作」
（寫）來印證的。由於「創作」（寫）乃由「意」而「象」，靠
的是先天（先驗）自然而然的能力，這多半是不自覺的；而

「鑑賞」（讀）則由「象」而「意」，靠的是後天研究所推得的
結果，用科學的方法分析作品，自覺地將先天（先驗）自然而
然的能力予以確定。因此「創作」（寫）是先天能力的順向發
揮、「鑑賞」（讀）是後天研究的逆向（歸根）努力，兩者可說
互動而不能分割，而「創造力」就由「隱」而「顯」地表現出
來了。

　　因此，單就「意象」與「聯想、想像」的關係而言，是先
有「意象」，然後才有「聯想、想像」的，盧明森說：「意象是
聯想與想像的前提與基礎，沒有意象就不可能進行聯想與想
像。」[9] 說得一點也沒錯。而且由於聯想「是從對一個事物的
認識引起、想到關於其他事物的認識的思維活動，是一種廣泛
存在的思維活動，既存在於形象思維活動中，也存在於抽象
（邏輯）思維活動中，還存在於抽象（邏輯）思維與形象思維
活動之間……不是憑空產生的，而是有客觀根據，又有主觀根
據的。」而想像則「是在認識世界、改造世界過程中，根據實
際需要與有關規律，對頭腦中儲存的各種信息進行改造、重
組，形成新的意象的思維活動，其中，雖常有抽象（邏輯）思
維活動參與，但主要是形象思維活動。……理想是想像的高級
型態，因為它不僅有根有據、合情合理、很有可能變成事實，
而且有大量抽象（邏輯）思維活動參加，在實際思維活動具有
重大的實用價值。」[10] 所以聯想與想像都有主、客觀成分，可
和形象思維、邏輯（抽象）思維，甚至綜合思維產生互動；如

---

[9] 見黃順基、蘇越、黃展驥主編《邏輯與知識創新》第二十章（北京：中國人民大學出版社，2002年4月一版一刷），頁431。
[10] 見黃順基、蘇越、黃展驥主編《邏輯與知識創新》第二十章（北京：中國人民大學出版社，2002年4月一版一刷），頁431-433。

果換從形象、邏輯與綜合思維的角度切入，則可以這麼說：形象思維的最基本特徵，在於思維活動始終藉著偏於主觀性的聯想與想像，伴隨著具體生動的形象而進行；而邏輯思維的最基本特徵，乃在於人們在認識事物時，藉著偏於客觀性的聯想與想像，主要在因果律的規範下，用概念、判斷、推理來反映現實的過程；所以前者是運用典型的藝術形象來揭示各事物的特質，後者則是用抽象概念來揭示各事物的組織。至於綜合思維，則統合形象思維與邏輯思維，將藝術形象與抽象概念融成一體，以呈現整體的形神特色。

因此，一切思維，始終以意象為內容，拿思維的起點（觀察、記憶）、過程（聯想與想像）來說是如此，就連其終點（創造力）也是如此。這樣，聯想與想像便很自然地能流貫於形象思維（偏於主觀）與邏輯思維（偏於客觀）或綜合思維（合主、客觀）活動之中，使意象得以形成、表現、組織，以至於統合，成為「多」、「二」、「一（0）」的螺旋結構，而產生美感。

三、意象與聯想、想像互動的實例說明

如同上述，辭章先由意象觸動思維力，再經由聯想或想像的推展，在形象、邏輯、綜合等三種思維交錯、融貫之作用下，形成「多」、「二」、「一（0）」的螺旋結構。茲舉白居易的〈長相思〉詞為例，加以說明：

汴水流，泗水流，流到瓜州古渡頭。吳山點點愁。

　　　　思悠悠，恨悠悠，恨到歸時方始休。月明人倚樓。

這闋詞敘遊子之別恨，是採「先染後點」的條理來構篇的。

　　就「染」的部分而言，乃用「先象（景）後意（情）」的
意象結構所寫成。首先以「象（景）」的部分來說，它先用開
篇三句，寫所見「水」景（象一），初步用二水之長流襯托出
一份悠悠之恨；這是透過作者恨之悠悠（主體）聯想到水之悠
悠（客體）。其中「汴水流」兩句，都是由「先主後謂」之結
構所形成的敘事句，疊敘在一起，以增強纏綿效果。而經由聯
想以水之流來襯托或譬喻恨之多，是歷來辭章家所慣用的手
法，如李白〈太原早秋〉詩云：「思歸若汾水，無日不悠
悠。」又如賈至〈巴陵夜別王八員外〉詩云：「世情已逐浮雲
散，離恨空隨江水長。」此外，作者又以「流到瓜州古渡頭」
來承接「泗水流」，採頂真法來增強它的情味力量。這種修辭
法也常見於各類作品，如《詩·大雅·既醉》說：「威儀孔
時，君子有孝子。孝子不匱，永錫爾類。」又如佚名的〈飲馬
長城窟行〉說：「長跪讀素書，書中竟何如？」這樣用頂真法
來修辭，自然把上下句聯成一氣，起了統調、連綿的作用。況
且這個調子，上下片的頭兩句，又均為疊韻之形式，就以上片
起三句而言，便一連用了三個「流」字，使所寫的水流更顯得
綿延不盡，造成了纏綿的特殊效果。作者如此寫所見「水」景
後，再擴大聯想，用「吳山點點愁」一句寫所見「山」景（象
二）。在這兒，作者以「先主後謂」的表態句來呈現。其中
「點點」兩字，一方面用來形容小而多的吳山（江南一帶的
山），一方面也用來襯托「愁」之多；這也是由聯想所造成的

效果。南宋的辛棄疾有題作「登建康賞心亭」的〈水龍吟〉詞
說：「楚天千里清秋，水隨天去秋無際。遙岑遠目，獻愁供
恨，玉簪（尖形之山）羅髻（圓形之山）。」很顯然地，就是
由此化出。而且用山來襯托愁，也不是從白居易才開始的，如
王昌齡〈從軍行〉詩云：「琵琶起舞換新聲，總是關山離別
情。」這樣，在聯想力的作用下，水既以其「悠悠」帶出愁，
山又以其「點點」擬作愁之多，所謂「山牽別恨和腸斷，水帶
離聲入夢流」（羅隱〈綿谷迴寄蔡氏昆仲〉詩），情韻便格外深
長。

　　其次以「意（情）」的部分來說，它藉「思悠悠」三句，
即景抒情，來寫見山水之景後所湧生的悠悠長恨；這是帶動聯
想的根源力量。在此，作者特意在「思悠悠」兩句裡，以「悠
悠」形成疊字與疊韻，回應上片所寫汴水、泗水之長流與吳山
之「點點」，將意象與聯想產生互動，造成統一，以加強纏綿
之效果；並且又冠以「思」（指的是情緒，亦即「恨」）和
「恨」，直接收拾上片見山水之景（象）所生之「愁」（意），表
達了自己長期未歸之恨。而「恨到歸時方始休」一句，則不僅
和上二句產生了等於是「頂真」的作用，以增強纏綿感，又經
由想像將時間由現在（實）推向未來（虛），把「恨」更推深
一層。這種意象與想像互動的寫法也見於杜甫〈月夜〉詩：
「何時倚虛幌，雙照淚痕乾。」這兩句寫異日月下重逢之喜
（虛），以反襯出眼前相思之苦（實）來，所表達的不正是「恨
到歸時方始休」的意思嗎？所以白居易如此將時間推向未來，
如同杜詩一樣，是會增強許多情味力量的。

　　就「點」的不分而言，（後）的部分來說，僅「月明人倚

樓」一句，寫的是「象（景－事）」。這一句，就文法來說，由
「月明」之表態句與「人倚樓」之敘事句，同以「先主後謂」
的結構組成，只不過後者之「謂語」，乃含述語加處所賓語，
有所不同而已。而「月明人倚樓」，雖是一句，卻足以牢籠全
詞，使人想見主人翁這個「人」在「月明」之下「倚樓」，面
對山和水而有所「思」、有所「恨」的情景，大大地起了「以
景（事）結情」的最佳作用；這就使得全詞的各個意象，在聯
想與想像的催動下，統合而爲一了。

　　大家都知道「以景（象）結情（意）」，關涉到聯想與想像
之發揮，是辭章收結的好方法之一，譬如周邦彥的〈瑞龍吟〉
（章臺路）詞在第三疊末用「探春盡是，傷離意緒」，將「探
春」經過作個總結，並點明主旨之後，又寫道：「官柳低金
縷，歸騎晚、纖纖池塘飛雨，斷腸院落，一簾風絮。」這顯然
是藉「歸騎」上所見暮春黃昏的寥落景象（象）來襯托出「傷
離意緒」（意）。這樣「以景（象）結情（意）」，當然令人倍感
悲悽。所以白居易以「月明人倚樓」來收結，是能增添作品的
情韻的。何況他在這裡又特地用「月明」之「象」來襯托別恨
之「意」，更加強了效果。因爲「月」自古以來就被用以襯托
「相思」（別情），如李白〈聞王昌齡左遷龍標遙有此寄〉詩
云：「我寄愁心與明月，隨風直到夜郎西。」又如孟郊〈古怨
別〉詩云：「別後唯有思，天涯共明月。」這類例子，不勝枚
舉。

　　作者就這樣以「先染『象（景）、意（情）』，後點『象
（景－事）』」的結構，將「水」、「山」、「月」、「人」等「象」
排列組合，也就是透過主人翁在月下倚樓所見、所爲之

「象」，把他所感之「意」（恨），經由聯想與想像的作用融成一體來寫，使意味顯得特別深長，令人咀嚼不盡。有人以為它寫的是閨婦相思之情，也說得通，但一樣無損於它的美。附意象（含章法）結構表如下：

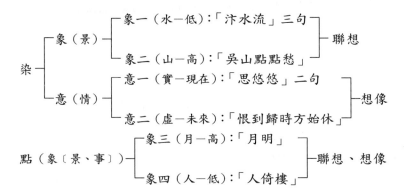

如凸顯其風格中的剛柔成分[11]，則可分層表示如下：

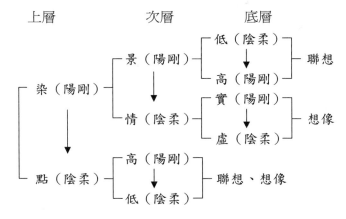

此詞之主旨為「悠悠」離恨，置於篇腹；而所形成的是偏於

11　參見陳滿銘〈論辭章的章法風格〉（臺北：《第五屆中國修辭學國際學術研討會論文集》，2003 年 11 月），頁 1-51。

「陰柔」的風格，因為各層結構的剛柔之「勢」，除底層之「先低後高」趨於「陽剛」外，其餘的都趨於「陰柔」，尤其是其核心結構[12]「先景後情」更如此。如此使「勢」很強烈地趨於「陰柔」，是很自然的事。

這樣，此詞就「意象」之形成、表現、組織、統合與聯想、想像的互動而言，可歸結成如下重點：

（一）以「意象」之形成與聯想、想像的互動來看，主要用「水流」、「山點點」、「月明」、「人倚樓」等，先後形成個別意象，而以「悠悠」之「恨」來統合它們，產生「異質同構」之莫大效果。這可以看出作者運用偏於主觀的聯想力與想像力觸動形象思維，所形成在意象形成上之特色。

（二）以「意象」之表現與聯想、想像的互動來看：首先看「詞彙」部分，它將所生「情」（意）、所見「景（事）」（象），形成各個詞彙，如「水」（流）、「瓜州」、「渡頭」（古）、「山」（點點）、「思」（悠悠）、「恨」（悠悠）、「月」（明）、「人」（倚）、「樓」等，為進一步之「修辭」奠定基礎。然後看「修辭」，它主要用「頂真」法來表現「水」之個別意象，用「類疊」法、「擬人」法等來表現「山」之個別意象，使「水」與「山」都含情，而連綿不盡，以增強作品的感染力。足以看出作者運用偏於主觀的聯想與想像觸動形象思維，所形成在意象表現上之特色。

（三）以「意象」之組織與聯想、想像的互動來看：首先看「文法」，所謂「水流」、「山點點」、「月明」、「人倚樓」

---

[12] 陳滿銘〈辭章章法「多、二、一（0）」的核心結構〉（安徽阜陽：《阜陽師範學院學報》總 96 期，2003 年 11 月），頁 1-5。

等，無論屬敘事句或屬表態句，用的全是主謂結構，將個別概念組合成不同之意象，以呈現字句之邏輯結構。然後看「章法」，它主要用了「景情」、「高低」、「虛實」等章法，把各個個別意象先後排列在一起，以形成篇章之邏輯結構。　這足以看出作者運用偏於客觀的聯想與想像觸動邏輯思維，所形成在意象組織上之特色。

（四）以「意象」之統合與聯想、想像的互動來看：綜合以上「意象」（個別）、「詞彙」、「修辭」、「文法」與「章法」等精心的設計安排，充分地將「恨悠悠」之一篇主旨與「音調諧婉，流美如珠」這種偏於「陰柔」[13]之風格凸顯出來，使人領會到它的美；這樣可看出作者運用主、客觀的聯想與想像觸動綜合思維，所形成在意象統合上之特色。

（五）以「多」、「二」、「（0）一」螺旋結構與聯想、想像的互動來看：首先就「一般能力」來看，如同上述，「思維力」為「（0）一」，「形象思維」（陰柔）與「邏輯思維」（陽剛）為「二」，由「形象思維」、「邏輯思維」與「綜合思維」所衍生的各種「特殊能力」與綜合各種「特殊能力」所產生的「創造力」為「多」。然後從「特殊能力」來看，辭章離不開「意象」之形成（意象〔狹義〕）、表現（詞彙、修辭）與其組織（文〔語〕法、章法），此即「多」；而藉「形象思維」（陰柔）與「邏輯思維」（陽剛）加以統合，此即「二」；並由此而凸顯出一篇主旨與風格來，此即「一（0）」[14]，上舉的〈長相

---

[13] 趙仁圭、李建英、杜媛萍：「整首詞藉流水寄情，含情綿邈。疊字、疊韻的頻繁使用，使詞句音調諧婉，流美如珠。」見《唐五代詞三百首譯析》（長春：吉林文史出版社，1997年1月一版一刷），頁148。

[14] 〈論意象與辭章〉（貴州畢節：《畢節師範高等專科學校學報》2004 年第一期〔總 76

思〉詞就是如此。這就可看出作者運用偏於主觀的聯想與想像觸動形象思維、邏輯思維與綜合思維，所形成在「多」、「二」、「（0）一」螺旋結構上之特色。

而這種結構，如著眼於創作（寫），所呈現的是「（0）一、二、多」，而著眼於「鑑賞」（讀），則所呈現的是「多、二、一（0）」。這就同一作品而言，作者由「意」而「象」地在從事順向（「（0）一、二、多」）創作的同時，也會一再由「象」而「意」地如讀者作逆向（「多、二、一（0）」）之檢查；同樣地，讀者由「象」而「意」地作逆向（「多、二、一（0）」）鑑賞（批評）的同時，也會一再由「意」而「象」地如作者在作順向（「（0）一、二、多」）之揣摩。這樣順逆互動、循環而提升，形成螺旋結構，而最後臻於至善，自然使得「創作」（寫）與「鑑賞」（讀）合為一軌了。

由此看來，辭章在聯想、想像互動之作用下，確實離不開「意象」之形成、表現與其組織，此即「多」；而藉「形象思維」（陰柔）與「邏輯思維」（陽剛）帶動「綜合思維」（柔中寓剛、剛中寓柔），在聯想、想像互動之作用下加以統合，此即「二」；並由此而凸顯出一篇主旨與風格來，此即「一（0）」。辭章的這種結構，由意象與聯想、想像之互動而形成，這就如同一棵樹之合其樹幹與枝葉而成整個形體、姿態與韻味一樣，是密不可分的。

四、結語

綜上所述，可知一篇辭章乃在「意象←→聯想、想像」之互動作用下，結合「意象（含廣義與狹義）」之形成、「意象」之表現（含「詞彙」與「修辭」）、「意象」之組織（含「文（語）法」與「章法」）與「意象」之統合（含「主旨」與「風格」）而形成的一個綜合體。就在這個綜合體中，「意象（含廣義與狹義）」之形成、「意象」之表現（含「詞彙」與「修辭」），是由偏於主觀聯想、想像所形成之「形象思維」加以呈現的；「意象」之組織（含「文（語）法」、「章法」），是由偏於客觀聯想、想像所形成之「邏輯思維」加以呈現的；「意象」之統合（含「主旨」與「風格」），乃合主觀與客觀聯想、想像所形成之「綜合思維」加以呈現的；這些都可由「多、二、一（0）」結構加以統一，形成一個綜合體。而由於它們都深深地植基於哲學與心理之上，從源頭將主（意）客（象）合而為一，以此形成有機之整體，而產生「美感愉快」，因此可以這麼說，辭章從頭到尾是離不開以「意象」為內容的「思維」，換句話說，是離不開「意象」與「聯想、想像」之互動的。

參考文獻

吳應天《文章結構學》，北京：中國人民大學出版社，1989 年 8 月一版三刷，頁 345。

陳望道《修辭學發凡》，香港：大光出版社，1961 年 2 月版，頁 250。

陳滿銘〈論「多」、「二」、「一（0）」的螺旋結構——以《周易》與《老子》為考察重心〉，臺北：《師大學報‧人文與社會類》48 卷 1 期，2003 年 7 月，頁 1-20。

陳滿銘〈論辭章的章法風格〉，臺北：《第五屆中國修辭學國際學術研討會論文集》，2003 年 11 月，頁 1-51。

陳滿銘〈辭章章法「多、二、一（0）」的核心結構〉，安徽阜陽：《阜陽師範學院學報》總 96 期，2003 年 11 月，頁 1-5

陳滿銘〈論意象與辭章〉，貴州畢節：《畢節師範高等專科學校學報》2004 年第一期〔總 76 期〕，2004 年 3 月，頁 5-13。

黃永武《中國詩學‧設計篇》，臺北：巨流圖書公司，1999 年 6 月初版十三刷，頁 3。

黃順基、蘇越、黃展驥主編《邏輯與知識創新》第二十章，北京：中國人民大學出版社，2002 年 4 月一版一刷，頁 425-433。

彭漪漣《古典詩詞邏輯趣談》，上海：上海人民出版社，2001 年 9 月一版一刷，頁 13。

趙仁圭、李建英、杜媛萍《唐五代詞三百首譯析》，長春：吉林文史出版社，1997 年 1 月一版一刷，頁 148。

意象「多」、「二」、「一(0)」螺旋結構論

以哲學、文學與美學作對應考察

∽ 摘 要 ∽

　　人類的一切知行活動離不開「思維」，而「思維」又始終以「意象」為內容。它初由「觀察」與「記憶」的兩大支柱豐富「意象」，再由「聯想」與「想像」的兩大翅膀拓展「意象」（多），然後由「形象」與「邏輯」（二）的兩大思維運作「意象」，最後由「綜合思維」統合「意象」（一（0）），以發揮最大的「創造力」。如此周而復始，便形成「多」、「二」、「一（0）」的螺旋結構，以反映「意象系統」。而這種結構或系統，不但可在哲學層面尋得它的依據、文學層面考察它的表現，也相應地可在美學層面找到它的歸宿。

關鍵詞：意象、「『多』、『二』、『一（0）』」螺旋結構、哲學、
　　　　文學、美學。

一、前言

　　宇宙萬物，可用「心」（意）與「物」（象）加以概括。而它們創生、含容的歷程，可以用「多」、「二」、「一（0）」的螺旋結構來呈現。大致說來，古代的聖賢是先由「有象」（現象界〔物、象〕）以探知「無象」（本體界〔心、意〕），逐漸形成「多、二、一（0）」的逆向結構；再由「無象」（本體界〔心、意〕）以解釋「有象」（現象界〔物、象〕），逐漸形成「（0）一、二、多」的順向結構的。就這樣一順一逆，往復思維、探求、驗證，久而久之，終於形成了豐盈的「意象」世界，以反映他們圓融的宇宙人生觀。而這種宇宙人生觀，各家雖各有所見，但若只求其同而不其求異，則總括起來說，都可以從「（0）一、二、多」（順）與「多、二、一（0）」（逆）的互動、循環而提升的螺旋關係[1]上加以統合。這樣對應於人類的思維世界，即可見出「意象系統」之無所不在。

---

[1] 參見拙作〈論「多」、「二」、「一（0）」的螺旋結構——以《周易》與《老子》為考察重心〉（臺北：《師大學報‧人文與社會類》48 卷 1 期，2003 年 7 月），頁 1-20。而所謂「螺旋」，本用於教育課程之理論上，早在十七世紀，即由捷克教育家夸美紐思所提出，見《簡明國際教育百科全書》（北京：新華書局北京發行所，1991 年 6 月一版一刷），頁 611。又，相對於人文，科技界亦發現生命之「基因」和「DNA」等都呈現螺旋結構。參見約翰‧格里賓著、方玉珍等譯《雙螺旋探密——量子物理學與生命》（上海：上海科技教育出版社，2001 年 7 月），頁 271-318。

二、意象「多」、「二」、「一（0）」螺旋
結構的哲學意涵

　　意象「多」、「二」、「一（0）」螺旋結構的哲學意涵，可分「意象」與「『多』、『二』、『一（0）』螺旋結構」兩層加以探討：

（一）意象層面

　　「意象」乃合「意」與「象」而成。由於它有哲學層面之基礎，所以運用在文學藝術、心理學或科學技術等領域上便能切合無間。

　　從哲學層面來看，意象的源頭，是與心、物或有、無之對待、合一是有關的，但因它牽扯甚廣，而論述也多，所以在此略而不論，只直接落到人類的「思維世界」中「意」與「象」這一層面來說。而論述「象」與「意」最精要的，要推《易傳》，其〈繫辭上〉云：

> 聖人有以見天下之賾，而擬諸其形容，象其物宜，是故謂之象。

而〈繫辭下〉又云：

> 《易》者，象也。象也者，像也。……是故吉凶生而悔吝著也。

對此，孔穎達在《周易正義》卷八中解釋道：

> 《易》卦者，寫萬物之形象，故《易》者，象也。象也
> 者，像也，謂卦為萬物象者，法像萬物，猶若乾卦之象
> 法像於天也。[2]

可見在此，「象」是指近取諸身、遠取諸物而得來的卦象，可
藉以表示人事之吉凶悔吝。廣義地說，即藉具體形象來表達抽
象事理，以達到象徵（或譬喻）的作用。因此陳望衡《中國古
典美學史》說：

> 《周易》的「觀物取象」以及「象者，像也」，其實並不
> 通向模仿，而是通向象徵。這一點，對中國藝術的品格
> 影響是極為深遠的。[3]

而所謂「象徵」，就其表出而言，就是一種符號，所以馮友蘭
在《馮友蘭選集》上卷說：

> 〈繫辭傳〉說：「易者，象也。」又說：「聖人有以見天
> 下之賾，而擬諸其形容，象其物宜，是故謂之象。」照
> 這個說法，「象」是模擬客觀事物的複雜（賾）情況
> 的。又說「象也者，象此者也」；象就是客觀世界的形
> 象。但是這個模擬和形象並不是如照像那樣下來，如畫
> 像那樣畫下來。它是一種符號，以符號表示事物的
> 「道」或「理」。六十四卦和三百八十四爻都是這樣的符
> 號。[4]

---

2 見《周易正義》卷 8（臺北：廣文書局，1972 年 1 月），頁 77。
3 見陳望衡《中國古典美學史》（長沙：湖南教育出版社，1998 年 8 月一版一刷），頁202。
4 見《馮友蘭選集》上卷（北京：北京大學出版社，2000 年 7 月一版一刷），頁 394。

所謂「以符號表示事物的『道』或『理』」，和葉朗在《中國美學史大綱》所說的：〈繫辭傳〉認為整個《易經》都是「象」，都是以形象來表明義理[5]，其道理是一樣的。

除了上文談到〈繫辭傳〉，指出了《易經》「象」的層面與「道或理」有關外，〈繫辭傳〉還進一步論及「立象以盡意」的問題。〈繫辭上〉云：

> 子曰：「書不盡言，言不盡意。」然則，聖人之意，其不可見乎？子曰：「聖人立象以盡意，設卦以盡情偽，繫辭焉以盡其言，變而通之以盡利，鼓之舞之以盡神。

一般而言，語言在表達思想情感時，會存在著某種侷限性，此即「言不盡意」的意思（這關涉到了「空白」、「補白」理論，當另文討論）。而在〈繫辭傳〉中，卻特地提出了「象可盡意、辭可盡言」的論點。王弼《周易略例・明象》對此曾說明云：

> 夫象者，出意者也；言者，明象者也。盡意莫若象，盡象莫若言。言生於象，故可尋言以觀象；象生於意，故可尋象以觀意。意以象盡，象以言著。[6]

由此可知，「情意」（意）可透過「言語」、「形象」（象）來表現，並且可以表現得很具體。而前者（情意－意）是目的、後者（言語、形象－象）為工具。陳望衡《中國古典美學史》釋

5　見《中國美學史大綱》（臺北：滄浪出版社，1986 年 9 月），頁 66。

6　見《周易略例・明象》，收於《易經集成》149（臺北：成文出版社，1976 年出版），頁 21-22。

此云：

> 王弼將「言」、「象」、「意」排了一個次序，認為「言」
> 生於「象」、「象」生於「意」。所以，尋言是為了觀
> 象，觀象是為了得意。言——象——意，這是一個系
> 列，前者均是後者的工具，後者均為前者的目的。[7]

他把「意」與「象」、「言」的前後關係，說得十分清楚，
不過，他所謂的「言→象→意」，是就逆向的解讀一面來說
的，如果從順向的創造一面而言，則是「意→象→言」了。此
外，葉朗在《中國美學史大綱》裡，也從另一角度，將《易
傳》所言之「象」與「意」闡釋得相當扼要而明白，他說：

> 「象」是具體的，切近的，顯露的，變化多端的，而
> 「意」則是深遠的，幽隱的。〈繫辭傳〉的這段話接觸到
> 了藝術形象以個別表現一般，以單純表現豐富，以有限
> 表現無限的特點。[8]

所謂的「單純」（象）與「豐富」（意）、「有限」（象）與「無
限」（意），說的就是「象」與「意」之關係。

由此看來，思維世界的「意」與「象」，其哲學層面之主
要基礎就建立在這裡。盧明森說：

> 它（意象）理解為對於一類事物的相似特徵、典型特徵
> 或共同特徵的抽象與概括，同時也包括通過想像所創造

---

[7] 見陳望衡《中國古典美學史》，同注3，頁207。
[8] 見《中國美學史大綱》，同注5，頁26。

出來的新的形象。人類正是通過頭腦中的意象系統來形
象、具體地反映豐富多彩的客觀世界與人類生活的，既
適用於文學藝術領域、心理學領域，又適用於科學技術
領域。[9]

可見「意象」是一切思維（含形象、邏輯、綜合）的基本單
元，因為從源頭來看，「意象」是合「意」與「象」而成，而
「意」與「象」，乃根源於「心」與「物」，原有著「二而一」、
「一而二」的關係，藉以形成「意象系統」。這樣的「系統」如
果就「意象」之開展而言，則與「思維力」的兩大翅膀「聯
想」與「想像」，關係密切，盧明森以為「意象是聯想與想像
的前提與基礎，沒有意象就不可能進行聯想與想像。」[10] 看法
相當正確。而且由於聯想「是從對一個事物的認識引起、想到
關於其他事物的認識的思維活動，是一種廣泛存在的思維活
動，既存在於形象思維活動中，也存在於抽象（邏輯）思維動
中，還存在於抽象（邏輯）思維與形象思維活動之間……不是
憑空產生的，而是有客觀根據，又有主觀根據的。」而想像則
「是在認識世界、改造世界過程中，根據實際需要與有關規
律，對頭腦中儲存的各種信息進行改造、重組，形成新的意象
的思維活動，其中，雖常有抽象（邏輯）思維活動參與，但主
要是形象思維活動。……理想是想像的高級型態，因為它不僅
有根有據、合情合理、很有可能變成事實，而且有大量抽象
（邏輯）思維活動參加，在實際思維活動具有重大的實用價

[9] 見黃順基、蘇越、黃展驥主編《邏輯與知識創新》第二十章（北京：中國人民大學出版社，2002年4月一版一刷），頁430。

[10] 見黃順基、蘇越、黃展驥主編《邏輯與知識創新》第二十章，同注9，頁431。

值。」[11]所以聯想與想像都有主、客觀成分，可和形象思維、邏輯（抽象）思維，甚至綜合思維會產生互動；如果換從形象、邏輯與綜合思維的角度切入，則可以這麼說：形象思維的最基本特徵，在於思維活動始終藉著偏於主觀性的聯想與想像，伴隨著具體生動的形象而進行；而邏輯思維的最基本特徵，乃在於人們在認識事物時，藉著偏於客觀性的聯想與想像，主要在因果律的規範下，用概念、判斷、推理來反映現實的過程；所以前者是運用典型的藝術形象來揭示各事物的特質，後者則是用抽象概念來揭示各事物的組織。至於綜合思維，則統合形象思維與邏輯思維，將藝術形象與抽象概念融成一體，以呈現整體的形神特色。

因此，在思維世界裡，是始終以意象為內容的，即以思維的起點（觀察、記憶）、過程（聯想與想像）而言是如此，就連其終點（創造力）來說也是如此。這樣，思維的兩大翅膀聯想與想像便很自然地能流貫於形象思維（偏於主觀）與邏輯思維（偏於客觀）或綜合思維（合主、客觀）活動之中，使意象得以形成、表現、組織，以至於統合[12]，來呈現「意象系統」，而產生美感。對此，張紅雨在《寫作美學》中說：

> 人們之所以有了美感，是因為情緒產生了波動。這種波動與事物的形態常常是統一起來的，美感總是附著在一定的事物上。[13]

---

[11] 見黃順基、蘇越、黃展驥主編《邏輯與知識創新》第二十章，同注 9，頁 431-433。

[12] 見拙作〈談思維力與語文螺旋結構的關係〉（臺北：《國文天地》21 卷 3 期，2005 年 8 月），頁 79-86。

[13] 見張紅雨《寫作美學》（高雄：麗文文化出版社，1996 年 10 月初版），頁 311。

他更進一步地指出：事物之所以可以成為激情物，是因為它觸動人們的美感情緒，而使美感情緒產生波動，所以我們對事物形態的摹擬，實際上是對美感情緒波動狀態的摹擬，是雕琢美感情緒的必要手段。因此，所謂靜態、動態的摹擬，也並不是對無生命的事物純粹作外形，或停留在事物動的表面現象上作摹狀，而是要挖掘出它更本質、更形象的內容，來寄託和流洩美感的波動[14]。

　　他所說的「情緒波動」，即主體之「意」；而「事物形態」之「更本質、更形象的內容」，則為客體之「象」。對這種意與象之連結，格式塔心理學家用「異質同構」來解釋。李澤厚在〈審美與形式感〉一文中說：

> 不僅是物質材料（聲、色、形等等）與視聽感官的聯繫，而更重要的是它們與人的運動感官的聯繫。對象（客）與感受（主），物質世界和心靈世界實際都處在不斷的運動過程中，即使看來是靜的東西，其實也有動的因素……其中就有一種形式結構上巧妙的對應關係和感染作用……格式塔心理學家則把這種現象歸結為外在世界的力（物理）與內在世界的力（心理）在形式結構上的「同形同構」，或者說是「異質同構」，就是說質料雖異而形式結構相同，它們在大腦中所激起的電脈衝相同，所以才主客協調，物我同一，外在對象與內在情感合拍一致，從而在相映對的對稱、均衡、節奏、韻律、

14　參見張紅雨《寫作美學》，同注 13，頁 311-314。

　　秩序、和諧⋯⋯中，產生美感愉快。[15]

這把「意」與「象」之所以形成、趨於統一，而產生美感的原因、過程與結果，都簡要地交代清楚了。

　　由此可見，在這種形成「意象系統」整個歷程裡，是完全離不開「思維力」（含觀察、記憶、聯想、想像、創造）之運作的。茲以簡圖將其系統表示如下：

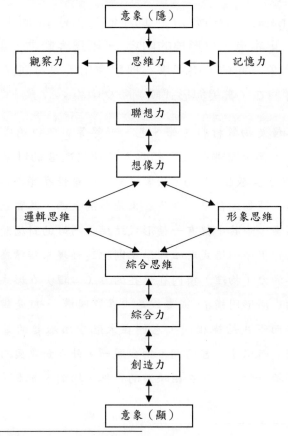

意象（隱）

觀察力 ⟷ 思維力 ⟷ 記憶力

聯想力

想像力

邏輯思維　　　形象思維

綜合思維

綜合力

創造力

意象（顯）

[15] 見《李澤厚哲學美學文選》（臺北：谷風出版社，1987 年 5 月初版），頁 503-504。

（二）「多」、「二」、「一（0）」螺旋結構層面

　　往聖先賢，經由「有象而無象」、「無象而有象」之循環探知努力，得以沖散層層神秘之煙霧，面對朗朗乾坤，而確認宇宙的原動力，並且確認萬物是由它的作用而化生、孳乳、歸根而循環不已的。而這種「由無而有」、「由有而無」的循環過程，大致可用「（0）一」、「二」、「多」的螺旋結構予以呈現。

　　這種結構形成之過程，在〈序卦傳〉裡就約略地加以交代，雖然它們或許「因卦之次，託以明義」[16]，但由於卦、爻，均為象徵之性質，乃一種概念性符號，即一般所說的「象」，象徵著宇宙人生之變化與各種物類、事類。就以《周易》（含《易傳》）而言，它的六十四卦，從其排列次序看，就粗具這種特點[17]。而各種物類、事類在「變化」中，循「由天（天道）而人（人事）」來說，所呈現的是「（一）二、多」的結構，這可說是〈序卦傳〉上篇的主要內容；而循「由人（人事）而天（天道）」來說，則所呈現的是「多、二（一）」的結構了，這可說是〈序卦傳〉下篇的主要內容。其中「（一）」指「太極」，「二」指「天地」或「陰陽」、「剛柔」，「多」指「萬物」（包括人事）。雖然「太極」（「道」）與「陰陽」（「剛

---

[16] 見戴璉璋《易傳之形成及其思想》（臺北：文津出版社，1989 年 6 月臺灣初版），頁186-187。

[17] 馮友蘭：〈〈繫辭傳〉說：『易者，象也。』又說：『聖人有以見天下之賾，而擬諸其形容，象其物宜，是故謂之象。』照這個說法，『象』是模擬客觀事物的複雜（賾）情況的。又說『象也者，象此者也。』；象就是客觀世界的形象。但是這個模擬和形象並不是如照像那樣下來，如畫像那樣畫下來。它是一種符號，以符號表示事物的『道』或『理』。六十四卦和三百八十四爻都是這樣的符號。」見《馮友蘭選集》上卷，同注 4，頁 394。

柔」）等觀念與作用，在〈序卦傳〉裡，未明確指出，卻皆含
蘊其中，不然「天地」失去了「太極」（「道」）與「陰陽」
（「剛柔」）等作用，便不可能不斷地「生萬物」（包括人事）
了。再看《易傳》：

> 乾知大始，坤作成物。（《周易‧繫辭上》）
>
> 一陰一陽之謂道，繼之者善也，成之者性也。……生生
> 之謂易，成象之謂乾，效法之謂坤。（同上）
>
> 是故易有太極，是生兩儀，兩儀生四象，四象生八卦。
> （同上）

在這些話裡，《易傳》的作者用「易」、「道」或「太極」來統
括「陰」（坤）與「陽」（乾），作為萬物生生不已的根源。而
此根源，就其「生生」這一含意來說，即「易」，所以說「生
生之謂易」；就其「初始」這一象數而言，是「太極」，所以
《說文解字》於「一」篆下說「惟初太極，道立於一，造分天
地，化成萬物」[18]；就其「陰陽」這一原理來說，就是「道」，
所以說「一陰一陽之謂道」。分開來說是如此，若合起來看，
則三者可融而為一。關於此點，馮友蘭分「宇宙」與「象數」
加以說明云：

> 《易傳》中講的話有兩套：一套是講宇宙及其中的具體
> 事物，另一套是講《易》自身的抽象的象數系統。〈繫
> 辭傳‧上〉說：「易有太極，是生兩儀，兩儀四象，
> 四象生八卦。」這個說法後來雖然成為新儒家的形上

---

[18] 見黃慶萱《周易縱橫談》（臺灣：東大圖書公司，1995 年 3 月初版），頁 33-34。

學、宇宙論的基礎，然而它說的並不是實際宇宙，而是《易》象的系統。可是照《易傳》的說法：「易與天地準」（同上），這些象和公式在宇宙中都有其準確的對應物。所以這兩套講法實際上可以互換。「一陰一陽之謂道」這句話固然是講宇宙，可是它可以與「易有太極，是生兩儀」這句話互換。「道」等於「太極」，「陰」、「陽」相當於「兩儀」。〈繫辭傳‧下〉說：「天地之大德曰生。」〈繫辭傳‧上〉說：「生生之謂易。」這又是兩套說法。前者指宇宙，後者指易。可是兩者又是同時可以互換的。[19]

他從實（宇宙）虛（象數）之對應來解釋，很能凸顯《周易》這本書的特色。這樣，其順向歷程就可用「一、二、多」的結構來呈現，其中「一」指「太極」、「道」、「易」，「二」指「陰陽」、「乾坤」（天地），「多」指「萬物」（含人事）。如果對應於〈序卦傳〉由天而人、由人而天，亦即「既濟」而「未濟」的循環來看，則此「一、二、多」，就可以緊密地和逆向歷程之「多、二、一」接軌，形成其螺旋結構[20]。

就這樣，《周易》先由爻與爻的「相生相反」的變化[21]，以形成小循環；再擴及這種變化到卦，由卦與卦「相生相反」的變化，以形成大循環。而大、小循環又互動、循環不已，形

---

[19] 見《馮友蘭選集》上卷，同注4，頁286。

[20] 見拙作〈論「多」、「二」、「一(0)」的螺旋結構——以《周易》與《老子》為考察重心〉，同注1，頁1-20。

[21] 勞思光：「爻辭論各爻之吉凶時，常有『物極必反』的觀念。具體地說，即是卦象吉者，最後一爻多半反而不吉；卦象凶者，最後一爻有時反而吉。」見《新編中國哲學史》（臺北：三民書局，1984年1月增訂修版），頁85-86。

成層層上升之螺旋結構。關於這點，黃慶萱說：

> 《周易》的周，……有周流的意思。《周易》每卦六爻，
> 始於初，分於二，通於三，革於四，盛於五，終於上。
> 代表事物的小周流。再看六十四卦，始於〈乾卦〉的行
> 健自強；到了六十三掛的「既濟」，形成了一個和諧安
> 定的局面；接著的卻是「未濟」，代表終而復始，必須
> 作再一次的行健自強。物質的構成，時間的演進，人士
> 的努力，總循著一定的周期而流動前進，於是生命進化
> 了，文明日益發展。[22]

所謂「周流」、「終而復始」、「周期而流動前進」，說的就是
《周易》變化不已的螺旋式結構。而這種結構，如對應於「三
易」(《易緯·乾鑿度》)而言，則「多」說的是「變易」、
「二」說的是「簡易」，而「一」說的是「不易」。因此「三
易」不但可概括《周易》之內容與特色，也可以呈現「多」、
「二」、「一」的螺旋結構。

　　這種螺旋結構，在《老子》一書中，不但可以找到，而且
更完整，如：

> 道可道，非常道；名可名，非常名。无，名天地之始；
> 有，名萬物之母。(〈一章〉)
> 道之為物，惟恍惟惚。惚兮恍兮，其中有象。恍兮惚
> 兮，其中有物。窈兮冥兮，其中又精。其精甚真，其中
> 有信。(〈二一章〉)

---

[22] 見《周易縱橫談》，同注18，頁236。

反者道之動，弱者道之用。天下萬物，生於有，有生於
无。（〈四十章〉）

道生一，一生二，二生三，三生萬物。萬物負陰而抱
陽，沖氣以為和。（〈四二章〉）

從上引各章裡，不難看出老子這種由「无（無）」而「有」而
「无（無）」的主張。所謂「道可道非常道」、「道之爲物，惟恍
惟惚」、「道生一，一生二，二生三，三生萬物」、「有生於
无」、「无，名天地之始；有，名萬物之母」等，都是就「由无
（無）而有」的順向過程來說的。而所謂「反者道之動」、「復
歸於無極」、「復歸於樸」（二八章），是就「有」而「无
（無）」的逆向過程來說的。而這個「道」，乃「創生宇宙萬物
的一種基本動力」，如就本末整體而言，是「无」（無）與
「有」的統一體；如單就「本」（根源）而言，則因爲它「不可
得聞見」（《韓非子·解老》），「所以老子用一個『無（无）』
字來作爲他所說的道的特性」[23]。而「由无（無）而有」，所說
的就是「由一而多」之宇宙萬物創生的過程，所以宗白華說：

道的作用是自然的動力、母力，非人為的，非有目的及
意志的。「萬物生於有，有生於无」這個素樸混沌一團
的道體，運轉不已，化分而成萬有。故曰：「大道氾
兮，其可左右。」（〈三十四章〉）「周行而不殆。」
（〈二十五章〉）「反者道之動。」（〈四十章〉）「樸，則
散為器。聖人用之，則為官長。」（〈廿八章〉）道體化

---

[23] 見徐復觀《中國人性論史·先秦篇》（臺北：臺灣商務印書館，1978 年 10 月四版），
頁 329。

分而成萬有的過程是由一而多,由无形而有形。[24]

如就「有」而「无(無)」,亦即「多而一」來看,老子在此是以「反」作橋樑加以說明的。而這個「反」,除了「相反」、「返回」之外,還有「循環」的意思。陳鼓應引述「反者道之動」說:

> 在這裡「反」字是歧義的(ambiguous):它可以作相反講,又可以作返回講(「反」與「返」通)。但在老子哲學中,這兩種意義都被蘊涵了,它蘊涵了兩個概念:相反對立與返本復初。這兩個概念在老子哲學中都很重視的。老子認為自然界中事物的運動和變化莫不依循著某些規律,其中的總規律就是「反」事物向相反的方向運動發展;同時事物的運動發展總要返回到原來基始的狀態。[25]

在此談到了「反」的「相反」與「返回」兩種意涵。又,勞思光闡釋「反者道之用」說:

> 「動」即「運行」,「反」則包含循環交變之義。「反」即「道」之內容。就循環交變之義而言,「反」以狀「道」,故老子在《道德經》中再三說明「相反相成」與「每一事物或性質皆可變至其反面」之理。[26]

---

[24] 見《宗白華全集》2(合肥:安徽教育出版社,1996 年 9 月一版二刷),頁 810。

[25] 見陳鼓應《老子今註今譯及評介》(臺北:臺灣商務印書館,1985 年 2 月修訂十版),頁 154。

[26] 見勞思光《新編中國哲學史》,同注 21,頁 240。

這裡強調的是「循環」，乃結合「相反」之義來加以說明的。如此「相反相成」、循環不已，說的就是「變化」，而「變化」的結果，就是「返回」至「道」的本身，這可說是變化中有秩序、秩序中有變化之一個循環歷程。唐君毅釋此云：

> 道之自身，……既可稱為有，亦可稱為無，即兼具能有能無知有相與無相，已成其玄妙之常者。然彼道所生物，則當其未生為無，便只具無相，不具有相；唯其未生，即尚未與道分異。當物既生，即具有相，而離其初之無相，即與道分異而與道相對。至當物復歸於無，則復無其有相，以再具無相，又不復與道分異。以道觀物，物之由未生而生，以再歸於無，及物之以其一生之歷程，分別體現道之能有能無之有相與無相，亦即由與道不分異，而分異，再歸於不分異者。此正所以使道之能有能無之有無二相，依次表現於物，使道得長表現其自己之道相於物，以成其常久存在，而不得不如此者也。由是而物之一生，以其生壯老死之事中，表現更迭而呈現之既有還無之二相，所成之變化歷程，便皆唯是道體之自身，求自同自是，以常久存在之所顯；而物之一生之變化歷程之真實內容，即唯是此道之常久。[27]

他把「道」這種「有」與「无」，「依次」(秩序)、「更迭」(變化)而分分合合所形成循環不已(聯貫、統一)的「歷程」，說明得極清楚，而所呈現的就是「一、多」與「多、一」的螺

---

[27] 見唐君毅《中國哲學原論・導論篇》(臺北：學生書局，1993 年 2 月校訂版第二刷)，頁 387-388。

旋結構。

這樣，結合《周易》和《老子》來看，它們所主張的「道」，如僅著眼於其「同」，則它們主要透過「相反相成」、「返本復初」而循環不已的作用，不但將「一、多」的順向歷程與「多、一」的逆向歷程前後銜接起來，更使它們層層推展，循環不已，而形成了螺旋式結構，以呈現宇宙創生、含容萬物之原始規律。

就在這「由一而多」（順）、「多而一」（逆）的過程中，是有「二」介於中間，以產生承「一」啓「多」的作用的。而這個「二」，從「道生一，一生二，二生三，三生萬物」等句來看，該就是「一生二，二生三」的「二」。雖然對這個「二」，歷代學者有不同的說法，大致說來，有認爲只是「數字」而無特殊意思的，如蔣錫昌、任繼愈等便是；有認爲是「天地」的，如奚侗、高亨等便是，有認爲是「陰陽」的，如河上公、吳澄、朱謙之、大田晴軒等便是。其中以最後一種說法，似較合於原意，因爲老子既說「萬物負陰而抱陽」，看來指的雖僅僅是「萬物的屬性」，但萬物既有此屬性，則所謂有其「委」（末）就有其「源」（本），作爲創生源頭之「一」或「道」，也該有此屬性才對，所差的只是，老子沒有明確說出而已。所以陳鼓應解釋「道生一」章說：

> 本章爲老子宇宙生成論。這裡所說的「一」、「二」、「三」乃是指「道」創生萬物時的活動歷程。「混而爲一」的「道」，對於雜多的現象來說，它是獨立無偶，絕對對待的，老子用「一」來形容「道」向下落實一層

的未分狀態。渾淪不分的「道」，實已稟賦陰陽兩氣；
《易經》所說「一陰一陽之謂『道』」；「二」就是指
「道」所稟賦的陰陽兩氣，而這陰陽兩氣便是構成萬物
最基本的原質。「道」再向下落漸趨於分化，則陰陽兩
氣的活動亦漸趨於頻繁。「三」應是指陰陽兩氣互相激
盪而形成的均適狀態，每個新的和諧體就在這種狀態中
產生出來。[28]

而黃釗也說：

愚意以為「一」指元氣（從朱謙之說），「二」指陰陽二
氣（從大田晴軒說），「三」即「叄」，「參」也。若木
《薊下漫筆》「陰陽三合」為「陰陽參合」。「三生萬物」
即陰陽二氣參合產生萬物。[29]

他們對「一」與「三」（多）的說法雖有一些不同，但都以為
「二」是指「陰陽二（兩）氣」。而這種「陰陽二氣」的說法，
其實也照樣可包含「天地」在內，因為「天」為「乾」為
「陽」，而「地」則為「坤」為「陰」；所不同的，「天地」說的
是偏於時空之形式，用於持載萬物[30]；而「陰陽」指的則是偏
於「二氣之良能」（朱熹《中庸章句》），用於創生萬物。這樣
看來，老子的「一」該等同於《易傳》之「太極」、「二」該等

---

28 見陳鼓應《老子今注今譯及評介》，同注 25，頁 106。
29 以上諸家之說與引證，見黃釗《帛書老子校注析》（臺北：學生書局，1991 年 10 月
　　初版），頁 231。
30 徐復觀：「中國傳統的觀念，天地可以說是一個時空的形式，所以持載萬物的；故在
　　程序上，天地應當生於萬物之先。否則萬物將無處安放。因此，一生二，即是一生天
　　地。」見《中國人性論史‧先秦篇》，同注 23，頁 335。

同於《易傳》之「兩儀」（陰陽），因此所呈現的，和《周易》
（含《易傳》）一樣，是「一、二、多」與「多、二、一」之原
始結構。不過，值得一提的是：（一）即使這「一」、「二」、
「多」之內容，和《周易》（含《易傳》）有所不同，也無損於
這種結構的存在。（二）「道生一」的「道」，既是「創生宇宙
萬物的一種基本動力」，而它「本身又體現了無（无）」[31]，那
麼正如王弼所注「欲言無（无）耶，而物由以成；欲言有耶，
而不見其形」[32]，老子的「道」可以說是「无」，卻不等於實際
之「無」（實零）[33]，而是「恍惚」的「无」（虛零），以指在
「一」之前的「虛理」[34]。這種「虛理」，如勉強以「數」來表
示，則可以是「（0）」。這樣，順、逆向的結構，就可調整爲
「（0）一、二、多」（順）與「多、二、一（0）」（逆），以補
《周易》（含《易傳》）之不足，這就使得宇宙萬物創生、含容
的順、逆向歷程，更趨於完整而周延了。

　　這種結構，如對應於形成種種「意象」的「思維系統」來
說，則「思維力」爲「（0）一」，「形象思維」（陰柔）與「邏
輯思維」（陽剛）爲「二」，由「形象思維」、「邏輯思維」與

---

[31] 林啟彥：「『道』既是宇宙及自然的規律法則，『道』又是構成宇宙萬物的終極元素，
『道』本身又體現了『無』。」見《中國學術思想史》（臺北：書林出版社，1999 年 9
月一版四刷），頁 34。

[32] 見《老子王弼注》（臺北：河洛圖書出版社，1974 年 10 月臺景印初版），頁 16。

[33] 馮友蘭：「謂道即是无。不過此『无』乃對於具體事物之『有』而言的，非即是零。
道乃天地萬物所以生之總原理，豈可謂為等於零之『无』。」見《馮友蘭選集》上
卷，同注 4，頁 84。

[34] 唐君毅：「所謂萬物之共同之理，可為實理，亦可為一虛理。然今此所謂第一義之共
同之理之道，應指虛理，非指實理。所謂虛理之虛，乃表狀此理之自身，無單獨之存
在性，雖為事物之所依循、所表現，或所是所然，而並不可視同於一存在的實體。」
見《中國哲學原論‧導論篇》，同注 27，頁 350-351。

「綜合思維」所衍生的各種「創造力」為「多」。這樣由「（0）一」而「二」而「多」，凸顯的是「創生」的順向過程；而由「多」而「二」而「（0）一」，凸顯的則是「歸根」的逆向過程。

三、意象「多」、「二」、「一（0）」螺旋結構的文學表現

　　我們人的一切離不開思維，辭章亦不例外。它是結合「形象思維」與「邏輯思維」[35]與「綜合思維」所形成的。而這三種思維，各有所主。就形象思維而言，主要訴諸各種偏於主觀的聯想、想像，而使個別意象得以形成並有所表現；就邏輯思維而言，主要訴諸偏於客觀的聯想、想像，而使意象群得以組織起來；就綜合思維而言，主要訴諸主、客觀的聯想、想像，合形象思維與邏輯思維而為一，而產生「以意統象」的效果，使整體意象得以統合在一起。茲分述如下：

（一）意象「多」、「二」、「一（0）」螺旋結構的辭章內涵

　　辭章的內涵，對應於學科領域而言，主要含意象學（狹義）、詞彙學、修辭學、文（語）法學、章法學、主題學、風格學……等。而其中的意象學，為研究辭章有關意象的一門學問。我國對這種文學中的「意象」，很早就注意到，以為它是「馭文之首術、謀篇之大端」（見《文心雕龍・神思》）。而所謂

---

[35] 參見吳應天《文章結構學》（北京：中國人民大學出版社，1989 年 8 月一版三刷），頁345。

「意象」，黃永武認爲「是作者的意識與外界的物象相交會，經過觀察、審思與美的釀造，成爲有意境的景象。」[36]這裡所說的「物象」，所謂「物猶事也」（見朱熹《大學章句》），該包含「事」才對，因爲「物（景）」只是偏就「空間」（靜）而言，而「事」則是偏就「時間」（動）來說罷了。這樣自然就能貫穿了一篇辭章的整個內涵，而成爲多種意象的組合體。它不僅是指狹義的個別意象而已，而是包括有廣義之整體意象的。廣義者指全篇，屬於整體，可以析分爲「意」與「象」；狹義者指個別，屬於局部，往往合「意」與「象」爲一來稱呼。而整體是局部的總括、局部是整體的條分，所以兩者關係密切。不過，必須一提的是，狹義之「意象」，亦即個別之「意象」，雖往往合「意」與「象」爲一來稱呼，卻大都用其偏義，譬如草木或桃花的意象，用的是偏於「意象」之「意」，因爲草木或桃花都偏於「象」；如「桃花」的意象之一爲愛情，而愛情是「意」；而團圓或流浪的意象，則用的是偏於「意象」之「象」，因爲團圓或流浪，都偏於「意」；如「流浪」的意象之一爲浮雲，而浮雲是「象」。因此前者往往是一「象」多「意」，後者則爲一「意」多「象」。而它們無論是偏於「意」或偏於「象」，通常都通稱爲「意象」。由於「形象思維與邏輯思維是人類思維的基本型態」[37]，因此底下就著眼於整體（含個別）的「意象」（意與象），試著用它來統合形象思維與邏輯思維，並貫穿辭章的各主要內涵，以見意象在辭章上之地位。

　　先從「意象」之形成與表現來看，是與形象思維有關的，

---

[36] 見《中國詩學‧設計篇》（臺北：巨流圖書公司，1999 年 6 月初版十三刷），頁 3。

[37] 見黃順基、蘇越、黃展驥主編《邏輯與知識創新》第二十章，同注 9，頁 425。

而形象思維所涉及的，是「意」（情、理）與「象」（事、景）之結合及其表現。其中探討「意」（情、理）與「象」（事、景）之結合者，為「意象學」（狹義），探討「意」（情、理）與「象」（事、景）本身之表現者，為「修辭學」。再從「意象」之組合與排列來看，是與邏輯思維有關的，而邏輯思維所涉及的，則是意象（意與意、象與象、意與象、意象與意象）之排列組合，其中屬篇章者為「章法學」，主要探討「意象」之安排，而屬語句者為「文法學」，主要由概念之組合而探討「意象」。至於綜合思維所涉及的，乃是核心之「意」（情、理），即一篇之中心意旨──「主旨」與審美風貌──「風格」。

由此看來，形象思維、邏輯思維與綜合思維三者，涵蓋了辭章的各主要內涵，而都離不開「意象」。如對應於「多、二、一（0）」的逆向邏輯結構來說，則所謂的「多」，指由「意象」（個別）、「詞彙」、「修辭」、「文（語）法」、與「章法」等所綜合起來表現之藝術形式；「二」指「形象思維」（陰柔）與「邏輯思維」（陽剛），藉以產生徹下徹上之中介作用；而「一（0）」則指由此而凸顯出來的「主旨」與「風格」等，這就是「修辭立其誠」（《易·乾》）之「誠」，乃辭章之核心所在。這樣以「多」、「二」、「一（0）」來看待辭章內涵，就能透過「二」（「形象思維」與「邏輯思維」）的居間作用，使「多」（「意象」（個別）、「詞彙」、「修辭」、「文（語）法」與「章法」等）統一於「一（0）」（「主旨」與「風格」等）了。它們的關係可呈現如下表：

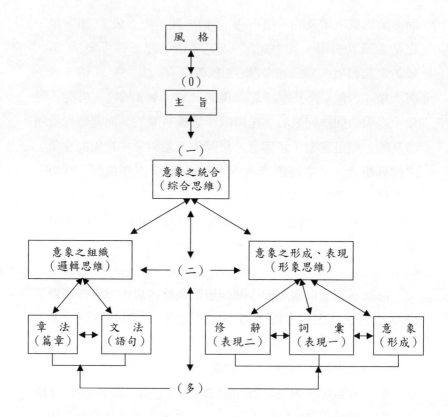

這樣看來，辭章是離不開「意象」的，就是主旨與風格，也是如此。因為「主旨」是核心之「意」，而風格是以主旨統合各「意象」之形成、表現與組織所產生之一種抽象力量。因此可以這麼說，如離開了「意象系統」就沒有辭章，其地位之重要，可想而知。

可見辭章確實離不開「意象」之形成、表現與其組織，並由此而凸顯出一篇主旨與風格來，這就是所謂的「意象系統」，亦即「多」、「二」、「（0）一」的螺旋結構。

（二）意象「多」、「二」、「一（0）」螺旋結構的思維進展

　　「意象」表現在辭章的內涵是如此，如果由「能力」切入，則這些全是以「思維力」來貫穿的。它們初由「一般能力」發展為「特殊能力」，再由「特殊能力」發展為「綜合能力」，然後由「綜合能力」回歸到「一般能力」，而將「一般能力」推進一層，形成層層互動、循環而提升之螺旋結構，由隱而顯地表現「創造力」。

　　其中的「一般能力」，通用於各類學科，一律以「思維力」為其重心。其中的「觀察力」是為「思維力」而服務，「記憶力」乃用以記憶「觀察」以「思維」之所得，「聯想力」是「思維力」的初步表現，而「想像力」則是「思維力」的更進一步呈顯，以主導「形象」、「邏輯」與「綜合」三種思維。其中作比較偏於主觀聯想、想像的，屬「形象思維」；作比較偏於客觀聯想、想像的，屬「邏輯思維」；而兩者是兩相對待的。至於合「形象」、「邏輯」兩種思維為一的，則為「綜合思維」，用於進一步表現「綜合力」，發揮「創造力」，由隱而顯地呈現意象。

　　如對應於「（0）一、二、多」的順向結構來說，以「意象」為內容的「思維力」為「（0）一」，「形象思維」（陰柔）與「邏輯思維」（陽剛）為「二」，由「形象思維」、「邏輯思維」與「綜合思維」所衍生的各種「特殊能力」與綜合各種「特殊能力」所產生的「創造力」為「多」。這樣由「（0）一」而「二」而「多」，凸顯的是「創生」的順向過程；而由「多」而「二」而「（0）一」，凸顯的則是「歸根」的逆向過

程。

　　而「特殊能力」，則專用於某類學科。就以「辭章」而言，是結合「形象思維」、「邏輯思維」[38] 與「綜合思維」而形成的。這三種思維，各有所主。如果是將一篇辭章所要表達之「意」，訴諸各種偏於主觀之聯想、想像，和所選取之「象」連結在一起[39]，或者是專就個別之「意」、「象」等本身設計其表現技巧的，皆屬「形象思維」；這涉及了「取材」與「措詞」等問題，而主要以此為研究對象的，就是意象學、詞彙學與修辭學等。如果是專就各種「象」，對應於自然規律，結合「意」，訴諸偏於客觀之聯想、想像，按秩序、變化、聯貫與統一之原則，前後加以安排、佈置，以成條理的，皆屬「邏輯思維」；這涉及了「運材」、「佈局」與「構詞」等問題，而主要以此為研究對象的，就字句言，即文（語）法學；就篇章言，就是章法學。至於合「形象思維」與「邏輯思維」而為一，探討其整個體性[40]的，則為「綜合思維」，這涉及了「立意」、「確立體性」等問題，而主要以此為研究對象的，為主題學、文體學、風格學等。而以此整體或個別為對象加以研究的，則統稱為辭章學或文章。

　　如對應於「多」、「二」、「（0）一」，則和「一般能力」一樣，由「（0）一」而「二」而「多」，凸顯的是創作（寫）的順向過程；而由「多」而「二」而「（0）一」，凸顯的則是鑑賞（讀）的逆向過程。

---

[38] 吳應天《文章結構學》，同注31，頁345。
[39] 彭漪漣《古典詩詞邏輯趣談》（上海：上海人民出版社，2001年9月一版一刷），頁13。
[40] 陳望道《修辭學發凡》（香港：大光出版社，1961年2月版），頁250。

　　至於「綜合力」，是綜合以上各種能力所呈現的，「創造力」便由此產生，由隱而顯地呈現意象。因此「創造力」，可說是「思維力」的最高表現。

　　試看其「統合」圖：

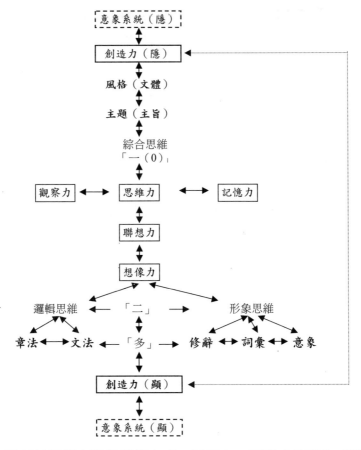

　　這種以思維力將各種能力「一以貫之」而形成的意象（辭章）螺旋結構，是可用「鑑賞」（讀）與「創作」（寫）來印證的。由於「創作」（寫）乃由「意」而「象」，靠的是先天（先

驗）自然而然的能力，這多半是不自覺的；而「鑑賞」（讀）
則由「象」而「意」，靠的是後天研究所推得的結果，用科學
的方法分析作品，自覺地將先天（先驗）自然而然的能力予以
確定。因此「創作」（寫）是先天能力的順向發揮、「鑑賞」
（讀）是後天研究的逆向（歸根）努力，兩者可說互動而不能
分割，而「創造力」（隱意象→顯意象）就由「隱」而「顯」
地表現出來了。

（三）意象「多」、「二」、「一（0）」螺旋結構的綜合舉隅

由上述可知，辭章先由意象觸動思維力，再經由聯想或想
像的推展，在形象、邏輯、綜合等三種思維交錯、融貫之作用
下，形成其「系統」，亦即「多」、「二」、「一（0）」的螺旋結
構。茲舉白居易的〈長相思〉詞為例，加以說明：

> 汴水流，泗水流，流到瓜州古渡頭。吳山點點愁。
> 思悠悠，恨悠悠，恨到歸時方始休。月明人倚樓。

這闋詞敘遊子之別恨，是採「先染後點」的條理來構篇
的。

就「染」的部分而言，乃用「先象（景）後意（情）」的
意象結構所寫成。首先以「象（景）」的部分來說，它先用開
篇三句，寫所見「水」景（象一），初步用二水之長流襯托出
一份悠悠之恨；這是透過作者恨之悠悠（主體）聯想到水之悠
悠（客體）。其中「汴水流」兩句，都是由「先主後謂」之結
構所形成的敘事句，疊敘在一起，以增強纏綿效果。而經由聯
想以水之流來襯托或譬喻恨之多，是歷來辭章家所慣用的手

法，如李白〈太原早秋〉詩云：「思歸若汾水，無日不悠悠。」又如賈至〈巴陵夜別王八員外〉詩云：「世情已逐浮雲散，離恨空隨江水長。」此外，作者又以「流到瓜州古渡頭」來承接「泗水流」，採頂真法來增強它的情味力量。這種修辭法也常見於各類作品，如《詩·大雅·既醉》說：「威儀孔時，君子有孝子。孝子不匱，永錫爾類。」又如佚名的〈飲馬長城窟行〉說：「長跪讀素書，書中竟何如？」這樣用頂真法來修辭，自然把上下句聯成一氣，起了統調、連綿的作用。況且這個調子，上下片的頭兩句，又均為疊韻之形式，就以上片起三句而言，便一連用了三個「流」字，使所寫的水流更顯得綿延不盡，造成了纏綿的特殊效果。作者如此寫所見「水」景後，再擴大聯想，用「吳山點點愁」一句寫所見「山」景（象二）。在這兒，作者以「先主後謂」的表態句來呈現。其中「點點」兩字，一方面用來形容小而多的吳山（江南一帶的山），一方面也用來襯托「愁」之多；這也是由聯想所造成的效果。南宋的辛棄疾有題作「登建康賞心亭」的〈水龍吟〉詞說：「楚天千里清秋，水隨天去秋無際。遙岑遠目，獻愁供恨，玉簪（尖形之山）羅髻（圓形之山）。」很顯然地，就是由此化出。而且用山來襯托愁，也不是從白居易才開始的，如王昌齡〈從軍行〉詩云：「琵琶起舞換新聲，總是關山離別情。」這樣，在聯想力的作用下，水既以其「悠悠」帶出愁，山又以其「點點」擬作愁之多，所謂「山牽別恨和腸斷，水帶離聲入夢流」（羅隱〈綿谷迴寄蔡氏昆仲〉詩），情韻便格外深長。

　　其次以「意（情）」的部分來說，它藉「思悠悠」三句，即景抒情，來寫見山水之景後所湧生的悠悠長恨；這是帶動聯

想的根源力量。在此，作者特意在「思悠悠」兩句裡，以「悠悠」形成疊字與疊韻，回應上片所寫汴水、泗水之長流與吳山之「點點」，將意象與聯想產生互動，造成統一，以加強纏綿之效果；並且又冠以「思」（指的是情緒，亦即「恨」）和「恨」，直接收拾上片見山水之景（象）所生之「愁」（意），表達了自己長期未歸之恨。而「恨到歸時方始休」一句，則不僅和上二句產生了等於是「頂真」的作用，以增強纏綿感，又經由想像將時間由現在（實）推向未來（虛），把「恨」更推深一層。這種意象與想像互動的寫法也見於杜甫〈月夜〉詩：「何時倚虛幌，雙照淚痕乾。」這兩句寫異日月下重逢之喜（虛），以反襯出眼前相思之苦（實）來，所表達的不正是「恨到歸時方始休」的意思嗎？所以白居易如此將時間推向未來，如同杜詩一樣，是會增強許多情味力量的。

就「點」的不分而言，（後）的部分來說，僅「月明人倚樓」一句，寫的是「象（景－事）」。這一句，就文法來說，由「月明」之表態句與「人倚樓」之敘事句，同以「先主後謂」的結構組成，只不過後者之「謂語」，乃含述語加處所賓語，有所不同而已。而「月明人倚樓」，雖是一句，卻足以牢籠全詞，使人想見主人翁這個「人」在「月明」之下「倚樓」，面對山和水而有所「思」、有所「恨」的情景，大大地起了「以景（事）結情」的最佳作用；這就使得全詞的各個意象，在聯想與想像的催動下，統合而為一了。

大家都知道「以景（象）結情（意）」，關涉到聯想與想像之發揮，是辭章收結的好方法之一，譬如周邦彥的〈瑞龍吟〉（章臺路）詞在第三疊末用「探春盡是，傷離意緒」，將「探

春」經過作個總結，並點明主旨之後，又寫道：「官柳低金縷，歸騎晚、纖纖池塘飛雨，斷腸院落，一簾風絮。」這顯然是藉「歸騎」上所見暮春黃昏的寥落景象（象）來襯托出「傷離意緒」（意）。這樣「以景（象）結情（意）」，當然令人倍感悲悽。所以白居易以「月明人倚樓」來收結，是能增添作品的情韻的。何況他在這裡又特地用「月明」之「象」來襯托別恨之「意」，更加強了效果。因為「月」自古以來就被用以襯托「相思」（別情），如李白〈聞王昌齡左遷龍標遙有此寄〉詩云：「我寄愁心與明月，隨風直到夜郎西。」又如孟郊〈古怨別〉詩云：「別後唯有思，天涯共明月。」這類例子，不勝枚舉。

作者就這樣以「先染『象（景）、意（情）』後點『象（景－事）』」的結構，將「水」、「山」、「月」、「人」等「象」排列組合，也就是透過主人翁在月下倚樓所見、所為之「象」，把他所感之「意」（恨），經由聯想與想像的作用融成一體來寫，使意味顯得特別深長，令人咀嚼不盡。有人以為它寫的是閨婦相思之情，也說得通，但一樣無損於它的美。附意象（含章法）結構表如下：

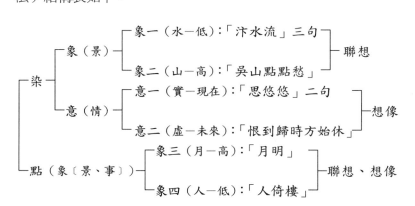

如凸顯其風格中的剛柔成分[41]，則可分層表示如下：

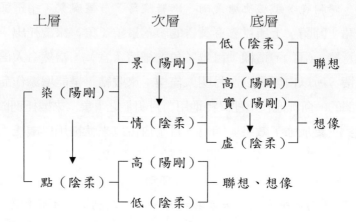

此詞之主旨爲「悠悠」離恨，置於篇腹；而所形成的是偏於「陰柔」的風格，因爲各層結構的剛柔之「勢」，除底層之「先低後高」趨於「陽剛」外，其餘的都趨於「陰柔」，尤其是其核心結構[42]「先景後情」更如此。如此使「勢」很強烈地趨於「陰柔」，是很自然的事。

　　這樣，此詞就「意象」之形成、表現、組織、統合而完成其「系統」來說，可歸結成如下重點：

　　1. 以「意象」之形成來看，主要用「水流」、「山點點」、

---

[41] 由此圖可知，此詞含三層結構：底層以「先低後高（順）」、「先實後虛」（逆）形成移位結構，其「勢」之數爲「陰 5 陽 4」；次層以「先景後情（逆）」、「先高後低（逆）」形成移位結構，其「勢」之數爲「陰 16 陽 8」；上層以「先染後點（逆）」形成移位結構，其「勢」之數爲「陰 12 陽 6」；這樣累積成篇，其「勢」之數的總和爲「陰 33 陽 18」，如換算成百分比（四捨五入），則爲「陰 65 陽 35」，乃接近「純陰」的作品。其量化原理及公式，見拙作〈論辭章的章法風格〉，《修辭論叢》第五輯（臺北：洪葉文化事業股份公司，2003 年 11 月），頁 1-51。

[42] 陳滿銘〈辭章章法「多、二、一（0）」的核心結構〉（安徽阜陽：《阜陽師範學院學報》總 96 期，2003 年 11 月），頁 1-5。

「月明」、「人倚樓」等，先後形成個別意象，而以「悠悠」之「恨」來統合它們，產生「異質同構」之莫大效果。這可以看出作者運用偏於主觀的聯想力與想像力觸動形象思維，所形成在意象形成上之特色。

2. 以「意象」之表現來看：首先看「詞彙」部分，它將所生「情」（意）、所見「景（事）」（象），形成各個詞彙，如「水」（流）、「瓜州」、「渡頭」（古）、「山」（點點）、「思」（悠悠）、「恨」（悠悠）、「月」（明）、「人」（倚）、「樓」等，為進一步之「修辭」奠定基礎。然後看「修辭」，它主要用「頂真」法來表現「水」之個別意象，用「類疊」法、「擬人」法等來表現「山」之個別意象，使「水」與「山」都含情，而連綿不盡，以增強作品的感染力。足以看出作者運用偏於主觀的聯想與想像觸動形象思維，所形成在意象表現上之特色。

3. 以「意象」之組織來看：首先看「文法」，所謂「水流」、「山點點」、「月明」、「人倚樓」等，無論屬敘事句或屬表態句，用的全是主謂結構，將個別概念組合成不同之意象，以呈現字句之邏輯結構。然後看「章法」，它主要用了「點染」、「景情」、「高低」、「虛實」等章法，把各個個別意象先後排列在一起，以形成篇章之邏輯結構。這足以看出作者運用偏於客觀的聯想與想像觸動邏輯思維，所形成在意象組織上之特色。

4. 以「意象」之統合來看：綜合以上「意象」（個別）、「詞彙」、「修辭」、「文法」與「章法」等精心的設計安排，充分地將「恨悠悠」之一篇主旨與「音調諧婉，流美如珠」這種

偏於「陰柔」[43]之風格凸顯出來，使人領會到它的美；這樣可
看出作者運用主、客觀的聯想與想像觸動綜合思維，所形成在
意象統合上之特色。

5. 以「多」、「二」、「（0）一」螺旋結構來看：首先就「一
般能力」來看，如同上述，「思維力」為「（0）一」，「形象思
維」（陰柔）與「邏輯思維」（陽剛）為「二」，由「形象思
維」、「邏輯思維」與「綜合思維」所衍生的各種「特殊能力」
與綜合各種「特殊能力」所產生的「創造力」為「多」。然後
從「特殊能力」來看，，辭章離不開「意象」之形成（意象
〔狹義〕）、表現（詞彙、修辭）與其組織（文〔語〕法、章
法），此即「多」；而藉「形象思維」（陰柔）與「邏輯思維」
（陽剛）加以統合，此即「二」；並由此而凸顯出一篇主旨與風
格來，此即「一（0）」[44]，上舉的〈長相思〉詞就是如此。這
就可看出作者運用偏於主觀的聯想與想像觸動形象思維、邏輯
思維與綜合思維，所形成在「多」、「二」、「（0）一」螺旋結構
上之特色。

　　而這種結構或系統，如著眼於創作（寫），所呈現的是
「（0）一、二、多」，而著眼於「鑑賞」（讀），則所呈現的是
「多、二、一（0）」。這就同一作品而言，作者由「意」而
「象」地在從事順向（「（0）一、二、多」）創作的同時，也會
一再由「象」而「意」地如讀者作逆向（「多、二、一（0）」）

43　趙仁圭、李建英、杜媛萍：「整首詞藉流水寄情，含情綿邈。疊字、疊韻的頻繁使
　　用，使詞句音調諧婉，流美如珠。」見《唐五代詞三百首譯析》（長春：吉林文史出
　　版社，1997 年 1 月一版一刷），頁 148。

44　〈論意象與辭章〉（貴州畢節：《畢節師範高等專科學校學報》2004 年第一期〔總 76
　　期〕，2004 年 3 月），頁 5-13。

之檢查；同樣地，讀者由「象」而「意」地作逆向（「多、二、一（0）」）鑑賞（批評）的同時，也會一再由「意」而「象」地如作者在作順向（「（0）一、二、多」）之揣摩。這樣順逆互動、循環而提升，形成螺旋結構，而最後臻於至善，自然使得「創作」（寫）與「鑑賞」（讀）合為一軌了。

由此看來，辭章在思維力（以聯想、想像為主）之作用下，確實離不開「意象」之形成、表現與其組織，此即「多」；而藉「形象思維」（陰柔）與「邏輯思維」（陽剛）帶動「綜合思維」（柔中寓剛、剛中寓柔），在思維力（以聯想、想像為主）之作用下加以統合，此即「二」；並由此而凸顯出一篇主旨與風格來，此即「一（0）」。辭章的這種結構或系統，由意象與思維力（以聯想、想像為主）之互動而形成，這就如同一棵樹之合其樹幹與枝葉而成整個形體、姿態與韻味一樣，是密不可分的。

四、意象「多」、「二」、「一（0）」螺旋結構的美學詮釋

要深入了解意象，以呈現其整體內容，除了須探討其哲學源頭外，也有結合其心理基礎，進一步探析其美感效果的必要。由於意象（辭章）所講求的是以「陰陽二元對待」為基礎的形象思維與邏輯思維，並由此「陰陽二元對待」徹下徹上以形成「多」、「二」、「一（0）」螺旋結構，而造成節奏（局部）和韻律（整體），以感動人心。宗白華在其《藝術學》中說：

> 有謂節奏為生理、心理的根本感覺，因人之生理，均兩兩相對，故於對稱形體，最易感入。[45]

說的就是這個道理。而李澤厚也在其《美學四講》中說：

> （審美注意）長久地停留在對象的形式結構本身，並從而發展其心理功能如情感、想像的滲入活動。因之其特點就在各種心理因素傾注在、集中在對象形式本身，從而充分感受形式。線條、形狀、色彩、聲音、時間、空間、節奏、韻律、變化、平衡、統一、和諧或不和諧等形式、結構的方面，便得到了充分的「注意」。讓感覺本身充分地享受對對象形式方面的這些東西，並把主觀方面的各種心理因素如感情、想像、意念、願望、期待等等，自覺或不自覺地投入其中。[46]

這雖然是針對造型藝術來說，卻一樣適用於意象（辭章）結構或系統之上，其中所謂「時間、空間、節奏、韻律」，便涉及到意象（辭章）結構，而「變化、平衡、統一、和諧」，則涉及到意象（辭章）四大律：秩序、變化、聯貫、統一。其中「秩序、變化」，指的是「多」，乃由『『意象』（個別）、『詞彙』、『修辭』、『文（語）法』、與『章法』等所綜合起來表現之藝術形式」；「聯貫」說的是「二」，「指『形象思維』（陰柔）與『邏輯思維』（陽剛），藉陰陽之調和與對比產生徹下徹上之作用」；而統一則為「一（0）」，「指由此而凸顯出來的

---

[45] 見《宗白華全集》1，同注24，頁506。

[46] 見《美學四講》（天津：天津社會科學院出版社，2001 年 11 月一版一刷），頁 158-159。

『主旨』與『風格』等,這就是『修辭立其誠』(《易・乾》)
之『誠』,乃意象(辭章)之核心所在。」[47]

　　既然意象(辭章)結構或系統,是容易引起人之「審美注
意」的,那就必然也可容易地獲得美感效果。邱明正在其《審
美心理學》中說:

> 在這(審美心理活動)一過程中,主體通過求同、求異
> 性探究,把握對象審美特性,使主客體之間、主體審美
> 心理要素之間的矛盾、差異達於和諧、統一,獲得美
> 感;或保持主客體的差異、矛盾、對立,以確保自己審
> 美、創造美的獨立性、自主性和獨特個性。這一過程,
> 是種有著內在節奏的有序運動的過程。[48]

經過這種「有著內在節奏的有序運動的過程」,人(主體之
意)之對於物(客體之象),便接合無間而自然使人可以「獲
得美感」。如以其「多」、「二」、「一 0」的結構而言,就可以
獲得如下之美感效果:

(一)「多」(秩序、變化)的美感效果

　　所謂的「多」,就是「多樣」。歐陽周、顧建華、宋凡聖等
在其《美學新編》中說:

> 所謂「多樣」,是指整體中所包含的各個部分在形式的
> 區別和差異性,前面所舉各種法則(整齊一律、對稱與

---

[47] 見拙作〈辭章意象論〉(臺北:《師大學報・人文與社會類》51 卷 1 期,2005 年 4
月),頁33。

[48] 見《審美心理學》(上海:復旦大學出版社,1993 年 4 月一版一刷),頁92。

均衡、比例與尺度、節奏與韻律）都包含在這一總的形
式美總法則中，成為其一個組成部分或一個側面。[49]

這種「多樣」，對意象（辭章）而言，凡是主要由形象思維所
形成之「意象（個別）」、「詞彙」、「修辭」或主要由邏輯思維
所形成之「文（語）法」、「章法」，都在它的範圍內。它們可
以造成秩序（原型）或變化（變形），而形成「整齊一律、對
稱與均衡、比例與尺度、節奏與韻律」，以獲得「秩序美」與
「變化美」。

　　一般說來，「秩序」是由形式之「齊一」或「反復」而呈
現。陳雪帆（望道）在其《美學概論》中說：

> 形式中最簡單的，是反復（repetition）。反復就是重
> 複，也就是同一事物的層見疊出。如從其他的構成材料
> 而言，其實就是齊一。所以反復的法則同時又可稱為齊
> 一（uniformity）的法則。這種齊一或反復的法則，原
> 本只是一個極簡單的形式，但頗可以隨處用它，以取得
> 一種簡純的快感。[50]

對這種「反復」或「齊一」，歐陽周、顧建華、宋凡聖等在其
《美學新編》中則稱為「整齊一律」，結合「節奏與秩序」，作
了如下說明：

> 又稱單純一致、齊一、整一，是一種最常見、最簡單的
> 形式美。它是單一、純淨、重複的，不包含差異或對立

---

[49] 見《美學新編》（杭州：浙江大學出版社，2001年5月一版九刷），頁80。
[50] 見《美學概論》（臺北：文鏡文化事業公司，1984年12月重排初版），頁61-62。

的因素，給人一種秩序感。顏色、形體、聲音的一致或重複，就會形成整齊一律的美。農民插秧，株距相等，橫直成行；建築物採用同樣的規格，長短高矮相同，門窗排列劃一；在軍事檢閱中，戰士們排成一個個人數相等的方陣，戰士的身材、服裝、步伐、敬禮的動作、歡呼的口號聲完全一致，都表現了一種整齊一律的美。我們常見的二方或多方連續的花邊圖案，在反復中體現出一定的節奏感，也屬於齊一的美。這種形式美給人一種質樸、純淨、明潔和清新的感受。[51]

可見「多」（多樣），是會因其形式之「齊一」或「反復」而形成簡單「節奏」，而「給人一種秩序感」的。

至於「變化」，乃一種動力作用不已之結果，也是形成「多樣」的根本原因。《周易‧繫辭上》說：「剛柔相推而生變化。……變化者，進退之象也。」而〈繫辭下〉又說：「易，窮則變，變則通，通則久。」可見「窮」是變化的條件，而變化又與象不可分割。對此，陳望衡在其《中國古典美學史》中闡釋說：

《周易》的這些關於變的觀念對中國文化包括中國美學影響深遠。……「象」最大的功能就是能變。……「變」既是空間性的，表現為物體位置的變異；又是時間性的，表現為時光的線性流程。〈繫辭上傳〉云：「法象莫大乎天地，變通莫大乎四時。」最大的象是天地，

---

[51] 見《美學新編》，同注49，頁76。

> 最大的變通應是春夏秋冬四時的更迭。這實際上是提
> 出，我們視察事物應該有兩種相交叉：空間的——天地
> （自然、社會）；時間的——四時（歷史）。[52]

既然「變化」是時、空交叉的，而辭章又離不開時空，所以這
種「變化」的觀點，用於意象，不但可以解釋其「原型」
（「移位」（齊一、反復））與「變型」（「轉位」（往復）」與時
空交叉之關係，也可以和人之心理緊密地接軌。陳雪帆（望
道）在其《美學概論》中說：

> 人類心理卻都愛好富於變化的刺激，大抵喚取意識須變
> 化，保持意識的覺醒狀態也是需要變化的。若刺激過於
> 齊一無變化，意識對它便將有了滯鈍、停息的傾向。在
> 意識的這一根本性質上，反復的形式實有顯然的弱點。
> 反復到底不外是同一（縱非嚴格的同一，也是異常的近
> 似）狀態之齊一地刺激著我們的事。反復過度，意識對
> 於本刺激也便逐漸滯鈍停息起來，移向那有變化有起伏
> 的別一刺激去的趨勢。[53]

而「變化」是會形成較複雜之「節奏」的，歐陽周、顧建華、
宋凡聖等在其《美學新編》中就針對由「變化」所引生的「節
奏」，加以解釋說：

> 節奏是一種連續的合規律的週期性變化的運動形式。郭
> 沫若說：「把心臟的鼓動和肺臟的呼吸，認為節奏的起

---

[52] 見《中國古典美學史》，同注 3，頁 188。

[53] 見《美學概論》，同注 50，頁 63-64。

源，我覺得很鞭辟近裡了。」是有道理的。世界上沒有
一樣事物是沒有節奏的：日出日沒，月圓月缺，寒往暑
來，四時代序，這是時間變化上的節奏；日作夜眠，起
居有序，有勞有逸，這是人們日常生活上的節奏；人體
的呼吸、脈搏、情緒乃至思維，都像生物鐘一樣，是一
種有節奏的生命過程。當外在環境的節奏與人的機體的
律動相協調時，人的生理就會感到快適，並引起心理上
的喜悅。[54]

可見時空或生活變化，甚至生命過程，都會引起「節奏」，與
人之生理律動相協調，產生「心理上的喜悅」。而這種由「變
化」、「節奏」所引起的「心理上的喜悅」，說的正是美感效
果。

由上述可知，意象（辭章）之「多樣」美，是由其結構之
「秩序」（原型：移位）與「變化」（變型：轉位）[55]，引生時間
或空間性之節奏而呈現的。

（二）「二」（調和、對比）的美感效果

所謂的「二」，是「陰」（柔）與「陽」（剛）。由於事事物
物，都可形成「二元對待」，而分陰分陽。因此陰陽可說是層
層對待，且一直互動、循環的。就意象（辭章）而言，形象思

---

[54] 見《美學新編》，同注 49，頁 78-79。

[55] 見仇小屏〈論辭章章法的移位、轉位及其美感〉，《辭章學論文集（上冊）》（福州：海
潮攝影藝術出版社，2002 年 12 月），頁 98-122。又見拙作〈章法的「移位」、「轉
位」結構論〉（臺北：《師大學報‧人文與社會類》49 卷 2 期，2004 年 10 月），頁 1-
22。

維或邏輯思維除了本身自成陰陽，形成「調和性」的「二元對待」之外，又可以交錯而形成「對比性」的「二元對待」，而形成另一層陰陽。其中屬於陰性的，便由調和而造成陰柔之美；屬於陽性的，則由對比而造成陽剛之美。陳雪帆（望道）於其《美學概論》裡說：

> 兩個極相接近的東西並列在一處，其間相差很微，便多成為調和（harmony）的形式。兩個極不相同的東西並列在一處，其間相去很遠，便多成為對比（contrast）的形式。例如從正黑色，漸次淡薄到正白色的一列中，取正黑色和其次的但黑色相並列時就是調和；取兩端的黑白兩色相並列時就是對比。……凡是調和的兩件東西，總是互相類似的，並無甚麼觸目的變化。所以接觸到它時，也就每每覺得它有融洽、優美、鎮靜、深沉等情趣。……對比的形式，因為變化極明顯，每每帶有華美、鮮活、健強及闊達等情趣，與調和所隨有的情調，差不多相反。[56]

他用顏色為例來說明，很能凸顯「調和」與「對比」的不同，而由此所引生的「情趣」，又以「融洽、優美、鎮靜、深沉」與「華美、鮮活、健強及闊達」加以區別，也很能分出「陰柔之美」與「陽剛之美」之差異來。而歐陽周、顧建華、宋凡聖等在其《美學新編》中，也對這種「調和」與「對比」因素之造成及其所引生之美，提出如下說明：

---

[56] 見《美學概論》，同注 50，頁 70-72。

對比，指的是具有顯著差異的形式因素的對立統一。如
色彩的濃與淡、冷與暖，光線的明與暗，線條的粗和
細、直與曲，體積的大與小，體量的重與輕，聲音的長
與短、強與弱等，有規則地組合排列，就會相互對照、
比較，形成變化，又相互映襯、協調一致。這種對立因
素的統一，可收到相反相成、相得益彰的效果。色彩學
上的對比色就是這個道理。如紅與綠互為補色，可產生
強烈的色對比和反差。「桃紅柳綠」、「紅花綠葉」、「紅
肥綠瘦」「萬綠叢中一點紅」等，使人感到特別鮮明、
醒目，富有動感。所以民間有俗話說：「紅配綠，花簇
簇」，「紅間綠，看不足」。由對立因素的統一造成的形
式美，一般屬於陽剛之美。調和，指的是沒有顯著差異
的形式因素之間的對立統一。它只有量的區別，是一種
漸變的協調，並不構成強烈的對比。如果說，對比是差
異中趨向於「異」，那麼，調和則是在差異中趨向於
「同」。以色彩為例，紅與橙、橙與黃、黃與綠、綠與
藍、藍與青、青與紫、紫與紅，都是相似色，在同一色
中又有濃淡、深淺的層次變化，如綠有深綠、淺綠、暗
綠、墨綠、嫩綠、翠綠、碧綠等。這種相似或相近的顏
色相互配合協調，在變化中保持大體一致，就會給人一
種融和、寧靜的感覺。……由非對立因素的統一造成的
形式美，一般屬於陰柔美。[57]

他們不但把事物「調和」與「對比」之差異與各自所造成的美

---

[57] 見《美學新編》，同注49，頁81。

感，都說明得很清楚，也把「調和」一般屬於「陰柔美」、「對比」一般屬於「陽剛美」的不同，明白地指出來[58]，有助於了解「陰柔美」與「陽剛美」產生的一般原因。

這種「調和」與「對比」之形成，是可以另用「襯托」的一種創作技法來作解釋的，董小玉說：

> 襯托，原係中國繪畫的一種技法，它是只用墨或淡彩在物象的外廓進行渲染，使其明顯、凸出。這種技法運用於文學創作，則是指從側面著意描繪或烘托，用一種事物襯托另一種事物，使所要表現的主體在互相映照下，更加生動、鮮明。襯托之所以成為文學創作中一種重要的表現手法，是由於生活中多種事物都是互為襯托而存在的，作為真實地表現生活的文學，也就不能孤立地進行描寫，而必然要在襯托中加以表現。[59]

既然「生活中多種事物都是互為襯托而存在」，而「襯托」的主客雙方，所呈現的就是「陰陽二元對待」的現象。這種現象，形成「調和」的，相當於襯托中的「正襯」與「墊襯」；而形成「對比」[60]的，則相當於襯托中的「反襯」。對於「正

---

[58] 參見仇小屏《古典詩詞時空設計美學》（臺北：文津出版社，2002 年 11 月初版一刷），頁 32。

[59] 見《文學創作與審美心理》（成都：四川教育出版社，1992 年 12 月一版一刷），頁 338。

[60] 有人以為「對比」往往是「雙方並重」，所呈現的是雙方的矛盾，而另以「映襯」稱呼它。如黃慶萱釋「映襯」：「在語文中，把兩種不同的，特別是相反的觀念或事實，貫串或對列起來，兩相比較，互為襯托，從而使語氣增強，使意義明顯的修辭方法，叫做『映襯』。……既然在客觀上，人性跟宇宙都存在著許多矛盾；而在主觀上，人類的差異覺閾又足以辨認這些矛盾。那麼，作為反映人類對宇宙人生之感覺的文學作品，把這些矛盾排列在一起，使其映襯成趣，實在是很自然的事。」見《修辭學》

襯」、「墊襯」與「反襯」，董小玉解釋說：

> 襯托可以分為正襯、反襯和墊襯。正襯，是只用相同性
> 質的事物來互相襯托，使之更加生動，更富感染力。也
> 可以說是用美好的景物來襯托歡樂的感情，用淒苦的景
> 物來襯托悲哀的感情。……反襯，是指用對立性質的客
> 體事物來襯托主體，達到服務主體的目的。即用淒苦的
> 景物來襯托歡樂的感情，用美好的景物來襯托悲哀的感
> 情。……襯墊，又叫鋪墊，它是指為主要情節和故事高
> 潮的到來，從各個方面、各個角度所作的準備。它的作
> 用在於「托」或「墊」。[61]

這樣，無論是「正襯」、「墊襯」或「反襯」，亦及無論是「調
和」或「對比」，都可以形成「美」，而對「多」（多樣）或
「一（0）」（統一），更有結合的作用，在顯示出「多」（多樣）
與「一（0）」（統一）之「美」時，充當必要的橋樑。所以歐
陽周等《美學新編》說：

> 對比是強調相同形式因素中強烈的對照和映襯，從而更
> 鮮明地凸出自己的特點；調和是尋求相同形式因素中不
> 同程度的共性，以達到治亂、治雜、治散的目的。無論
> 是對比還是調和，其本身都要求在統一中有變化，在變
> 化中求統一，把兩者巧妙地結合在一起，就能顯示出多
> 樣與統一的美來。[62]

（臺北：三民書局，2002 年 10 月增訂三版一刷），頁 409-410。

[61] 見《文學創作與審美心理》，同注 59，頁 339-341

[62] 見《美學新編》，同注 49，頁 81。

可見由「形象思維」（毗陰）與「邏輯思維」（毗陽）之
「二」，其調和、對比之美，是有結合「多」（秩序、變化）與
「一（0）」（統一、和諧）之美的作用的。

（三）「一（0）」（統一、和諧）的美感效果

所謂的「一（0）」，籠統地說，就是「統一」，也可說是
「和諧」。這是統括「多」與「二」所獲致的結果，如就意象
（辭章）來說，則是聯結在時、空結構中，由「反復」（秩序）
與「往復」（變化）所引起之「節奏」、「調和」與「對比」所
呈顯之「剛柔」（陰陽），以串成整體「韻律」，而達於「和
諧」的一個境界。而這種「統一」或「和諧」，可以從「形式
原理」方面來探討。陳雪帆（望道）在其《美學概論》裡說：

> 所謂形式原理，就是繁多的統一。我們對於美的形式，
> 雖不一定其如此如彼，只是四分五裂雜亂無章，總覺得
> 是與審美的心情不合的。所以第一，「統一」實為對象
> 所不可不具的一個要質。而且它所統一的又該不止是簡
> 單的一二個要素。如只是一二個要素，則統一固易成
> 就，卻頗不免使人覺得單調。所以第二，繁多又為對象
> 所不可不具的一個要質。我們覺得美的對象最好一面有
> 著鮮明的統一，同時構成它的要素又是異常的繁多。卻
> 又不是甚麼統一與否定了統一的繁多相並列，而是統一
> 即現在繁多的要素之中的。如此，則所謂有機的統一就
> 成立。能夠「統一為繁多的統一，而繁多又為統一的分
> 化」。既沒有統一的流弊的單調板滯，也沒有繁多的流

弊的厭煩與雜亂。所以古來所公認的形式原理，就是所
謂繁多的統一（unity in variety），或譯為多樣的統一，
亦稱變化的統一。[63]

所謂「統一為繁多的統一，而繁多又為統一的分化」，將
「多」與「一（0）」不可分的關係，說得很明白。而這「多」
與「一（0）」，是要徹下徹上的「二」來作橋樑的。對這「多
樣的統一」，歐陽周、顧建華、宋凡聖等在其《美學新編》
裡，也加以闡釋說：

> 所謂統一，是指各個部分在形式上的某些共同特徵以及
> 它們之間的某種關聯、呼應、襯托、協調的關係，也就
> 是說，各個部分都要服從整體的要求，為整體的和諧、
> 一致服務。有多樣而無統一，就會使人感到支離破碎、
> 雜亂無章、缺乏整體感；有統一而無多樣，又會使人感
> 到刻板、單調和乏味，美感也難以持久。而在多樣與統
> 一中，同中有異，異中求同，寓「多」於「一」，「一」
> 中見「多」，雜而不越，違而不犯；既不為「一」而排
> 斥「多」，也不為「多」而捨棄「一」；而是把兩個對立
> 方面有機結合起來，這樣從多樣中求統一，從統一中見
> 多樣，追求「不齊之齊」、「無秩序之秩序」，就能造成
> 高度的形式美。……多樣與統一，一般表現為兩種基本
> 型態：一是對比，二是調和。……無論對比還是調和，
> 其本身都要求在統一中有變化，在變化中求統一，把

---

[63] 見《美學概論》，同注50，頁77-78。

　　兩者巧妙地結合在一起，就能顯示出多樣與統一的美來。[64]

可見「一（0）」與「多」也形成了「二元對待」，有機地結合在一起。也就是說，「一（0）」之美，需要奠基在「多」之上；而「多」之美，也必須仰仗「一（0）」來整合。在此，最值得注意的是，歐陽周他們特將這種屬於「二元對待」的「調和」（陰）與「對比」（陽），結合「多」（多樣）與「一（0）」（統一）作說明，凸顯出「二」（「調和」（陰）與「對比」（陽））徹下徹上的居間作用。這對意象「多」、「二」、「一（0）」螺旋結構及其所產生美感方面的認識而言，有相當大的幫助。

　　而這個「一（0）」中的（0），簡單地說，在意象世界中，指的是風格、韻律、氣象、境界等抽象力量。這些抽象力量，是與「剛」（對比）、「柔」（調和）息息相關的。就以風格而言，即可用「「剛」（對比）、「柔」（調和）」來概括。關於這點，姚鼐在其〈復魯絜非書〉中就已提出，大致是「姚鼐把各種不同風格的稱謂，作了高度的概括，概括為陽剛、陰柔兩大類。像雄渾、勁健、豪放、壯麗等都可歸入陽剛類；含蓄、委曲，淡雅、高遠、飄逸等都可歸入陰柔類。就這兩類看，認為『為文者之性情形狀舉以殊焉』」，性情指作者的性格，跟陽剛、陰柔有關；形狀指作品的文辭，跟陽剛、陰柔有關。又指出這兩者『糅而氣有多寡進絀』，即陽剛和陰柔可以混雜，在混雜中，陰陽之氣可以有的多有的少，有的消，有的長，這就

---

[64] 見《美學新編》，同注49，頁80-81。

造成風格的各種變化」[65]。據此，則陽剛（對比）和陰柔（調和），不但與風格有關，而爲各種風格之母，且爲韻律、氣象、境界等的決定因素。

對這種道理，吳功正在其《中國文學美學》裡，以美學的觀點，從「陰陽」這一範疇切入說：

> 由一個最簡括的範疇方式：陰陽，繁孵衍化出眾多的美學範疇：言與意、情與景、文與質、濃與淡、奇與正、虛與實、真與假、巧與拙等等，顯示出中國美學的一個顯著特徵：擴散型；又顯示出中國美學的另一個顯著特徵：本源不變性。這兩個特徵的組合，便顯示出中國美學在機制上的特性。如劉勰的《文心雕龍》就以此作為理論的結構框架。關於審美的主客體關係，劉勰認為，心（主體）「隨物以宛轉」，物（客體）「與心而徘徊」。關於情與物的關係：「情以物興，故義必明雅；物以情觀，故詞必巧麗」。其他關於文質、情文、通變等範疇和問題，也都是兩兩對舉，都有著陰陽二元的基本因子的構成模式。[66]

在此，他提出了兩個重要觀點：一是指出心（情）與物、文與質、情與文、通與變等等範疇，都與「陰陽二元」有關，而所引《文心雕龍》的「情以物興」，說的正是主體之「意」（陰）與客體之「象」（陽）；二為「陰陽二元」的特徵，既是「擴

---

[65] 見周振甫《文學風格例話》（上海：上海教育出版社，1989 年 7 月一版一刷），頁 13。

[66] 見《中國文學美學》下卷（南京：江蘇教育出版社，2001 年 9 月一版一刷），頁 785-786。

散」（徹下）的，也是「本源不變」（徹上）的。也正由於「陰陽二元」，是諸多範疇構成的基本因子，有著擴散（徹下）、本源不變（徹上）的特徵，所以既能繁衍爲「多」，也能歸本於「一（0）」。由此可知，陽剛（對比）和陰柔（調和）之重要，因而也凸顯了「二」（陽剛、陰柔）在「多」、「一（0）」之間不可或缺的地位。

這樣看來，這（0）之美，是統合了「多」、「二」、「一」所形成的；而「多」、「二」、「一」之美，則依歸了（0）而呈現的，這就說明了此種「意象系統」，亦即「多」、「二」、「一（0）」螺旋結構美之一體性。

五、結語

綜上所述，可知「意象」是經由「思維力」之助，在「形象思維」或「邏輯思維」，或「綜合思維」（融合「形象思維」與「邏輯思維」）的多層而不斷的作用之下，形成「多」、「二」、「一（0）」的螺旋結構。而這種螺旋結構，不但可溯源於哲學、表現於文學，也可歸趨於美學，甚至可推而擴之，就如同上文所說的：「（意象系統）既適用於文學藝術領域、心理學領域，又適用於科學技術領域。」[67]它既然能如此「一以貫之」，就可看出這種「意象系統」，亦即「多」、「二」、「一（0）」的螺旋結構的普遍性來。

---

[67] 見黃順基、蘇越、黃展驥主編《邏輯與知識創新》第二十章，同注33，頁430。

參考文獻

王　弼《老子王弼注》，臺北：河洛圖書出版社，1974 年 10 月臺景印初版。

王　弼《周易略例・明象》，收於《易經集成》149，臺北：成文出版社，1976 年出版。

孔穎達《周易正義》卷 8，臺北：廣文書局，1972 年 1 月。

仇小屏《古典詩詞時空設計美學》，臺北：文津出版社，2002 年 11 月初版一刷。

仇小屏〈論辭章章法的移位、轉位及其美感〉，《辭章學論文集（上冊）》，福州：海潮攝影藝術出版社，2002 年 12 月，頁 98-122。

吳功正《中國文學美學》下卷，南京：江蘇教育出版社，2001 年 9 月一版一刷。

吳應天《文章結構學》，北京：中國人民大學出版社，1989 年 8 月一版三刷。

李澤厚《李澤厚哲學美學文選》，臺北：谷風出版社，1987 年 5 月初版。

李澤厚《美學四講》，天津：天津社會科學院出版社，2001 年 11 月一版一刷。

宗白華《宗白華全集》2，合肥：安徽教育出版社，1996 年 9 月一版二刷。

周振甫《文學風格例話》，上海：上海教育出版社，1989 年 7 月一版一刷。

林啟彥《中國學術思想史》，臺北：書林出版社，1999 年 9 月一版四刷。

邱明正《審美心理學》，上海：復旦大學出版社，1993 年 4 月一版一刷。

約翰・格里賓著、方玉珍等譯《雙螺旋探密──量子物理學與生命》，上海：上海科技教育出版社，2001 年 7 月。

徐復觀《中國人性論史・先秦篇》，臺北：臺灣商務印書館，1978 年 10 月四版。

唐君毅《中國哲學原論・導論篇》，臺北：學生書局，1993 年 2 月校訂版第二刷。

張紅雨《寫作美學》，高雄：麗文文化出版社，1996 年 10 月初版。

陳望道《修辭學發凡》，香港：大光出版社，1961 年 2 月版。

陳望道《美學概論》，臺北：文鏡文化事業公司，1984 年 12 月重排初版。

陳望衡《中國古典美學史》，長沙：湖南教育出版社，1998 年 8 月一版一刷。

陳鼓應《老子今註今譯及評介》，臺北：臺灣商務印書館，1985 年 2 月修訂十版。

陳滿銘〈論「多」、「二」、「一（0）」的螺旋結構──以《周易》與《老子》為考察重心〉，臺北：《師大學報・人文與社會類》48 卷 1 期，2003 年 7 月，頁 1-20。

陳滿銘〈論辭章的章法風格〉，《修辭論叢》第五輯，臺北：洪葉文化事業股份公司，2003 年 11 月，頁 1-51。

陳滿銘〈辭章章法「多、二、一（0）」的核心結構〉，安徽阜陽：《阜陽師範學院學報》總 96 期，2003 年 11 月，頁 1-5。

陳滿銘〈論意象與辭章〉，貴州畢節：《畢節師範高等專科學校學報》2004 年第一期〔總 76 期〕，2004 年 3 月，頁 5-13。

陳滿銘〈章法的「移位」、「轉位」結構論〉，臺北：《師大學報・人文與社會類》49 卷 2 期，2004 年 10 月，頁 1-22。

陳滿銘〈辭章意象論〉，臺北：《師大學報・人文與社會類》51 卷 1 期，2005 年 4 月，頁 17-39。

陳滿銘〈談思維力與語文螺旋結構的關係〉，臺北：《國文天地》21 卷 3 期，2005 年 8 月，頁 79-86

董小玉《文學創作與審美心理》，成都：四川教育出版社，1992 年 12 月一版一刷。

勞思光《新編中國哲學史》一，臺北：三民書局，1984 年 1 月增訂修版。

馮友蘭《馮友蘭選集》上卷，北京：北京大學出版社，2000 年 7 月一版一刷。

葉　朗《中國美學史大綱》，臺北：滄浪出版社，1986 年 9 月。

彭漪漣《古典詩詞邏輯趣談》，上海：上海人民出版社，2001 年 9 月

黃　釗《帛書老子校注析》，臺北：學生書局，1991 年 10 月初版。

黃永武《中國詩學・設計篇》，臺北：巨流圖書公司，1999 年 6 月初版十三刷。

黃順基、蘇越、黃展驥主編《邏輯與知識創新》第二十章，北京：中國人民大學出版社，2002 年 4 月一版一刷。

黃慶萱《周易縱橫談》，臺北：東大圖書公司，1995 年 3 月初版。

黃慶萱《修辭學》，臺北：三民書局，2002 年 10 月增訂三版一刷。

趙仁圭、李建英、杜媛萍《唐五代詞三百首譯析》，長春：吉林文史出版社，1997 年 1 月一版一刷。

歐陽周、顧建華、宋凡聖等《美學新編》，杭州：浙江大學出版社，2001 年 5 月一版九刷。

戴璉璋《易傳之形成及其思想》，臺北：文津出版社，1989 年 6 月臺灣初版。

捌

意象包孕式結構論

以哲學、辭章與美學作對應考察

∽ 摘 要 ∽

　　意象結構，對應於自然由「陰陽二元對待」為基礎而形成細緻、複雜、多變的邏輯系統，足以反映出宇宙創生、含容萬物在時空歷程上那種細緻、複雜與多變之層次邏輯；並且又由於此基礎之「陰陽二元」，往往是「陰中有陽」、「陽中有陰」的；所以就使得對應於自然規律的意象包孕式結構，能造成層次與變化、對比與調和、統一與和諧之美感。本文即鎖定這種結構，先探討其哲學意涵與辭章之表現，再作美學之詮釋，並適度輔以「多」、「二」、「一（0）」螺旋結構作說明，以見這種包孕式結構之奧妙。

關鍵詞：意象、包孕式結構、哲學、辭章、美學、「『多』、『二』、『一（0）』」螺旋結構。

一、前言

任何辭章在作意象組織的分析時，常常會發現由各種章法所形成的包孕式結構，其中以同一章法所形成者，最為特殊，如「主中主」、「主中賓」、「賓中賓」、「賓中主」等「四賓主」[1]，即由「賓主」這一章法所形成；又如「虛中虛」、「虛中主」、「實中實」、「實中虛」等「四虛實」[2]，則由「虛實」這種章法所形成。它們之所以如此，必有其共通的哲學依據與美學歸趨，而本文即以此為基礎，特就意象之包孕式結構為考察對象，先探討其哲學意涵，再辨明其辭章表現，然後作美學之詮釋，並輔以「多」、「二」、「一（0）」螺旋結構作說明，以凸顯意象包孕式結構之特色。

二、意象包孕式結構的哲學意涵

在哲學或美學上，對所謂「對立的統一」、「多樣的統一」，即「多而一」、「二而一」之概念，都非常重視，一向被

---

[1] 「四賓主」之說，起於唐義玄，用於指師弟之間參悟的四種情況；而清代的閻若璩則援用於辭章：「四賓主者：一、主中主，如一家人唯有一主翁也；二、主中賓，如主翁之妻妾、兒孫、奴婢，即主翁之身分以主內事者也；三、賓中主，如親戚朋友，任主翁之外事者也；四、賓中賓，如朋友之朋友，與主翁無涉者也。於四者中，除卻賓中賓，而主中主亦只一見；惟以賓中主鉤動主中賓而成文章，八大家無不然也。」見《潛丘劄記》，《四庫全書》八五九冊（臺北：臺灣商務印書館，1983 年 6 月），頁413-414。又參見夏薇薇《賓主章法析論》（臺北：文津出版社，2002 年 11 月初版一刷），頁 18-20。

[2] 參見陳佳君〈論章法的「四虛實」〉，《修辭論叢》第五輯（臺北：洪葉文化事業有限公司，2003 年 11 月初版一刷），頁 777-809。

目為事物最重要的變化規律或審美原則，似乎已沒有進一步探討之空間。不過，若從《周易》（含《易傳》）與《老子》等古籍中去考察，則可使它更趨於精密、周遍，不但可由「有象」而「無象」，找出「多、二、一（0）」之逆向結構；也可由「無象」而「有象」，尋得「（0）一、二、多」之順向結構；並且透過《老子》「反者道之動」（四十章）、「凡物芸芸，各復歸其根」（十六章）與《周易・序卦》「既濟」而「未濟」之說，將順、逆向結構不僅前後連接在一起，更形成循環、提升不已的螺旋（「多」、「二」、「一（0）」）結構，以反映宇宙人生生生不息的基本規律 [3]。

而其中之「二」，指的就是「陰陽二元」。《老子》四十二章云：

> 道生一，一生二，二生三，三生萬物。萬物負陰而抱陽，沖氣以為和。

又《周易・繫辭上》云：

---

[3] 見拙作〈論「多」、「二」、「一（0）」的螺旋結構——以《周易》與《老子》為考察重心〉（臺北：《師大學報・人文與社會類》48 卷 1 期，2003 年 7 月），頁 1-20。而所謂「螺旋」，是指形成「陰陽二元對待」的兩者，如仁與智、明明德與親民、天（自誠明）與人（自明誠）等，都會產生互動、循環而提升的作用，而形成螺旋結構。參見拙作〈談儒家思想體系中的螺旋結構〉（臺北：臺灣師大《國文學報》29 期，2000 年 6 月），頁 1-36。而此「螺旋」一詞，本用於教育課程之理論上，早在十七世紀，即由捷克教育家夸美紐思所提出，見《簡明國際教育百科全書》（北京：新華書局北京發行所，1991 年 6 月一版一刷），頁 611。又，相對於人文，科技界亦發現生命之「基因」和「DNA」等都呈現雙螺旋結構。參見約翰・格里賓著、方玉珍等譯《雙螺旋探密——量子物理學與生命》（上海：上海科技教育出版社，2001 年 7 月），頁 271-318。

　　一陰一陽之謂道，繼之者善也，成之者性也。

　　是故易有太極，是生兩儀，兩儀生四象，四象生八卦。

對這《老子》「一生二，二生三」的「二」，雖然歷代學者有不同的說法，但大致說來，有認為只是「數字」而無特殊意思的，如蔣錫昌、任繼愈等便是；有認為是「天地」的，如奚侗、高亨等便是，有認為是「陰陽」的，如河上公、吳澄、朱謙之、大田晴軒等便是[4]。其中以最後一種說法，似較合於原意，因為老子既說「萬物負陰而抱陽」，看來指的雖僅僅是「萬物的屬性」，但萬物既有此屬性，則所謂有其「委」（末）就有其「源」（本），作為創生源頭之「一」或「道」，也該有此屬性才對。所以陳鼓應解釋《老子》「道生一」章說：

　　本章為老子宇宙生成論。這裡所說的「一」、「二」、「三」乃是指「道」創生萬物時的活動歷程。「混而為一」的「道」，對於雜多的現象來說，它是獨立無偶，絕對對待的，老子用「一」來形容「道」向下落實一層的未分狀態。渾淪不分的「道」，實已稟賦陰陽兩氣；《易經》所說「一陰一陽之謂『道』」；「二」就是指「道」所稟賦的陰陽兩氣，而這陰陽兩氣便是構成萬物最基本的原質。「道」再向下落漸趨於分化，則陰陽兩氣的活動亦漸趨於頻繁。「三」應是指陰陽兩氣互相激盪而形成的均適狀態，每個新的和諧體就在這種狀態中

4　以上諸家之說與引證，見黃釗《帛書老子校注析》（臺北：學生書局，1991 年 10 月初版），頁 231。

產生出來。[5]

而馮友蘭也針對《易傳》解釋說：

> 「一陰一陽之謂道」這句話固然是講的宇宙，可是它可
> 以與「易有太極，是生兩儀」這句話互換。「道」等於
> 「太極」，「陰」、「陽」相當於「兩儀」。[6]

可見這所謂「二」，即「兩儀」，也就是「陰陽」。而此「陰
陽」，不僅是互相對待而且是互相統一、互相含容的。《老子》
所謂「萬物負陰而抱陽，沖氣以為和」，就是這個意思。而在
《周易》六十四卦中，除「乾」、「坤」兩卦，一為陽之元，一
為陰之元外，其他的六十二卦，全是陰陽互相對待而含容而統
一的。《周易・繫辭下》說：

> 陽卦多陰，陰卦多陽。其故何也？陽卦奇，陰卦偶。

清焦循注云：

> 陽卦之中多陰，則陰卦之中多陽。兩相孚合擇多益寡之
> 義也。如〈萃〉陽卦也，而有四陰，是陰多於陽，則以
> 〈大畜〉孚之。〈大有〉陰卦也，而有五陽，是陽多於
> 陰，則以〈比〉孚之。設陽卦多陽，則陰卦必多陰，以
> 旁通之；如〈姤〉與〈復〉、〈遯〉與〈臨〉是也。聖人
> 之辭，每舉一隅而已。……奇偶指五，奇在五則為陽

---

[5] 見陳鼓應《老子今注今譯及評介》（臺北：商務印書館，1985 年 2 月修訂十版），頁
106。

[6] 見《馮友蘭選集》上卷（北京：北京大學出版社，2000 年 7 月一版一刷），頁 286。

卦，宜變通於陰；偶在五則為陰卦，宜進為陽。[7]

可見《周易》六十四卦，有陽卦與陰卦之分，而要分辨陽卦與陰卦，照焦循的意思，是要看「奇在五」或「偶在五」來決定，意即每卦以第五爻分陰陽，如是陽爻則為陽卦，如為陰爻則是陰卦[8]。用這種分法，《周易》六十四卦剛好陰陽各半，屬於陽卦的是：

乾（下乾上乾）　　屯（下震上坎）　　需（下乾上坎）

訟（下坎上乾）

比（下坤上坎）　　小畜（下乾上巽）　　履（下兌上乾）

否（下坤上乾）

同人（下離上乾）　　隨（下震上兌）　　觀（下坤上巽）

无妄（下震上乾）

大過（下巽上兌）　　習（下坎上坎）　　咸（下艮上兌）

遯（下艮上乾）

家人（下離上巽）　　蹇（下艮上坎）　　益（下震上巽）

夬（下乾上兌）

姤（下巽上乾）　　萃（下坤上兌）　　困（下坎上兌）

井（下巽上坎）

革（下離上兌）　　漸（下艮上巽）　　巽（下巽上巽）

兌（下兌上兌）

渙（下坎上巽）　　節（下兌上坎）　　中孚（下兌上巽）

---

[7] 見陳居淵《易章句導讀》（濟南：齊魯書社，2002 年 12 月一版一刷），頁 209。

[8] 陽卦與陰卦之分，或以為要看每一卦之爻畫線段的總數來決定，如為奇數屬陽，如是偶數則為陰。見鄧球柏《帛書周易校釋》（長沙：湖南人民出版社，2002 年 6 月三版一刷），頁 536。

既濟（下離上坎）

在此三十二卦中，除〈乾〉卦是「全陽」外，屬「多陰」而形成「陽中陰」的包孕式結構的，有六卦，即：

〈屯〉、〈比〉、〈觀〉、〈習〉、〈蹇〉、〈萃〉。

屬「多陽」而形成「陽中陽」的包孕式結構的，有十五卦，即：

〈需〉、〈訟〉、〈小畜〉、〈履〉、〈同人〉、〈无妄〉、〈大過〉、〈遯〉、〈家人〉、〈夬〉、〈姤〉、〈革〉、〈巽〉、〈兌〉、〈中孚〉。

屬「陰陽多寡相當」而形成「並列」關係的包孕式結構的，有十卦，即：

〈否〉、〈隨〉、〈咸〉、〈益〉、〈困〉、〈井〉、〈漸〉、〈渙〉、〈節〉、〈既濟〉。

據此，可依序用下圖來表示三種不同的包孕式結構：

```
                 ┌ 陽（少）                    ┌ 陽（少）
（一）    陽 ─┤                 或    陽 ─┤ 陰（次多）
                 └ 陰（多）                    └ 陽（多）

                 ┌ 陰（少）
（二）    陽 ─┤
                 └ 陽（多）

                 ┌ 陰（3）                    ┌ 陽（3）
（三）    陽 ─┤                 或    陽 ─┤
                 └ 陽（3）                    └ 陰（3）
```

其中（一）、（二）兩種，除與（三）一樣各可形成「移位」結構外，又可合而形成「轉位」結構。屬於陰卦的是：

坤（坤下坤上）　　蒙（下坎上艮）　　師（下坎上坤）
泰（下乾上坤）
大有（下乾上離）　　謙（下艮上坤）　　豫（下坤上震）
蠱（下巽上艮）
臨（下兌上坤）　　噬嗑（下震上離）　　賁（下離上艮）
剝（下坤上艮）
復（下震上坤）　　大畜（下乾上艮）　　頤（下震上艮）
離（下離上離）
恆（下巽上震）　　大壯（下乾上震）　　晉（下坤上離）
明夷（下離上坤）
睽（下兌上離）　　解（下坎上震）　　損（下兌上艮）
升（下巽上坤）
鼎（下巽上離）　　震（下震上震）　　艮（下艮上艮）
歸妹（下兌上震）
豐（下離上震）　　旅（下艮上離）　　小過（下艮上震）
未濟（下坎上離）

在此三十二卦中，除〈坤〉卦是「全陰」外，屬「多陰」而形成「陰中陰」的包孕式結構的，有十五卦，即：

〈蒙〉、〈師〉、〈謙〉、〈豫〉、〈臨〉、〈剝〉、〈復〉、〈頤〉、
〈晉〉、〈明夷〉、〈解〉、〈升〉、〈震〉、〈艮〉、〈小過〉。

屬「多陽」而形成「陰中陽」的包孕式結構的，有六卦，即：

〈大有〉、〈大畜〉、〈離〉、〈大壯〉、〈睽〉、〈鼎〉。

屬「陰陽多寡相當」而形成「並列」關係的包孕式結構的，有十卦，即：

〈泰〉、〈蠱〉、〈噬嗑〉、〈賁〉、〈恆〉、〈損〉、〈歸妹〉、〈豐〉、〈旅〉、〈未濟〉。

據此，可依序用下圖來表示三種不同的包孕式結構：

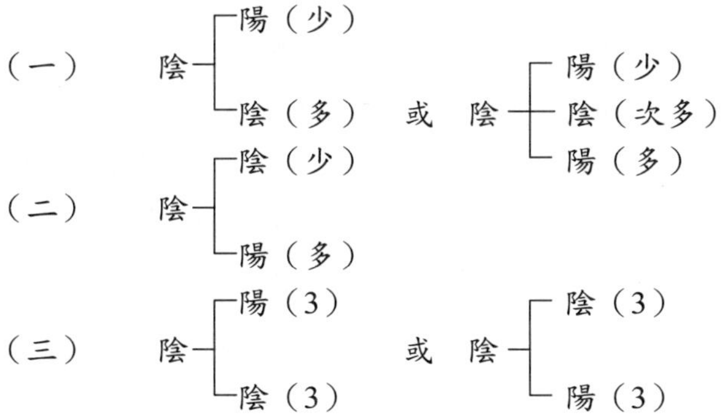

其中（一）、（二）兩種，除與（三）一樣各可形成「移位」結構外，又可合而形成「轉位」結構。

而這些「陽卦」與「陰卦」，是可兩兩相對待，而「挹多益寡」或「旁通」，以達於統一的。它們是：

乾和坤	屯和鼎	蒙和革	需和晉	訟和明夷
師和同人	比和大有	小畜和豫	履和謙	泰和否
隨和蠱	臨和遯	觀和大壯	噬嗑和井	賁和困
剝和夬	復和姤	无妄和升	大畜和萃	頤和大過

習和離　　咸和損　　恆和益　　家人和解　　睽和蹇

震和巽　　艮和兌　　漸和歸妹　豐和渙　　旅和節

中孚和小過　既濟和未濟

可見「陰」和「陽」雖兩相對待，卻可以彼此含容而形成統
一。

三、意象包孕式結構的辭章表現

　　辭章離不開意象，是結合「形象思維」、「邏輯思維」[9]與
「綜合思維」而形成的。這三種思維，各有所司。一般說來，
如果是將一篇辭章所要表達之「意」，訴諸各種偏於主觀聯
想、想像[10]，和所選取之「象」結合在一起[11]，或者是專就個
別之「意」、「象」本身設計其表現技巧的，皆屬「形象思
維」；這涉及了「立意」、「取材」與「措詞」等問題，而主要
以此為研究對象的，就是詞彙學、意象學（個別）與修辭學
等。如果是專就各種「象」，對應於自然規律，結合「意」，訴
諸偏於客觀聯想、想像，按秩序、變化、聯貫與統一之原則，

---

[9]　見吳應天《文章結構學》（北京，中國人民大學出版社，1989 年 8 月一版三刷），頁
345。

[10]　人類的一切知行活動離不開「思維」，而「思維」又始終以「意象」為內容。它初由
「觀察」與「記憶」的兩大支柱豐富「意象」，再由「聯想」與「想像」的兩大翅膀
拓展「意象」（多），然後由「形象」與「邏輯」（二）的兩大思維運作「意象」，最後
由「綜合思維」統合「意象」（一（0）），以發揮最大的「創造力」。如此周而復始，
便形成「多」、「二」、「一（0）」的螺旋結構，以反映「意象系統」。參見拙作〈淺論
意象系統〉（臺北：《國文天地》21 卷 5 期，2005 年 10 月），頁 30-36。。

[11]　見彭漪漣《古典詩詞邏輯趣談》（上海：上海人民出版社，2001 年 9 月一版一刷），
頁 13。

前後加以安排、佈置，以成條理的，皆屬「邏輯思維」；這涉及了「運材」、「佈局」與「構詞」等問題，而主要以此為研究對象的，就字句言，即文（語）法學；就篇章言，就是章法學。至於合「形象思維」與「邏輯思維」而為一，探討其整個情意與體性[12]的，則為「綜合思維」，而主要以此為研究對象的，即主題學、文體學、風格學等。

　　由於辭章意象之組織是用章法形成的，乃屬於邏輯思維之範疇，講求者乃辭之條理或結構，而此條理或結構，又對應於宇宙規律，是人生來即具存於心的[13]，所以人類自有辭章開始，即毫無例外地被應用來安排辭章意象。雖然作者對此，大都是日用而不知、習焉而不察的，但無損於它的存在與重要性。經過多年的努力，在前人的有限基礎上，用「發現現象以求得通則、規律」的方式，爬羅剔抉，到目前為止，一共確定了約四十種的章法類型來組織辭章意象，從而找出各自之心理基礎與美感效果，並尋得四大規律加以統合，終於形成完整之體系，建立了一個新的學門[14]，可藉以觀察辭章意象之組織。

---

[12] 陳望道：「語文的體式很多，……表現上的分類，就是《文心雕龍》所謂的『體性』的分類，如分為簡約、繁豐、剛健、柔婉、平淡、絢爛、謹嚴、疏放之類。」見《修辭學發凡》（香港：大光出版社，1961年2月版），頁250。

[13] 吳應天：「文章結構規律作為文章本質的關係，恰好跟人類的思維形式相對應，而思維形式又是客觀事物本質關係的反映。」見《文章結構學》，同注9，頁359。

[14] 鄭頤風：「陳滿銘教授及其研究生仇小屏、夏薇薇、陳佳君、黃淑貞等為主幹，推出了漢語辭章章法學的論著；開了『章法』論的專門辭章學先河。此類論著，從其研究的深度與廣度、科學性與實用性來講，雖非『絕後』，實屬『空前』。」見〈漢語辭章學四十年述評〉（臺北，《國文天地》17卷2期，2001年7月），頁96。又鄭頤壽：「臺灣建立了『辭章章法學』的新學科，成果豐碩，代表作是臺灣師大博士生導師陳滿銘教授的《章法學新裁》（以下簡稱「新裁」）及其高足仇小屏、陳佳君等的一系列著作。」見〈中華文化沃土，辭章學圃奇葩——讀陳滿銘《章法學新裁》及其相關著作〉，《海峽兩岸中華傳統文化與現代化研討會文集》（蘇州，「海峽兩岸中華傳統文化

茲就辭章意象包孕式結構之「陰陽互動」、「基本類型」與「舉隅說明」等三項，分述如下：

（一）辭章意象包孕式結構之陰陽互動

人對於辭章意象之組織，亦即章法的注意，相當地早。劉勰《文心雕龍・章句》篇即有篇法、章法、句法、字法之說，而後來呂東萊的《古文關鍵》、謝枋得的《文章軌範》、託名歸有光的《文章指南》和劉熙載的《藝概》……等，也都或多或少地涉及章法，只可惜，都「但見其樹而不見其林」。於是在偶然的機緣下，從三十多年前開始，兼顧理論與應用，經由廣搜旁推的工夫，終於找出約四十種章法，而完成「集樹成林」的工作。這些章法是：今昔、久暫、遠近、內外、左右、高低、大小、視角轉換、知覺轉換、時空交錯、狀態變化、本末、淺深（輕重）、因果、眾寡、並列、情景、論敘、泛具、虛實（時間、空間、假設與事實、虛構與真實）、凡目、詳略、賓主、正反、立破、抑揚、問答、平側（平提側注、平提側收[15]）、縱收、張弛、插補[16]、偏全、點染、天（自然）人

與現代化研討會」，2002 年 5 月），頁 131-139。又王希杰：「章法學已經初步形成了一門科學。陳滿銘教授初步建立了科學的章法學體系。……如果說唐鉞、王易、陳望道等人轉變了中國修辭學，建立了學科的中國現代修辭學，我們也可以說，陳滿銘及其弟子轉變了中國章法學的研究大方向，建立了科學的章法學，把漢語章法學的研究轉向科學的道路。」見〈章法學門外閑談〉（臺北：《國文天地》18 卷 5 期，2002 年 10 月），頁 92-101。

[15] 所謂「平提側收」，是將所要論說或敘述之幾個重點，以同等之地位加以提明，而特別側於其中之一點或兩點來收結，卻有回繳整體功用的一種章法。見拙作〈談平提側收的篇章結構〉，《修辭論叢》第二輯（臺北：洪葉文化事業有限公司，2000 年 6 月），頁 193-213。

[16] 以上章法，見拙作〈談辭章章法的主要內容〉，《章法學新裁》（臺北：萬卷樓圖書公

（人事）、圖底、敲擊¹⁷等。它們用在「篇」或「章」（節、段），都可以擔負組織意象之作用。

　　由於這些用於組織辭章意象之章法，是建立在「陰陽二元對待」之基礎上的，每一章法本身即自成陰陽、剛柔。大抵而論，屬於本、先、靜、低、內、小、近……的，為「陰」為「柔」，屬於末、後、動、高、外、大、遠……的，為「陽」為「剛」。而《周易·繫辭上》所謂「天尊地卑，乾坤定矣；卑高以陳，貴賤位矣；動靜有常，剛柔斷矣」，雖然沒有明說何者為「剛」？何者為「柔」？然而從其整個陰陽、剛柔學說看來，卻可清楚地加以辨別。陳望衡說：

> 《周易》中的剛柔也不只是具有性的意義，它也用來象徵或概括天地、日月、晝夜、君臣、父子這些相對立的事物。而且，剛柔也與許多成組相對立的事物性質相連屬，如動靜、進退、貴賤、高低……剛為動、為進、為貴、為高；柔為靜、為退、為賤、為低。¹⁸

這樣以「陰陽」或「剛柔」來看章法或篇章意象之組織，則所有以《周易》（含《易傳》）與《老子》之「陰陽二元」為基礎而形成的章法或辭章意象之組織，都可辨別它們的陰陽或剛柔。譬如：

司，2000 年 1 月初版），頁 319-360。又見仇小屏《篇章結構類型論》上、下（臺北：萬卷樓圖書公司，2000 年 2 月初版），頁 1-620。

¹⁷ 以上五種章法，見拙作〈論幾種特殊的章法〉（臺北，臺灣師大《國文學報》31 期，2002 年 6 月），頁 193-222。

¹⁸ 見《中國古典美學史》（長沙：湖南教育出版社，1998 年 8 月一版一刷），頁 184。

今昔法：以「昔」為陰為柔、「今」為陽為剛。

遠近法：以「近」為陰為柔、「遠」為陽為剛。

大小法：以「小」為陰為柔、「大」為陽為剛。

本末法：以「本」為陰為柔、「末」為陽為剛。

虛實法：以「虛」為陰為柔、「實」為陽為剛。

賓主法：以「主」為陰為柔、「賓」為陽為剛。

正反法：以「正」為陰為柔、「反」為陽為剛。

立破法：以「立」為陰為柔、「破」為陽為剛。

凡目法：以「凡」為陰為柔、「目」為陽為剛。

圖底法：以「圖」為陰為柔、「底」為陽為剛。

因果法：以「因」為陰為柔、「果」為陽為剛。

點染法：以「點」為陰為柔、「染」為陽為剛。

以此為基礎，就可以因「移位」如「凡（陽）→目（陰）」或「圖（陰）→底（陽）」、又可因「轉位」[19]如「因（陰）→果（陽）→因（陰）」或「果（陽）→因（陰）→ 果（陽）」而形成各種結構了。可見如泛就意象而言，則「意」為「陰」、「象」為「陽」，可因陰陽之互動，產生「移位」、「轉位」而形成不同結構類型。

（二）辭章意象包孕式結構之基本類型

辭章意象之組織（章法）是以「邏輯思維」為主、「形象思維」[20]為輔的，因此簡單地說，它所探討的主要是意象（內

---

[19] 「移位」與「轉位」，參見仇小屏〈論章法的移位、轉位及其美感〉，《辭章學論文集》上冊（福州：海潮攝影藝術出版社，2002年12月一版一刷），頁98-122。

[20] 邏輯思維與形象思維為人類最基本的兩種思維方式。參見侯健《文學通論》（北京：

容材料）的深層邏輯，也就是它的「條理」，而此「條理」乃源自於人之心理（意），從內在應接萬事萬物（象），所呈顯的共通理則 [21]。而這共通的理則，落到辭章意象組織（章法）之上，便成為「秩序」、「變化」、「聯貫」、「統一」等四大規律，以反映作者之邏輯思維。其中「秩序」、「變化」與「聯貫」三者，主要著重於個別意象（內容材料）之佈置，以疏理各種結構，所重在分析思維；而「統一」則主要著眼於整體意象（核心情、理）之上，藉以凝成主旨、凸顯風格；或統合個別意象（內容材料），形成綱領，以貫穿全篇 [22]，所重在綜合思維。

　　所謂「秩序」，是將個別意象依序加以整齊安排的意思。而用任何章法來組織辭章意象，都可依循此律，形成其先後順序。茲舉組織辭章意象較常見的幾種章法來看，它們可就其先後順序，形成如下結構：

1. 虛實法：「虛→實」、「實→虛」。

2. 賓主法：「賓→主」、「主→賓」。

3. 正反法：「正→反」、「反→正」。

4. 凡目法：「凡→目」、「目→凡」。

5. 圖底法：「圖→底」、「底→圖」。

　　北京大學出版社，1986 年 5 月一版一刷），頁 153-157。邏輯思維，或稱抽象思維，見李名方〈論思維類型與語體分類〉，《李名方文集》（北京：中國文聯出版社，2002 年 9 月一版一刷），頁 223-226。

[21] 此即「人同此心，心同此理」之「理」，參見拙作〈談辭章章法的主要內容〉、〈談篇章結構〉，《章法學新裁》，同注 16，頁 319-360、364-419。

[22] 見拙作〈論辭章章法的四大律〉，《辭章學論文集》（福州：海潮攝影藝術出版社，2002 年 12 月一版一刷），頁 68-77。又參見仇小屏《文章章法論》（臺北：萬卷樓圖書公司，1998 年 11 月初版），頁 1-510，及《篇章結構類型論》上、下，同注 16，頁 1-620。

　　6.因果法:「因→ 果」、「果→ 因」。

這些「順」(「陰→陽」)或「逆」(「陽→陰」)所形成的「移
位」結構,隨處可見。

　　所謂「變化」,是把個別意象的次序加以參差安排的意
思。而用每一章法來組織辭章意象,都可依循此律,造成順逆
交錯的效果。同樣以上舉幾種常見用以組織篇章意象的章法來
看,可形成如下結構:

　　1.虛實法:「虛→ 實→ 虛」、「實→ 虛→ 實」。
　　2.賓主法:「賓→ 主→ 賓」、「主→ 賓→ 主」。
　　3.正反法:「正→ 反→ 正」、「反→ 正→ 反」。
　　4.凡目法:「凡→ 目→ 凡」、「目→ 凡→ 目」。
　　5.圖底法:「圖→ 底→ 圖」、「底→ 圖→ 底」。
　　6.因果法:「因→ 果→ 因」、「果→ 因→ 果」。

這些「順」和「逆」交錯(「陰→陽→陰」或「陽→陰→陽」)
的「轉位」結構,也隨處可見。

　　所謂「聯貫」,是就個別意象先後的銜接或呼應來說的,
也稱為「銜接」。無論是用哪一種章法來組織辭章意象,都可
以由局部的「調和」與「對比」,形成銜接或呼應,而達到聯
貫的效果。在用以組織意象的約四十種章法中,大致說來,除
了貴與賤、親與疏、正與反、抑與揚、立與破、眾與寡、詳與
略、張與弛……等,比較容易形成「對比」外,其他的,如今
與昔,遠與近、大與小、高與低、淺與深、賓與主、虛與實、
平與側、凡與目、縱與收、因與果……等,都極易形成「調

和」的關係[23]。一般說來，辭章裡全篇純然形成「對比」者較少，而在「對比」（主）中含有「調和」（輔）者則較常見；至於全篇純然形成「調和」者則較多；而在「調和」（主）中含有「對比」（輔）者，雖然也有，卻較少見；這種情形，尤以古典詩詞為然。不過，無論怎樣，都可以使整體意象收到前後呼應、聯貫為一的效果[24]。

所謂的「統一」，是就整體意象的通貫來說的。這裡所說的「統一」，乃側重於內容（包含內在的情理「意」與外在的材料「象」）而言，與前三個原則之側重於形式（條理）者，有所不同。也就是說，這個「統一」，和聯貫律中由「調和」所形成的「統一」，所指非一。因此要達成內容（包含內在的情理「意」與外在的材料「象」）的「統一」，則非訴諸主旨（核心意象）與綱領（個別意象的統合）不可。而綱領既有單軌、雙軌或多軌的差別，就是主旨也有置於篇首、篇腹、篇末與篇外的不同[25]。一篇辭章，無論是何種類型，都可以由此「一以貫之」。

辭章意象組織（章法）的四大律，如對應於《周易》（含《易傳》）與《老子》所含藏之「多」、「二」、「一 0」的螺旋結構來說，其「秩序」、「變化」二律中的順或逆（秩序）的「移位」與變化的「轉位」結構，都可以呈現這種「多樣對待」（「多」）的條理；而篇章意象組織（章法）中「移位」所形成

[23] 見拙作〈論辭章章法的四大律〉，同注22。

[24] 除此效果外，「對比」與「調和」還可以影響一篇辭章之風格，通常「對比」會使文章趨於陽剛，而「調和」則會使文章趨於陰柔。參見仇小屏《古典詩詞時空設計美學》（臺北：文津出版社，2002年12月初版一刷），頁323-331。

[25] 見拙作〈談辭章章法的主要內容〉，《章法學新裁》，同注16，頁351-359。

之變化[26]，也與此「多樣對待」（「多」）的條理不謀而合。當然，這裡所說的「秩序」，也含有「變化」的成分，而「變化」，同樣含有「秩序」的成分，只是為了說明方便，就有所偏重地予以區隔而已。總結起來說，這個部分所呈現的是「多而二」或「二而多」（多樣的二元對待）的結構。而以意象組織（章法）之「聯貫」、「統一」二律而言，則所呈現的是「二而一（0）」或「（0）一而二」（剛柔的統一）的結構：首先是非對比式結構單元「同類相從」所造成的「聯貫」，其次是以「調和」（柔）與「對比」（剛）統合各結構單元，由局部（章）趨於全體（篇）的「聯貫」，又其次是結構單元之「移位」、「轉位」所造成局部「節奏」趨於整篇「韻律」[27]的「聯貫」；這說的都是「二」。然後是以主旨（情、理）或綱領貫穿各個部分（含剛柔、移位、轉位、節奏、韻律等）而凝為一體的「統一」（調和性或對比性）；這說的是「一（0）」或「（0）一」。

這樣看來，如單著眼於鑑賞面，則上述辭章意象組織（章法）的四大規律，恰恰切合於「多、二、一（0）」的順序。其中「秩序與變化」，相當於「多」（多樣），即「多樣的二元對待」；「聯貫」，以其根本而言，相當於「二」（陽剛、陰柔）；

---

[26] 參見仇小屏〈論章法的移位、轉位及其美感〉，同注 19。

[27] 見拙作〈論辭章章法「多、二、一（0）」結構的節奏與韻律〉（臺北：臺灣師大《國文學報》33 期，2003 年 6 月），頁 81-124。而其濃縮版獲入編《中國科技發展精典文庫》第二輯（北京：中國言實出版社，2003 年 5 月），頁 367-368。又歐陽周、顧建華、宋凡聖等《美學新編》：「與節奏相關係的是韻律。韻律是在節奏的基礎上形成的，但又比節奏的內涵豐富得多，是一種有規律的抑揚頓挫的變化，表現出一種特有的韻味或情趣。可以說，節奏是韻律的條件，韻律是節奏的深化。」（杭州：浙江大學出版社，2001 年 5 月一版九刷），頁 79。

而「統一」則相當於「一（0）」。如此由「多樣」（多樣的二元對待）而「二」（剛柔互濟）而「統一」，凸顯了辭章意象組織（章法）的四大規律所形成的，不是平列的關係，則是「多、二、一（0）」的邏輯結構。

而這種「多、二、一（0）」如落到辭章意象（章法）結構來說，則核心結構[28]以外的所有其他結構，都屬於「多」；而核心結構所形成之「二元對待」，自成陰與陽而「相反相成」，以徹下徹上，形成結構之「調和性」（陰）與「對比性」（陽）的，是屬於「二」；至於辭章之「主旨」或由「統一」所形成之風格、韻味、氣象、境界等，則屬於「一（0）」。值得一提的是，以「（0）」來指風格、韻味、氣象、境界等辭章之抽象力量，是相當合理的。

由此可見，若與《周易》「陽中陽」、「陽中陰」與「陰中陰」、「陰中陽」與《老子》「負陰抱陽」的義理邏輯兩相對應，則這種「多、二、一（0）」的邏輯結構，往往是會在「多而二」的上下兩層（或兩層以上）部分，由各種章法形成辭章意象之包孕式結構。如單就意象的移位結構而言，有下列類型：

---

[28] 見拙作〈論章法「多、二、一（0）」的核心結構〉（臺北：《師大學報·人文與社會類》48 卷 2 期，2003 年 12 月），頁 71-94。

```
                  ┌─ 意（陰）                    ┌─ 象（陽）
  1. 意（陰）─┤                 或  意（陰）─┤
                  └─ 象（陽）                    └─ 意（陰）

                  ┌─ 象（陽）                    ┌─ 意（陰）
  2. 象（陽）─┤                 或  象（陽）─┤
                  └─ 意（陰）                    └─ 象（陽）

                  ┌─ 意（陰或陽）                ┌─ 象（陰或陽）
  3. 意（陰）─┤                 或  象（陽）─┤
                  └─ 意（陽或陰）                └─ 象（陽或陰）
```

如就意象的轉位結構而言，則有下列類型：

```
                  ┌─ 意（陰）                    ┌─ 象（陽）
  4. 意（陰）─┼─ 象（陽）       或  意（陰）─┼─ 意（陰）
                  └─ 意（陰）                    └─ 象（陽）

                  ┌─ 象（陽）                    ┌─ 意（陰）
  5. 象（陽）─┼─ 意（陰）       或  意（陰）─┼─ 陽）
                  └─ 象（陽）                    └─ 意（陰）

                  ┌─ 意（陰或陽）                ┌─ 象（陽或陰）
  6. 意（陰）─┼─ 意（陽或陰） 或  象（陽）─┼─ 象（陰或陽）
                  └─ 意（陰或陽）                └─ 象（陽或陰）
```

以上六種類型中的 3、6 兩種，因在「意」與「意」、「象」與
「象」中有可各自形成「陰→陽」、「陽→陰」之移位與「陰→
陽→陰」、「陽→陰→陽」之轉位結構，所以用「陰或陽」、「陽
或陰」與「陰或陽或陰」、「陽或陰或陽」來加以概括。

（三）辭章意象包孕式結構之舉隅說明

　　辭章意象包孕式結構的各種類型，普遍見於各類文體。茲

以舉隅方式，分別舉詩、詞各一例，以見一斑。

首先看王維的〈渭川田家〉詩：

> 斜光照墟落，窮巷牛羊歸。野老念牧童，倚杖候荊扉。
> 雉雊住麥苗秀，蠶眠桑葉稀。田夫荷鋤至，相見語依
> 依。即此羨閒逸，悵然歌式微。

這首詩藉「渭川田家」黃昏時「閒逸」之景——「象」，以興歆
羨之情，從而表出作者急欲歸隱田園的心願——「意」。就在意
象結構中「橫向」之「意象包孕」層級，可藉「縱向」之「章
法」梳理後用下表來呈現：

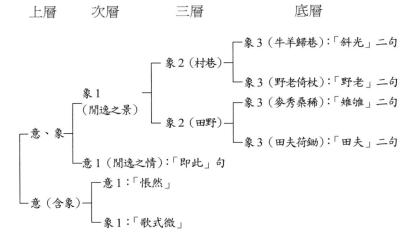

上層   次層   三層   底層

- 意、象
  - 象1（閒逸之景）
    - 象2（村巷）
      - 象3（牛羊歸巷）：「斜光」二句
      - 象3（野老倚杖）：「野老」二句
    - 象2（田野）
      - 象3（麥秀桑稀）：「雉雊」二句
      - 象3（田夫荷鋤）：「田夫」二句
  - 意1（閒逸之情）：「即此」句
- 意（含象）
  - 意1：「悵然」
  - 象1：「歌式微」

從上表可看出此詩先藉由村巷與田野，分別著眼於牛羊、野
老、桑麥、田夫，寫所歆羨的閒逸之景——「象」，再由此帶出
「羨閒逸」之情——「意」，然後用《詩經·邶風·式微》「式
微，式微，胡不歸」的詩意，以表達自己「躋武靖節」[29]的心

---

[29] 見高步瀛《唐宋詩舉要》注（臺北：學海出版社，1973年2月初版），頁12。

願──「意」。這就形成了「意、象」與「意含象」（上層）、「象1、意1」（次層）、「象2」（三層）、「象3」（底層）的「意象包孕」層次。如拆開來看其「意象包孕」結構，加上第一層則共有如下四種移位類型：

$$
(意)\begin{cases}象\\意\end{cases}\qquad 象\begin{cases}象\\意\end{cases}\qquad 意\begin{cases}意\\象\end{cases}\qquad 象\begin{cases}象\\象\end{cases}
$$

而著眼於整體，就其層級而言，則可用簡圖分層表示如下：

	上層	次層	三層	底層
	1.意、象←→象1（閒逸之景）←→象2（村巷）←→象3（牛羊歸巷）
	2.意、象←→象1（閒逸之景）←→象2（村巷）←→象3（野老倚杖）
	3.意、象←→象1（閒逸之景）←→象2（田野）←→象3（麥秀桑稀）
(意)	4.意、象←→象1（閒逸之景）←→象2（田野）←→象3（田夫荷鋤）
	5.意、象←→意1（閒逸之情）
	6.意（含象）←→意1（悵然）
	7.意（含象）←→意2（歌式微）

而這種「意象包孕」層級，橫向由「底層」到「上層」，呈現的是意象「由實（具體──物或事本身）而虛（抽象──物類或事類）」的各個層次；縱向由「1」到「7」，呈現的是意象「由先而後」（1→2→3→4→5→6→7）的敘寫順序。它們究竟是用什麼內在的邏輯條理，以形成其深層結構，逐一組織的呢？如細予審辨，則不難發現它用了底圖、虛實（情景、情事）、遠近、天人（自然、人事）等「移位」的「調和」性章法，以形成其結構，那就是：

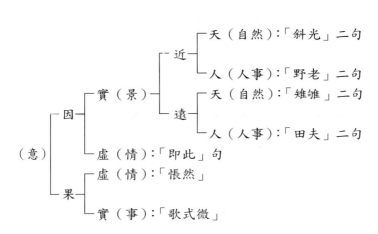

若特別凸顯「章法結構」，輔以「意象層級」，將上舉兩表疊合在一起，便成下表：

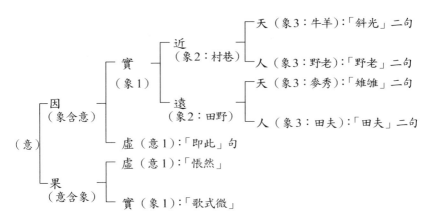

由此可見「意象包孕」層級與章法結構的關係，是深密得不可分割的。先就「橫向」來看，以「意、象」與「意含象」（上層）、「象1」與「意1」（次層）、「象2」（三層）、「象3」（底層）形成其小意象系統；再就「縱向」來看，以「先底後圖」（上層）、「先實後虛」與「先虛後實」（次層）、「先近後遠」

（三層）、兩疊「先天後人」（底層）形成其結構；然後就「整體」來看，用各層「章法結構」，將各「意象包孕」層級作縱橫向聯結，以形成其「1」至「7」級之大意象系統。其中「次」、「三」、「底」等層所屬「意象包孕」層級與「章法結構」爲「多」，而上層所屬「意象」（橫）與「結構」（縱）以徹下徹上者爲「二」；至於所表達「羨閒逸，歌式微」之一篇主旨與「疏散簡淡」[30]之風格，則爲「一（0）」。

　　這樣的結構，如果單就其陰陽互動來看，則可呈現如下圖：

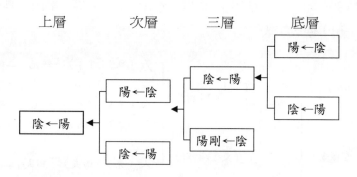

上層　　　　次層　　　三層　　　　底層

這四層結構，共由三個「陽←陰」與兩個「陰←陽」移位而調合的結構所組成。其中「陽←陰」者雖有三個，卻處於次、三、底層；而「陰←陽」者雖僅兩個，卻處於上、次兩層，加上上層又是統括性的核心結構；因此可看出此詩乃毗柔之作，與其所謂「疏散簡淡」的風格是相吻合的。

　　然後看白居易的〈長相思〉詞：

---

30 見韓潤解析，見唐圭璋等《唐詩鑑賞辭典》（北京：北京燕山出版社，2000 年 11 月一版三刷），頁 146-147。

　　汴水流，泗水流，流到瓜州古渡頭。吳山點點愁。

　　思悠悠，恨悠悠，恨到歸時方始休。月明人倚樓。

此詞藉自身之所見、所爲——「象」來寫相思之情（所思）——
「意」。其橫向之「意象包孕」層級，可用下表來呈現：

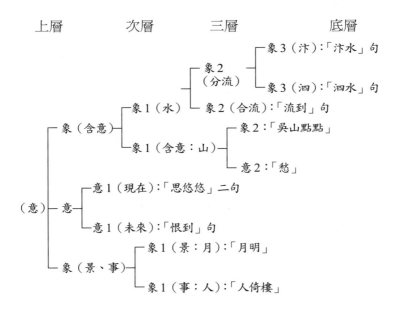

從上表可看出「作者在上片，寫的是自己置身於瓜州古渡所見
的景物：首以『汴水流』三句，寫向北所見到的『水』景，藉
汴、泗二水之不斷奔流，襯托出一份悠悠別恨；再以『吳山點
點愁』一句，寫向南所見到之『山』景，藉吳山之『點點』又
襯托出另一份悠悠別恨來，使得情寓景中，全力爲下半的抒情
預鋪路子。到了下片，則即景抒情，一開頭就將一篇之主旨
『悠悠』之恨拈出，再以『恨到歸時方始休』作進一層的渲
染。然後以結句，寫自己在樓上對月相思的樣子，將『恨』字

作更具體之描繪，而且也『呼應了全篇』[31]。」[32] 如拆開來看，其「意象包孕」結構，含第一層，則共有如下四種類型，其中一轉位、三移位：

$$(意) - \begin{cases} 象 \\ 意 \\ 象 \end{cases} \qquad 象 - \begin{cases} 象 \\ 象 \end{cases} \qquad 象 - \begin{cases} 象 \\ 意 \end{cases} \qquad 意 - \begin{cases} 意 \\ 意 \end{cases}$$

而著眼於整體，就其層級而言，則可用簡圖分層表示如下：

| | 上層 | 次層 | 三層 | 底層 |

1. 象（含意）↔ 象1（水）↔ 象2（分流）↔ 象3（汴）
2. 象（含意）↔ 象1（水）↔ 象2（分流）↔ 象3（泗）
3. 象（含意）↔ 象1（水）↔ 象2（合流）
4. 象（含意）↔ 象1（山）↔ 象2（吳山）
5. 象（含意）↔ 意1（愁）
6. 意 ↔ 意1（現在）
7. 意 ↔ 意1（未來）
8. 象（景、事）↔ 象1（景：月）
9. 象（景、事）↔ 象1（事：人）

可見其橫向之「意象包孕」層級有四層（上、次、三、底）、縱向之「章法結構」有九級（1→2→3→4→5→6→7→8→9）。如特別從章法切入，則它以「轉位」之「虛實」與「移位」之「方位轉換」、「虛實」、「高低」、「凡目」、「情景」、「遠近」等調和性章法組成其縱向之深層結構，即：

---

[31] 參見黃屏解析，見陳邦炎《詞林觀止》上（上海：上海古籍出版社，1994 年 4 月一版一刷），頁 25。

[32] 見拙作〈談篇章的縱向結構〉（臺北：臺灣師大《中國學術年刊》，2001 年 5 月），頁 274-275。

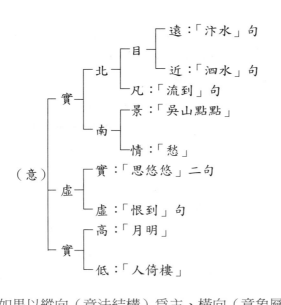

如果以縱向（章法結構）為主、橫向（意象層級）為輔加以疊合，則形成了下表：

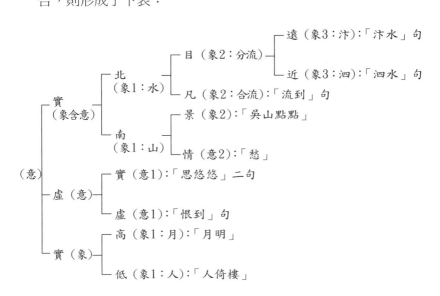

透過這個例子，可看出縱向（章法結構）與橫向（意象層級）
關係之密切來。先就「意象包孕」層級來看，以「意含象」、
「意」與「象」（上層）、「象1」與「意1」（次層）、「象2」與
「意2」（三層）、「象3」（底層）形成小意象系統；再就「章法
結構」來看，以「實、虛、實」（上層）、「先北後南」、「先實
後虛」與「先高後低」（次層）、「先目後凡」與「先景後情」
（三層）、「先遠後近」（底層）形成其結構；然後就整體之「意
象結構」來看，用各層「章法結構」，將「意象層級」縱橫聯
結，以形成其「1」至「9」級之大意象系統[33]。其中「次」、
「三」、「底」等層所屬「意象層級」與「章法結構」為「多」，
而上層所屬「意象層級」與「章法結構」以徹下徹上者為
「二」；至於所表達「相思之情」的一篇主旨與「音調諧婉，流
美如珠」[34]之風格，則為「一（0）」。就這樣以「多」、「二」、
「一（0）」統合縱橫向，將「意象包孕」層級與「章法結構」
疊合而為一了。

這種結構如著眼於陰陽之互動來看，則可呈現如下：

上層　　　　　次層　　　　　三層　　　　　底層

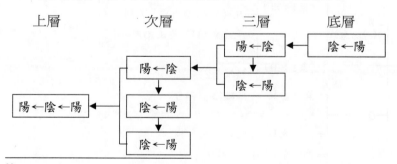

---

[33] 大小意象系統，見拙作〈淺論意象系統〉，同注10。

[34] 趙仁圭、李建英、杜媛萍：「整首詞藉流水寄情，含情綿邈。疊字、疊韻的頻繁使
用，使詞句音調諧婉，流美如珠。」見《唐五代詞三百首譯析》（長春：吉林文史出
版社，1997年1月一版一刷），頁148。

這四層結構，共由四個「陰←陽」、一個「陽←陰」的移位與一個「陽←陰←陽」的轉位而調合的結構所組成。其中「陽←陰」、「陽←陰←陽」者雖處上、次兩層，卻皆非核心結構，因此仍以「陰←陽」之勢較盛，由此可看出此詞亦屬妣柔之作，與其所謂「音調諧婉，流美如珠」的風格，也是相當吻合的。

　　總結起來看，所謂「小意象系統」，是就「橫向」（依橫排結構表）、「個別意象」來說的，它藉「章法結構」自上層開始，依「由最大類到最小意象」之順次，逐層下遞，到最低一層的「個別意象」，即形成此「個別意象」之「小意象系統」。而所謂「大意象系統」，則是就「縱向」（依橫排結構表）、「整體意象」而言的，它藉「章法結構」將「橫向」之各「小意象系統」，逐層（上、次……底）逐級（1、2、3……）作縱向之統合，成為「大意象系統」，從而呈現「章法結構」與大小「意象系統」緊密疊合之整體結構。因此，大小「意象系統」之形成，都有賴於「（0）一」、「二」、「多」的「螺旋結構」。

　　而這種系統與結構，如著眼於創作面，所呈現的是「（0）一、二、多」；而著眼於鑑賞面，則所呈現的是「多、二、一（0）」。這就同一作品而言，作者由「意」而「象」地在從事順向（「（0）一、二、多」）創作的同時，也會一再由「象」而「意」地如讀者作逆向（「多、二、一（0）」）之檢查；同樣地，讀者由「象」而「意」地作逆向（「多、二、一（0）」）鑑賞（批評）的同時，也會一再由「意」而「象」地如作者在作順向（「（0）一、二、多」）之揣摩。如此順逆互動、循環而提升，形成螺旋結構，而最後臻於至善，自然能使得順向的創作與逆向之鑑賞合為一軌。

四、意象包孕式結構的美學詮釋

意象包孕式結構，對應於其哲學義涵與辭章表現，主要可獲得如下美感：

（一）層次與變化

意象結構形成包孕，從微觀切入，自然會有「意包象或意」、「象包意或象」的「層次」與「變化」的效果。所謂「層次」，主要是指包孕者與被包孕者，即其上、下之層級而言；所謂「變化」，主要是指「意」與「象」之變換，即其陰、陽之互動來說。而從宏觀來看，則層次中是有變化、變化中是有層次的，因為層次是變化造成的結果，變化是層次形成的原因。

如林貴中在《文章礎石及其他》一書中指出：

> （層次）就是文章層面的次序。具體的說，就是文章內：理論的推展安排，情緒的滋長延引，事情的呈現先後與物類的綱目歸屬等，都必須按其輕重、深淺、苦樂、悲喜、前後、大小、巨細……而表現出來[35]。

他所說的「理論」、「情緒」就是「意」，「事情」、「物類」就是「象」，而「輕重、深淺、苦樂、悲喜、前後、大小、巨細」，則是「意象的組織」，亦即「章法」。因此層次體現著由作者開

---

[35] 見林貴中《文章礎石及其他》（臺北：文津出版社，1990年），頁74。

展的意象系統，是針對著辭章的內容（意象）與脈絡（章法）加以把握。這雖是主要就「層次」加以詮釋，卻蘊含著「意」與「象」、「甲（深、苦、悲、前、大、巨）與乙（淺、樂、喜、後、小、細）」的「變化」（含移位與轉位）在內。又如鄭頤壽《辭章學概論》所言：

> 文章段落層次，或由前至後，或由後至前；或由上到下，或由下到上；或從表至裡，或從裡至表；或從大而小……一般說，都像螺旋似的，一層一層的推進；像剝筍一樣，一層一層地揭示中心。這就是文章的層次性。[36]

所謂「由甲（前、後、上、下、表、裡、大、小）到乙（後、前、下、上、裡、表、小、大）」，指的主要是組織意象過程中陰陽互動的「變化」（含移位與轉位），所謂「像螺旋似的，一層一層的推進；像剝筍一樣」，說的主要是組織意象過程中形成螺旋的「層次」。可見「層次中是有變化、變化中是有層次的」。

　　由此推擴，可知凡是意象的包孕式結構，都可形成「層次美」與「變化美」。

　　底下為了說明方便，將「層次」與「變化」分開來看：「層次」是由形式之「齊一」或「反復」而呈現。陳雪帆（望道）在其《美學概論》中說：

> 形式中最簡單的，是反復（Repetition）。反復就是重

---

[36] 見鄭頤壽《辭章學概論》（福州：福建教育出版社，1986年），頁82。

複，也就是同一事物的層見疊出。如從其他的構成材料
而言，其實就是齊一。所以反復的法則同時又可稱為齊
一（Uniformity）的法則。這種齊一或反復的法則，原
本只是一個極簡單的形式，但頗可以隨處用它，以取得
一種簡純的快感。[37]

對這種「反復」或「齊一」，歐陽周、顧建華、宋凡聖等
在其《美學新編》中則稱為「整齊一律」，結合「節奏與秩
序」，作了如下說明：

> 又稱單純一致、齊一、整一，是一種最常見、最簡單的
> 形式美。它是單一、純淨、重複的，不包含差異或對立
> 的因素，給人一種秩序感。顏色、形體、聲音的一致或
> 重複，就會形成整齊一律的美。農民插秧，株距相等，
> 橫直成行；建築物採用同樣的規格，長短高矮相同，門
> 窗排列劃一；在軍事檢閱中，戰士們排成一個個人數相
> 等的方陣，戰士的身材、服裝、步伐、敬禮的動作、歡
> 呼的口號聲完全一致，都表現了一種整齊一律的美。我
> 們常見的二方或多方連續的花邊圖案，在反復中體現出
> 一定的節奏感，也屬於齊一的美。這種形式美給人一種
> 質樸、純淨、明潔和清新的感受。[38]

可見「層次」，是會因其形式之「齊一」或「反復」而形成簡
單「節奏」，而「給人一種秩序感」的。

---

[37] 見《美學概論》（臺北：文鏡文化事業公司，1984年重排出版），頁61-62。
[38] 見《美學新編》，同注27，頁76。

　　至於「變化」，乃一種動力作用不已之結果，也是形成「層次」的根本原因。《周易·繫辭上》說：「剛柔相推而生變化。……變化者，進退之象也。」而〈繫辭下〉又說：「易，窮則變，變則通，通則久。」可見「窮」是變化的條件，而變化又與「意象」不可分割。對此，陳望衡在其《中國古典美學史》中闡釋說：

> 《周易》的這些關於變的觀念對中國文化包括中國美學影響深遠。……「象」最大的功能就是能變。……「變」既是空間性的，表現為物體位置的變異；又是時間性的，表現為時光的線性流程。〈繫辭上傳〉云：「法象莫大乎天地，變通莫大乎四時。」最大的象是天地，最大的變通應是春夏秋冬四時的更迭。這實際上是提出，我們視察事物應該有兩種相交叉：空間的——天地（自然、社會）；時間的——四時（歷史）。[39]

既然「變化」是時、空交叉的，而意象又離不開時空，所以這種「變化」的觀點，用於意象之組織之上，不但可以解釋陰陽之「移位」（齊一、反復）與「轉位」（往復）與時空交叉之關係，也可以和人之心理緊密地接軌。陳雪帆（望道）在其《美學概論》中說：

> 人類心理卻都愛好富於變化的刺激，大抵喚取意識須變化，保持意識的覺醒狀態也是需要變化的。若刺激過於齊一無變化，意識對它便將有了滯鈍、停息的傾向。在

---

[39] 見《中國古典美學史》，同注 18，頁 188。

意識的這一根本性質上，反復的形式實有顯然的弱點。
反復到底不外是同一（縱非嚴格的同一，也是異常的近
似）狀態之齊一地刺激著我們的事。反復過度，意識對
於本刺激也便逐漸滯鈍停息起來，移向那有變化有起伏
的別一刺激去的趨勢。[40]

而「變化」是會形成較複雜之「節奏」的，歐陽周、顧建華、
宋凡聖等在其《美學新編》中就針對由「變化」所引生的「節
奏」，加以解釋說：

> 節奏是一種連續的合規律的週期性變化的運動形式。郭
> 沫若說：「把心臟的鼓動和肺臟的呼吸，認為節奏的起
> 源，我覺得很鞭辟近裡了。」是有道理的。世界上沒有
> 一樣事物是沒有節奏的：日出日沒，月圓月缺，寒往暑
> 來，四時代序，這是時間變化上的節奏；日作夜眠，起
> 居有序，有勞有逸，這是人們日常生活上的節奏；人體
> 的呼吸、脈搏、情緒乃至思維，都像生物鐘一樣，是一
> 種有節奏的生命過程。當外在環境的節奏與人的機體的
> 律動相協調時，人的生理就會感到快適，並引起心理上
> 的喜悅。[41]

可見時空或生活變化，甚至所形成生命歷程之層次，都會引起
「節奏」，與人之生理律動相協調，產生「心理上的喜悅」。而
這種由「層次」、「變化」而造成「節奏」所引起的「心理上的

---

[40] 見《美學概論》，同注 37，頁 63-64。
[41] 見《美學新編》，同注 27，頁 78-79。

喜悅」，說的正是美感效果。

（二）調和與對比

意象結構形成包孕，從被包孕的這一層來看，無論是移位的「意←→意」、「象←→象」與「意←→象」等結構，或轉位的「意→意→意」、「象→象→象」、「意→象→意」與「象→意→象」等結構，都會形成毗柔之「調和」或毗剛之「對比」的不同類型。如以「正←→反」、「正→反→正」、「反→正→反」加以組織，乃屬毗剛的「對比」類型；如以「凡←→目」、「凡→目→凡」、「目→凡→目」加以組織，則屬毗柔的「調和」類型。

而這種調和與對比，換個角度說，就是「映襯」或「襯托」，《寫作藝術大辭典》有云：

> 為使主要描寫對象的特徵更鮮明突出，而以相類或相反的事物與之映襯對照的一種寫作技法。……生活中的各種事物都有著相互的聯繫，孤立地、單一地表現某一事物，往往單薄無力，難以反映其本質特徵。而聯繫其他事物加以表現，可使主要對象鮮明、突出，增強感染力量，加深作品意蘊，產生抑揚、進退、跌宕等藝術效果。[42]

在辭章中，若只是讓意象單獨出現，將缺乏可供比較的另一意象去產生較為複雜的情境，則所成就的表達效果將是有限的。

---

[42] 見于君、閻景翰等主編《寫作藝術大辭典》（西安：陝西人民出版社，2002 年），頁231。

反之，若在描寫的意象之外，尚有相互關聯的其他相類、相反的意象與之併出，形成對照、對比或烘托等各種關係，則辭章在拉大涵蓋範圍之餘，除了格局上的拓展外，在深度上也將隨之而推深。而董小玉也說：

> 襯托，原係中國繪畫的一種技法，它是只用墨或淡彩在物象的外廓進行渲染，使其明顯、凸出。這種技法運用於文學創作，則是指從側面著意描繪或烘托，用一種事物襯托另一種事物，使所要表現的主體在互相映照下，更加生動、鮮明。襯托之所以成為文學創作中一種重要的表現手法，是由於生活中多種事物都是互為襯托而存在的，作為真實地表現生活的文學，也就不能孤立地進行描寫，而必然要在襯托中加以表現。[43]

既然「生活中多種事物都是互為襯托而存在」，而「襯托」的主客雙方，所呈現的就是「陰陽二元對待」的現象。這種現象，形成「調和」的，相當於襯托中的「正襯」與「墊襯」；而形成「對比」的，則相當於襯托中的「反襯」。對於「正襯」、「墊襯」與「反襯」，董小玉加以解釋說：

> 襯托可以分為正襯、反襯和墊襯。正襯，是只用相同性質的事物來互相襯托，使之更加生動，更富感染力。也可以說是用美好的景物來襯托歡樂的感情，用淒苦的景物來襯托悲哀的感情。……反襯，是指用對立性質的客

體事物來襯托主體，達到服務主體的目的。即用淒苦的
景物來襯托歡樂的感情，用美好的景物來襯托悲哀的感
情。……襯墊，又叫鋪墊，它是指為主要情節和故事高
潮的到來，從各個方面、各個角度所作的準備。它的作
用在於「托」或「墊」。[44]

這樣，無論是「正襯」、「墊襯」或「反襯」，亦即無論是毗柔
之「調和」或毗剛之「對比」，都可以形成「陰柔美」與「陽
剛美」。對此，陳雪帆（望道）於其《美學概論》裡說：

兩個極相接近的東西並列在一處，其間相差很微，便多
成為調和（harmony）的形式。兩個極不相同的東西並
列在一處，其間相去很遠，便多成為對比（contrast）的
形式。例如從正黑色，漸次淡薄到正白色的一列中，取
正黑色和其次的，但黑色相並列時就是調和；取兩端的
黑白兩色相並列時就是對比。……凡是調和的兩件東
西，總是互相類似的，並無甚麼觸目的變化。所以接觸
到它時，也就每每覺得它有融洽、優美、鎮靜、深沉等
情趣。……對比的形式，因為變化極明顯，每每帶有華
美、鮮活、健強及闊達等情趣，與調和所隨有的情調，
差不多相反。[45]

他用顏色為例來說明，很能凸顯「調和」與「對比」的不同，
而由此所引生的「情趣」，又以「融洽、優美、鎮靜、深沉」

---

[44] 見《文學創作與審美心理》，同註 43，頁 339-341。
[45] 見《美學概論》，同註 37，頁 70-72。

與「華美、鮮活、健強及闊達」加以區別，也很能分出「陰柔美」與「陽剛美」之差異來。而歐陽周、顧建華、宋凡聖等在其《美學新編》中，也對這種「調和」與「對比」因素之造成及其所引生之美，提出如下說明：

> 對比，指的是具有顯著差異的形式因素的對立統一。如色彩的濃與淡、冷與暖，光線的明與暗，線條的粗和細、直與曲，體積的大與小，體量的重與輕，聲音的長與短、強與弱等，有規則地組合排列，就會相互對照、比較，形成變化，又相互映襯、協調一致。這種對立因素的統一，可收到相反相成、相得益彰的效果。色彩學上的對比色就是這個道理。如紅與綠互為補色，可產生強烈的色對比和反差。「桃紅柳綠」、「紅花綠葉」、「紅肥綠瘦」、「萬綠叢中一點紅」等，使人感到特別鮮明、醒目，富有動感。所以民間有俗話說：「紅配綠，花簇簇」，「紅間綠，看不足」。由對立因素的統一造成的形式美，一般屬於陽剛之美。調和，指的是沒有顯著差異的形式因素之間的對立統一。它只有量的區別，是一種漸變的協調，並不構成強烈的對比。如果說，對比是差異中趨向於「異」，那麼，調和則是在差異中趨向於「同」。以色彩為例，紅與橙、橙與黃、黃與綠、綠與藍、藍與青、青與紫、紫與紅，都是相似色，在同一色中又有濃淡、深淺的層次變化，如綠有深綠、淺綠、暗綠、墨綠、嫩綠、翠綠、碧綠等。這種相似或相近的顏色相互配合協調，在變化中保持大體一致，就會給人一

種融和、寧靜的感覺。……由非對立因素的統一造成的
形式美，一般屬於陰柔美。[46]

他們不但把事物「調和」與「對比」之差異與各自所造成的美
感，都說明得很清楚，也把「調和」一般屬於「陰柔美」、「對
比」一般屬於「陽剛美」的不同，明白地指出來[47]，有助於了
解「陰柔美」與「陽剛美」產生的一般原因。

（三）統一與和諧

意象結構形成包孕，在層層的對比與調和的作用下，會使
得多種包孕結構，經由局部之「統一」而趨於整體之「和
諧」。如就辭章包孕式結構而言，則是指聯結在時、空結構
中，由「反復」（秩序）與「往復」（變化）所引起之「節
奏」、「調和」與「對比」所呈顯之「剛柔」（陰陽），以串成整
體「韻律」、凸出情理（主旨）、形成風格、氣象，而達於「統
一」、「和諧」的一個境界。

而這種「統一」或「和諧」，可以從「形式原理」方面來
探討。陳雪帆（望道）在其《美學概論》裡說：

> 所謂形式原理，就是繁多的統一。我們對於美的形式，
> 雖不一定其如此如彼，只是四分五裂雜亂無章，總覺得
> 是與審美的心情不合的。所以第一，「統一」實為對象
> 所不可不具的一個要質。而且它所統一的又該不只是簡
> 單的一、二個要素。如只是一、二個要素，則統一固易

---

[46] 見《美學新編》，同注 27，頁 81。

[47] 參見仇小屏《古典詩詞時空設計美學》，同注 24，頁 278-335。

成就，卻頗不免使人覺得單調。所以第二，繁多又為對象所不可不具的一個要質。我們覺得美的對象最好一面有著鮮明的統一，同時構成它的要素又是異常的繁多。卻又不是甚麼統一與否定了統一的繁多相並列，而是統一即現在繁多的要素之中的。如此，則所謂有機的統一就成立。能夠「統一為繁多的統一，而繁多又為統一的分化」。既沒有統一的流弊的單調板滯，也沒有繁多的流弊的厭煩與雜亂。所以古來所公認的形式原理，就是所謂繁多的統一（Unity in Variety），或譯為多樣的統一，亦稱變化的統一。[48]

所謂「統一為繁多的統一，而繁多又為統一的分化」，將「多」（層次、變化）與「一（0）」（統一、和諧）不可分的關係，說得很明白。而這「多」與「一（0）」，是要徹下徹上的「二」，即「調和」與「對比」來作橋樑的。對這「多樣的統一」，歐陽周、顧建華、宋凡聖等在其《美學新編》裡，也加以闡釋說：

所謂統一，是指各個部分在形式上的某些共同特徵以及它們之間的某種關聯、呼應、襯托、協調的關係，也就是說，各個部分都要服從整體的要求，為整體的和諧、一致服務。有多樣而無統一，就會使人感到支離破碎、雜亂無章、缺乏整體感；有統一而無多樣，又會使人感到刻板、單調和乏味，美感也難以持久。而在多樣與統

---

[48] 見《美學概論》，同注 37，頁 77-78。

一中，同中有異，異中求同，寓「多」於「一」，「一」中見「多」，雜而不越，違而不犯；既不為「一」而排斥「多」，也不為「多」而捨棄「一」；而是把兩個對立方面有機結合起來，這樣從多樣中求統一，從統一中見多樣，追求「不齊之齊」、「無秩序之秩序」，就能造成高度的形式美。……多樣與統一，一般表現為兩種基本型態：一是對比，二是調和。……無論對比還是調和，其本身都要要求在統一中有變化，在變化中求統一，把兩者巧妙地結合在一起，就能顯示出多樣與統一的美來。[49]

可見「一（0）」（統一、和諧）與「多」（層次、變化）也形成了「二元對待」，有機地結合在一起。也就是說，「一（0）」（統一、和諧）之美，需要奠基在「多」（層次、變化）之上；而「多」（層次、變化）之美，也必須仰仗「一（0）」（統一、和諧）來整合。在此，最值得注意的是，歐陽周他們特將這種屬於「二元對待」的「調和」（陰）與「對比」（陽），結合「多」（多樣）與「一（0）」（統一、和諧）作說明，凸顯出「二」（「調和」（陰）與「對比」（陽））徹下徹上的居間作用。這對意象「多」、「二」、「一（0）」結構及其所產生美感方面的認識而言，有相當大的幫助。

　　而這個「一」中的「（0）」，是對應於老子「道生一」、「有生於无」的「道」或「无」來說的[50]。如落在在辭章中，則指

---

[49] 見《美學新編》，同注 27，頁 80-81。

[50] 見拙作〈論「多」、「二」、「一（0）」的螺旋結構—以《周易》與《老子》為考察重心〉，同注 3。

的是風格、韻律、氣象、境界等辭章之抽象力量。這些抽象力量，是與「剛」（對比）、「柔」（調和）息息相關的。就以風格而言，即可用「「剛」（對比）、「柔」（調和）」來概括。關於這點，姚鼐在其〈復魯絜非書〉中就已提出，大致是「姚鼐把各種不同風格的稱謂，作了高度的概括，概括爲陽剛、陰柔兩大類。像雄渾、勁健、豪放、壯麗等都可歸入陽剛類；含蓄、委曲，淡雅、高遠、飄逸等都可歸入陰柔類。就這兩類看，認爲『爲文者之性情形狀舉以殊焉』」，性情指作者的性格，跟陽剛、陰柔有關；形狀指作品的文辭，跟陽剛、陰柔有關。又指出這兩者『糅而氣有多寡進絀』，即陽剛和陰柔可以混雜，在混雜中，陰陽之氣可以有的多有的少，有的消，有的長，這就造成風格的各種變化」[51]。據此，則陽剛（對比）和陰柔（調和），不但與風格有關，而爲各種風格之母；也一樣與作者性情與作品文辭有關，而爲韻律、氣象、境界等的決定因素。

對這種道理，吳功正在其《中國文學美學》裡，以美學的觀點，從「陰陽」這一範疇切入說：

> 由一個最簡括的範疇方式：陰陽，繁孵衍化出眾多的美學範疇：言與意、情與景、文與質、濃與淡、奇與正、虛與實、真與假、巧與拙等等，顯示出中國美學的一個顯著特徵：擴散型；又顯示出中國美學的另一個顯著特徵：本源不變性。這兩個特徵的組合，便顯示出中國美學在機制上的特性。如劉勰的《文心雕龍》就以此作為

---

[51] 見周振甫《文學風格例話》（上海：上海教育出版社，1989 年 7 月一版一刷），頁13。

理論的結構框架。關於審美的主客體關係，劉勰認為，心（主體）「隨物以宛轉」，物（客體）「與心而徘徊」。關於情與物的關係：「情以物興，故義必明雅；物以情觀，故詞必巧麗」。其他關於文質、情文、通變等範疇和問題，也都是兩兩對舉，都有著陰陽二元的基本因子的構成模式。[52]

在此，他提出了兩個重要觀點：一是指出心（意）與物（象）、文與質、情與文、通與變等等範疇，都與「陰陽二元」有關。二為「陰陽二元」的特徵，既是「擴散」（徹下）的，也是「本源不變」（徹上）的。也正由於「陰陽二元」，是諸多範疇構成的基本因子，有著擴散（徹下）、本源不變（徹上）的特徵，所以既能繁衍為「多」（層次、變化），也能歸本於「一（0）」（統一、和諧）。由此可知，陽剛（對比）和陰柔（調和）之重要，因而也凸顯了「二」（陽剛、陰柔或調和、對比）在「多」（層次、變化）、「一（0）」之間不可或缺的地位。

這樣看來，這「（0）」（風格、韻律、氣象、境界）之美，是統合了「多」（層次、變化）、「二」（陽剛、陰柔或調和、對比）、「一」（統一、和諧）所形成的；而「多」（層次、變化）、「二」（陽剛、陰柔或調和、對比）、「一」（統一、和諧）之美，則依歸了「（0）」（風格、韻律、氣象、境界）而呈現的，這就說明了此種意象「多」、「二」、「一（0）」結構美之一

---

[52] 見《中國文學美學》下卷（南京：江蘇教育出版社，2001 年 9 月一版一刷），頁 785-786。

體性。

五、結語

　　經由上述，可知「意象」在進行層層組織時，其上下兩層必然會成為「移位」性或「轉位」性的包孕式結構。而這種結構所以能形成包孕，層層組織，乃由於陰陽互動而造成「層次」與「變化」，趨於「調和」或「對比」，藉以逐層產生「節奏」、「韻律」，臻於統一、和諧的緣故。這些循環歷程，不但可用「多」、「二」、「一（0）」的螺旋結構加以統括，也可跨領域地將哲學、辭章與美學「一以貫之」，以見這種「意象包孕式結構」之普遍性。

參考文獻

于　君、閻景翰等主編《寫作藝術大辭典》，西安：陝西人民出版社，2002 年。

王希杰〈章法學門外閑談〉，臺北：《國文天地》18 卷 5 期，2002 年 10 月，頁 92-101。

仇小屏《文章章法論》，臺北：萬卷樓圖書公司，1998 年 11 月初版。

仇小屏《篇章結構類型論》上、下，臺北：萬卷樓圖書公司，2000 年 2 月初版。

仇小屏〈論章法的移位、轉位及其美感〉，《辭章學論文集》上冊，福州：海潮攝影藝術出版社，2002 年 12 月一版一刷，頁 98-122。

仇小屏《古典詩詞時空設計美學》，臺北：文津出版社，2002 年 12 月

初版一刷。

吳功正《中國文學美學》下卷，南京：江蘇教育出版社，2001 年 9 月
　　一版一刷。

吳應天《文章結構學》，北京，中國人民大學出版社，1989 年 8 月一
　　版三刷。

李名方〈論思維類型與語體分類〉，《李名方文集》，北京：中國文聯
　　出版社，2002 年 9 月一版一刷，頁 223-226。

林貴中《文章碪石及其他》，臺北：文津出版社，1990 年。

周振甫《文學風格例話》，上海：上海教育出版社，1989 年 7 月一版
　　一刷。

侯　健《文學通論》，北京：北京大學出版社，1986 年 5 月一版一
　　刷。

約翰‧格里賓著、方玉珍等譯《雙螺旋探密──量子物理學與生命》，
　　上海：上海科技教育出版社，2001 年 7 月。

夏薇薇《賓主章法析論》，臺北：文津出版社，2002 年 11 月初版一
　　刷。

高步瀛《唐宋詩舉要》，臺北：學海出版社，1973 年 2 月初版。

唐圭璋編、韓潤解析《唐詩鑑賞辭典》，北京：北京燕山出版社，
　　2000 年 11 月一版三刷，頁 146-147。

陳邦炎編、黃屏解析《詞林觀止》上，上海：上海古籍出版社，1994
　　年 4 月一版一刷，頁 25。

陳居淵《易章句導讀》，濟南：齊魯書社，2002 年 12 月一版一刷。

陳佳君〈論章法的「四虛實」〉，《修辭論叢》第五輯，臺北：洪葉文
　　化事業有限公司，2003 年 11 月初版一刷，頁 777-809。

陳望道《修辭學發凡》，香港：大光出版社，1961 年 2 月版。

陳望道《美學概論》，臺北：文鏡文化事業公司，1984 年重排出版。

陳望衡《中國古典美學史》，長沙：湖南教育出版社，1998 年 8 月一版一刷。

陳滿銘〈談辭章章法的主要內容〉，《章法學新裁》，臺北：萬卷樓圖書公司，2000 年 1 月初版，頁 319-360。

陳滿銘〈談平提側收的篇章結構〉，《修辭論叢》第二輯，臺北：洪葉文化事業有限公司，2000 年 6 月，頁 193-213。

陳滿銘〈談儒家思想體系中的螺旋結構〉，臺北：臺灣師大《國文學報》29 期，2000 年 6 月，頁 1-36。

陳滿銘〈談篇章的縱向結構〉，臺北：臺灣師大《中國學術年刊》，2001 年 5 月，頁 259-300。

陳滿銘〈論幾種特殊的章法〉，臺北，臺灣師大《國文學報》31 期，2002 年 6 月，頁 193-222。

陳滿銘〈論辭章章法的四大律〉，《辭章學論文集》，福州：海潮攝影藝術出版社，2002 年 12 月一版一刷，頁 68-77。

陳滿銘〈論辭章章法「多、二、一（0）」結構的節奏與韻律〉，《中國科技發展精典文庫》第二輯，北京：中國言實出版社，2003 年 5 月，頁 367-368。

陳滿銘〈論「多」、「二」、「一（0）」的螺旋結構——以《周易》與《老子》為考察重心〉，臺北：《師大學報‧人文與社會類》48 卷 1 期，2003 年 7 月，頁 1-20。

陳滿銘〈論章法「多、二、一（0）」的核心結構〉，臺北：《師大學報‧人文與社會類》48 卷 2 期，2003 年 12 月，頁 71-94。

陳滿銘〈淺論意象系統〉，臺北：《國文天地》21 卷 5 期，2005 年 10 月，頁 30-36。

陳鼓應《老子今注今譯及評介》，臺北：商務印書館，1985 年 2 月修訂十版。

黃　釗《帛書老子校注析》，臺北：學生書局，1991 年 10 月初版。

董小玉《文學創作與審美心理》，成都：四川教育出版社，1992 年 12 月一版一刷。

馮友蘭《馮友蘭選集》上卷，北京：北京大學出版社，2000 年 7 月一版一刷。

彭漪漣《古典詩詞邏輯趣談》，上海：上海人民出版社，2001 年 9 月一版一刷。

趙仁圭、李建英、杜媛萍《唐五代詞三百首譯析》，長春：吉林文史出版社，1997 年 1 月一版一刷。

閻若璩《潛丘札記》，《四庫全書》八五九冊，臺北：臺灣商務印書館，1983 年 6 月。

鄧球柏《帛書周易校釋》，長沙：湖南人民出版社，2002 年 6 月三版一刷。

歐陽周、顧建華、宋凡聖等《美學新編》，杭州：浙江大學出版社，2001 年 5 月一版九刷。

鄭韶風〈漢語辭章學四十年述評〉，臺北，《國文天地》17 卷 2 期，2001 年 7 月，頁 93-97。

鄭頤壽《辭章學概論》，福州：福建教育出版社，1986 年。

鄭頤壽〈中華文化沃土，辭章學圃奇葩——讀陳滿銘《章法學新裁》及其相關著作〉，《海峽兩岸中華傳統文化與現代化研討會文集》，蘇州：「海峽兩岸中華傳統文化與現代化研討會」，2002 年 5 月，頁 131-139。

論讀寫互動原理

歸本於語文能力與意象（思維）系統作探討

∽ 摘　要 ∽

　　思維力乃語文能力之母，是出之於先天（先驗）的，如就順向的「寫」（創作），亦即「由意而象」而言，所呈現的為「（0）一、二、多」的邏輯結構；如就逆向的「讀」（鑑賞），亦即「由象而意」來說，所呈現的是「多、二、一（0）」的邏輯結構。而語文的能力，含「一般能力」、「特殊能力」與「綜合能力」等，乃始終藉「意象」為內容的「思維力」一以貫之，形成「意象（思維）系統」，以發揮「創造力」；這樣，「創造力」（隱意象→顯意象）在「思維力」之推動下，就將「意象（思維）系統」由「隱」而「顯」地表現出來了。如此歸本於語文能力，以探討它與「意象（思維）系統」的密切關係，是最能呈現核心之「讀寫互動原理」的。

關鍵詞：讀寫互動、原理、語文能力、意象（思維）系統、「『多』、『二』、『一0』」螺旋結構。

一、前言

讀、寫離不開「意象」，而一般用之於文學之「意象」，如歸根於人類的「思維」來說，則由於「思維」是人類一切知行活動的原動力，而「思維」又始終以「意象」爲內容，所以「意象」是可以通貫「思維」之各個層面，而形成「意象（思維）系統」的。而「意象（思維）系統」則直接與「語文能力」的開展息息相關；一般而言，語文能力可概分爲三個層級來加以認識：即「一般能力」（含思維力、觀察力、記憶力、聯想力、想像力）、「特殊能力」（含立意、運用詞彙、取材、措辭、構詞與組句、運材與佈局、確立風格等能力）、「綜合能力」（含創造力）等[1]。不過，這三層能力的重心在「思維力」，經由「形象」、「邏輯」與「綜合」等思維力作用下，結合「聯想力」與「想像力」的主客觀開展，進而融貫各種、各層「能力」，而產生「創造力」。以下就從「一般能力」與「特殊能力」（含綜合能力），探討它們與「意象（思維）系統」的關係，並舉例說明，以凸顯讀、寫互動之核心原理。

二、「一般能力」與「意象（思維）系統」

其中的「一般能力」，它正如彭聃齡主編《普通心理學》

---

[1] 見仇小屏《限制式寫作之理論與應用》（臺北：萬卷樓圖書公司，2005 年 10 月初版），頁 12-46。

所言：「一般能力指在不同種類的活動中表現出來的能力。」[2]
也就是說，不只是寫作時必須具備，從事其他學科的學習時也
都需要，因此是相當基礎、運用相當廣泛的能力；細分起來，
其中包括思維力、觀察力、記憶力、聯想力、想像力等。

　　首先看思維力，周元主編《小學語文教育學》說道：「思
維靠語言來組織。我們進行思考時，必須借助於單詞、短語和
句子。因為思維的基本形式──概念，是用語言中的詞來標誌
的，判斷過程和推理過程也是憑藉語句來進行的；也正是因為
人憑藉語言進行思維，才使思維具有間接性和概括性。」[3] 因
為人類具有思維能力，所以不會只侷限於某個時空的直接感官
接觸；而且思維力的鍛鍊與語言能力的進展，可說是密切相
關，是可以互動、循環、提升的。周元主編《小學語文教育
學》又說道：「語言是思維的直接現實。我們理解語言時，要
經歷從語文形式到思想內容，又從思想內容到語文形式的思
維；言語表達時則相反，要經過從內容到形式，又從形式到內
容的思維過程。在這反覆的過程中，需要進行分析綜合、抽象
概括、判斷推理，需要形象思維和邏輯思維的交替進行。」[4]
正因為語言與思維有著密切的關係，所以在語文教學的全過程
中，都應有意識地進行思維訓練。思維力強，表現出來就是抽
象、概括的能力強，亦即「求異」與「求同」的能力強，彭聃
齡主編《普通心理學》甚至認為抽象概括力是一般能力的核

---

[2] 見《普通心理學》（北京：北京師範大學出版社，2001 年 5 月二版，2003 年 1 月十五刷），頁 392。

[3] 見《小學語文教育學》（上海：華東師範大學出版社，1992 年 10 月一版一刷），頁 26。

[4] 見《小學語文教育學》，同注 3。

心[5]。在語文教學中，可以用「比較」的方式，來鍛鍊出學生「求異」與「求同」的能力，因而促進思維能力。（以上資料由成功大學中文系助理教授仇小屏所提供）

其次看觀察力，彭聃齡《普通心理學》說：「外部感覺接受外部世界的刺激並反映它們的屬性，這類感覺稱外部感覺。如視覺、聽覺、嗅覺、味覺、皮膚感覺等。……內部感覺接受機體內部的刺激並反映它們的屬性（機體自身的運動與狀態），這種感覺叫內部感覺，如運動覺、平衡覺、內臟感覺等。」[6]觀察力就是運用視、聽、嗅、味、觸五種外部知覺，以及內部知覺，來獲取外在世界和機體內部訊息的能力。良好的觀察力對於寫作來說是相當重要的，因為正如周元《小學語文教育學》所言：觀察是獲得說寫素材的重要途徑，也是準確生動地表達的前提[7]。

又其次看記憶力，彭聃齡主編《普通心理學》：「記憶（memory）是在頭腦中積累和保存個體經驗的心理過程，運用信息加工的術語講，就是人腦對外界輸入的信息進行編碼、存儲和提取的過程。……記憶是一種積極、能動的活動。人對外界輸入的信息能主動地進行編碼，使其成為人腦可以接受的形式。現代心理學家認為，只有經過編碼的信息才能記住。」[8]作為一種心理過程，記憶是一個識記、再認和再現的過程，是人們運用知識經驗進行思考、想像、解決問題、創造發明等一切智慧活動的前提。有了記憶，人們才能積累知識、豐富經

---

[5] 見《普通心理學》，同注2，頁392。
[6] 見《普通心理學》，同注2，頁76。
[7] 見《小學語文教育學》，同注3，頁23。
[8] 見《普通心理學》，同注2，頁201。

驗；沒有記憶，一切心理現象的發展都是不可能的，我們的教育或教學也無法進行。

再其次看聯想力，童慶炳《中國古代心理詩學與美學》說道：「聯想是人的一種心理機制，主要指人的頭腦中表象的聯繫，即其中一個或一些表象一旦在意識中呈現，就會引起另一些相關的表象。」[9] 譬如我們看到月曆已撕到二月，就會想到冬去春來，由冬去春來又自然會想到萬物復甦，由萬物復甦又想到春景的美麗……等等。這種由一種事物想到另一種事物的能力就是聯想力，邱明正《審美心理學》並將聯想分成接近聯想、相似聯想、對比聯想、關係聯想幾類[10]。

接著看想像力，彭聃齡主編《普通心理學》說道：「想像（imagination）是對頭腦中已有的表象進行加工改造，形成新形象的過程。」[11] 其加工改造的方向有二：重組或變造。因此想像力的豐沛植基於兩個重要因素上：其一為腦中所儲存表象的豐富，其一為重組和變造的能力；也因為想像力是如此運作的，因此想像所得就會具有形象性和新穎性，這就是想像力迷人的地方。舉例來說，《哈利波特》童書系列中出現的「咆哮信」，就是將「信」和「生氣咆哮」重組起來，於是產生了新的表象——咆哮信；至於童話中常出現的可怕巨人，則往往是將某些特點加以誇大（譬如粗硬的皮膚、洪亮的聲音、巨大的眼睛等），這就是經過想像力變造的結果；不過更多的情況是在想像的過程中兼有重組與變造。

---

[9] 見《中國古代心理詩學與美學》（臺北：萬卷樓圖書有限公司，1994 年 8 月初版），頁 133。
[10] 見《審美心理學》（上海：復旦大學出版社，1993 年 4 月一版一刷），頁 179。
[11] 見《普通心理學》，同注 2，頁 248。

　　如果從它們的邏輯關係來說，它們初由「觀察力」與「記憶力」的兩大支柱豐富「意象」，再由「聯想力」與「想像力」的兩大翅膀拓展「意象」（多），接著由「形象」與「邏輯」的兩大思維（二）運作「意象」，然後由「綜合思維」統合「意象」（一（0）），以發揮最大的「創造力」[12]。如此周而復始，便形成「多」、「二」、「一（0）」的螺旋結構[13] 以反映「思維系統」或「意象系統」[14]。它們的關係可呈現如下圖：

---

[12] 見拙作〈談思維力與語文螺旋結構的關係〉（臺北：《國文天地》21 卷 3 期，2005 年 8 月），頁 79-86。

[13] 見拙作〈論「多」、「二」、「一（0）」的螺旋結構——以《周易》與《老子》為考察重心〉（臺北：《師大學報‧人文與社會類》48 卷 1 期，2003 年 7 月），頁 1-20。

[14] 見拙作〈淺論意象系統〉（臺北：《國文天地》21 卷 5 期，2005 年 10 月），頁 30-36。

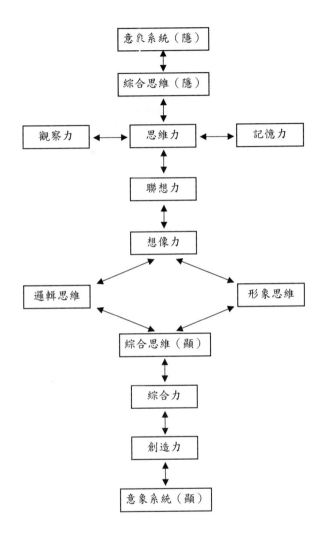

由此可見，在這種由「隱」而「顯」地呈現「意象系統」整個
歷程裡，是完全離不開「思維力」（含觀察、記憶、聯想、想
像、創造）之運作的。

而這種結構或系統，如果對應到「創造」主體的「才」、

「學」、「識」三者而言，則顯然其中的「才」與「學」是對應
於「觀察」與「記憶」來說的，屬於知識層，爲「思維」之基
礎，以儲存「意象」；而「識」則屬於智慧層，藉以提升或活
用「意象」而組成隱性「意象系統」，乃對應於一切「思維」
（含聯想與想像）之運作而言的。這些不但可適用於藝術文
學、心理學等領域，也適用於科技領域。因此盧明森說：

> 它（意象）理解爲對於一類事物的相似特徵、典型特徵
> 或共同特徵的抽象與概括，同時也包括通過想像所創造
> 出來的新的形象。人類正是通過頭腦中的意象系統來形
> 象、具體地反映豐富多彩的客觀世界與人類生活的，既
> 適用於文學藝術領域、心理學領域，又適用於科學技術
> 領域。[15]

所以「意象」是一切思維（含形象、邏輯、綜合）的基本單
元，因爲從源頭來看，「意象」是合「意」與「象」而成，而
「意」與「象」，乃根源於「心」與「物」，原有著「二而一」、
「一而二」的關係，藉以形成「思維系統」或「意象系統」。

三、「特殊能力」與「意象（思維）系統」

而這所謂的「思維」、「觀察」、「記憶」、「聯想」、「想像」
與「創造」，都離不開「意象」，而以「意象」爲內容。如果扣

---

[15] 見黃順基、蘇越、黃展驥主編《邏輯與知識創新》第二十章（北京：中國人民大學出
版社，2002 年 4 月一版一刷），頁 430。

到人類的「能力」來看，則它由於隸屬於「一般能力」的層
面，可通貫於各類學科，乃形成下一層面「特殊能力」之基
礎。而「特殊能力」，則專用於某類學科。就以「辭章」而
言，是結合「形象思維」、「邏輯思維」與「綜合思維」而形成
的。這三種思維，各有所主。如果是將一篇辭章所要表達之
「意」，訴諸各種偏於主觀之聯想、想像，和所選取之「象」連
結在一起，或者是專就個別之「意」、「象」等本身設計其表現
技巧的，皆屬「形象思維」；這涉及了「取材」、「措詞」等有
關「意象」之形成與表現等問題，而主要以此爲研究對象的，
就是意象學（狹義）、詞彙學與修辭學等。如果是專就各種
「象」，對應於自然規律，結合「意」，訴諸偏於客觀之聯想、
想像，按秩序、變化、聯貫與統一之原則，前後加以安排、佈
置，以成條理的，皆屬「邏輯思維」；這涉及了「運材」、「佈
局」與「構詞」等有關「意象」之組織等問題，而主要以此爲
研究對象的，就語句言，即文（語）法學；就篇章言，就是章
法學。至於合「形象思維」與「邏輯思維」而爲一，探討其整
個「意象」體性的，則爲「綜合思維」，這涉及了「立意」、
「確立體性」等有關「意象」之統合等問題，而主要以此爲研
究對象的，爲主題學、意象學（廣義）、文體學、風格學等。
而以此整體或個別爲對象加以研究的，則統稱爲辭章學或文章
學[16]。

　　因此辭章的內涵，對應於學科領域而言，主要含意象學
（狹義）、詞彙學、修辭學、文（語）法學、章法學、主題學、

---

[16] 見拙作〈論語文能力與辭章研究——以「多」、「二」、「一（0）」螺旋結構作考察〉
　　（臺北：《國文學報》36期，2004年12月），頁67-102。

文體學、風格學……等。這是辭章研究的寶貴成果。茲分述如
下：

　　首先是意象學，此爲研究辭章有關意象的一門學問。我國
對這種文學中的「意象」，很早就注意到，以爲它是「馭文之
首術、謀篇之大端」（見《文心雕龍・神思》）。而所謂「意
象」，黃永武認爲「是作者的意識與外界的物象相交會，經過
觀察、審思與美的釀造，成爲有意境的景象。」[17]這裡所說的
「物象」，所謂「物猶事也」（見朱熹《大學章句》），該包含
「事」才對，因爲「物（景）」只是偏就「空間」（靜）而言，
而「事」則是偏就「時間」（動）來說罷了。通常一篇作品，
是由多種意象組成的。如單就個別意象的形成來說，運用的是
偏於主觀的形象思維。

　　其次是詞彙學，爲語言學的一個部門，研究語言或一種語
言的詞會組成和歷史發展。莊文中說：「如果把語言比作一座
大廈，那麼語彙是這座語言大廈的建築材料，正是千千萬萬個
詞語——磚瓦、預製件——建成了巍峨輝煌的語言大廈。張志
公先生說：『語言的基礎是詞彙，語言的性能（交際工具，信
息傳遞工具，思維工具）無一不靠語彙來實現』，還說『就
教、學、使用而論，語彙重要，語彙難。』」[18]可見語彙是將
「情」、「理」、「景」（物）、「事」等轉爲文字符號的初步，在辭
章中是有其基礎性與重要性的。

　　再其次是修辭學，修辭學大師陳望道說：「修辭原是達意
傳情的手段。主要爲著意和情，修辭不過調整語辭使達意傳情

---

[17] 見《中國詩學・設計篇》（臺北：巨流圖書公司，1999年6月初版十三刷），頁3。
[18] 見《中學語言教學研究》（廣州：廣東教育出版社，2001年1月一版二刷），頁29-30。

能夠適切的一種努力。」[19]而黃慶萱以為「修辭的內容本質，乃是作者的意象」、「修辭的方式，包括調整和設計」、「修辭的原則，要求精確而生動」[20]。可見修辭，主要著眼於個別意象之表現上，經過作者主觀的調整和設計，使它達到精確而生動，以增強感染力或說服力的目的。這顯然是以形象思維為主的。

又其次是文（語）法學，乃研究語言結構方式的一門科學，它包括詞的構成、變化與詞組、句子的組織等。楊如雪在增修版《文法 ABC》中綜合呂叔湘、趙元任、王力等學者的說法說：「何謂文法？簡單地說，文法就是語句組織的條理。語句組織的條理不是一套既定的公式，而是從語文裡分析、歸納出來的規律，這種語句組織的規律，包括詞的內部結構及積辭成句的規則，因此文法可以說是語文構詞和造句的規律。」[21]既然文（語）法是「語句組織的條理」、「語文構詞和造句的規律」，而所關涉的是個別概念之組合，當然和由概念所組合而成的意象與偏於語句的邏輯思維有直接之關聯。

接著是章法學，這所謂的「章法」，探討的是篇章內容的邏輯結構，也就是聯句成節（句群）、聯節成段、聯段成篇的關於內容材料之一種組織。對它的注意，雖然極早，但集樹而成林，確定它的範圍、內容及原則，形成體系，而成為一個學門，則是晚近之事[22]。到了現在，可以掌握得相當清楚的章

---

[19] 見《修辭學發凡》（香港：大光出版社，1961 年 2 月版），頁 5。

[20] 見《修辭學》（臺北：三民書局，2002 年 10 月增訂三版一刷），頁 5-9。

[21] 見《文法 ABC》（臺北：萬卷樓圖書公司，2002 年 2 月再版），頁 1-2。

[22] 鄭頤壽：「臺灣建立了『辭章章法學』的新學科，成果豐碩，代表作是臺灣師大博士生導師陳滿銘教授的《章法學新裁》（以下簡稱「新裁」）及其高足仇小屏、陳佳君等

法，約有四十種。這些章法，全出自於人類共通的理則，由邏輯思維形成，都具有形成秩序、變化、聯貫，以更進一層達於統一的功能。而這所謂的「秩序」、「變化」、「聯貫」、「統一」，便是章法的四大律。其中「秩序」、「變化」與「聯貫」三者，主要是就材料之運用來說的，重在分析；而「統一」，則主要是就情意之表出來說的，重在通貫。這樣兼顧局部的分析（材料）與整體的通貫（情意），來牢籠各種章法，是十分周全的 [23]。這種篇章的邏輯思維，與語句的邏輯思維，可以說是一貫的。

再來是主題學，陳鵬翔在《主題學理論與實踐》中以爲「主題學是比較文學中的一部門（a field of study），而普通一般主題研究（thematic studies）則是任何文學作品許多層面中一個層面的研究；主題學探索的是相同主題（包套語、意象和母題等）在不同時代以及不同作家手中的處理，據以了解時代的特徵和作家的『用意意圖』（intention），而一般的主題研究探討的是個別主題的呈現」[24]，可見「主題」包含了「套語」、

的一系列著作。……臺灣的辭章章法學體系完整、科學，已經具備成『學』的資格。」見〈中華文化沃土，辭章學圃奇葩──讀陳滿銘《章法學新裁》及其相關著作〉，《海峽兩岸中華傳統文化與現代化研討會文集》，（蘇州：「海峽兩岸中華傳統文化與現代化研討會」，2002 年 5 月），頁 131-139。又王希杰：「章法學是一門實用性很強的學問，也有極高的學術價值。它同文章學、修辭學、語用學、文藝學、美學、邏輯學等都具有密切關係。章法學已經初步形成了一門科學。陳滿銘教授初步建立了科學的章法學體系。……如果說唐鉞、王易、陳望道等人轉變了中國修辭學，建立了學科的中國現代修辭學，我們也可以說，陳滿銘及其弟子轉變了中國章法學的研究大方向，建立了科學的章法學，把漢語章法學的研究轉向科學的道路。」見〈章法學門外閑談〉（臺北：《國文天地》18 卷 5 期，2002 年 10 月），頁 92-95。

[23] 見拙著《章法學綜論》（臺北：萬卷樓圖書公司，2003 年 6 月初版），頁 17-58。

[24] 見《主題學理論與實踐》（臺北：萬卷樓圖書公司，2001 年 5 月初版），頁 238。

「意象」和「母題」等，如果單就一篇辭章，亦即「個別主題的呈現」來說，指的就是「情語」與「理語」、「意象」、「主旨」（含綱領）等；而「情語」與「理語」是用以呈現「主旨」（含綱領）的，可一併看待，因此「主題」落到一篇辭章裡，主要是指「主旨」（含綱領）與「意象」（廣義）來說，是合形象思維與邏輯思維而為一的。

　　然後是文體學，所謂「文體」即「文學（章）體裁」，在我國很早就討論到它，如曹丕的〈典論論文〉就是；接著劉勰在《文心雕龍》裡，論文體的就有二十幾篇，幾佔全書之半；後來論文體或分文體的，便越來越多。如梁任昉的《文章緣起》將文體分為八十四類，宋《唐文粹》將散文分為二十二類，明吳訥《文章辨體》分散文為四十九類、駢文為五類，清姚鼐《古文辭類纂》分文體為十三類，曾國藩《經史百家雜鈔》分為三門十一類；以上皆屬「舊派文體論」。到了清末，受到東西洋文學作品之影響，我國的文體論也起了變化，有分為記事文、敘事文、解釋文、議論文的（龍伯純、湯若常），也有概括為應用文與美術文的（蔡元培），更有根據心理現象分為理智文為與情念文的（施畸）；以上則屬「新派文體論」[25]。而現在所通行的記敘（含描寫）、論說、抒情、應用等四類，就是受了新派文體論的影響。這涉及了辭章的各方面，是合形象思維與邏輯思維而為一的。

　　最後是風格學，一般說來，風格是多方面的，而文學風格更是如此，有文體、作家、流派、時代、地域、民族和作品等

------

[25] 見蔣伯潛《文體論纂要》（臺灣：正中書局，1979年5月臺二版），頁1-12。

風格之異 [26]。即以一篇作品而言，又有內容與形式（藝術）風格的不同，即以內容來說，就關涉到主題（主旨、意象），而形式（藝術），則與文（語）法、修辭和章法等有關。而一篇作品之風格，就是結合內容與形式（藝術）所產生有整個機體所顯示的審美風貌 [27]，這是合作者之形象思維與邏輯思維而爲一所形成，可以統攝主題、文（語）法、修辭和章法等種種個別風格，呈現整體風格之美。如果從根本來說，風格離不開「剛」與「柔」，而這種由「陰陽二元對待」所形成之「剛」與「柔」，可說是各種風格之母。而我國涉及此「剛」與「柔」的特性來談風格的，雖然很早，但真正明明白白地提到「剛」與「柔」，而又強調用它們來概括各種風格的，首推清姚鼐的〈復魯絜非書〉。它「把各種不同風格的稱謂，作了高度的概括，概括爲陽剛、陰柔兩大類。像雄渾、勁健、豪放、壯麗等都歸入陽剛類，含蓄、委曲、淡雅、高遠、飄逸等都可歸入陰柔類。」[28] 由於「剛」與「柔」之呈現，主要靠同樣由「陰陽二元對待」所形成章法與章法結構 [29]，因此透過章法結構分析，是可以看出「剛」與「柔」之「多寡進絀」（姚鼐〈復魯絜非書〉）的。

---

[26] 見黎運漢《漢語風格學》（廣州：廣東教育出版社，2000年2月一版一刷），頁3。

[27] 顧祖釗：「風格的成因並不是作品中的個別因素，而是從作品中的內容與形式的有機整體的統一性中所顯示的一種總體的審美風貌。」見《文學原理新釋》（北京：人民文學出版社，2001年5月一版二刷），頁184。

[28] 見周振甫《文學風格例話》（上海：上海教育出版社，1989年7月一版一刷），頁13。

[29] 章法可分陰陽剛柔，而由章法結構，藉其移位、轉位、調和、對比等變化，可粗略透過公式推算出其陰陽剛柔消長之「勢」，以見其風格之梗概。見拙作〈論辭章的章法風格〉，《修辭論叢》五輯（臺北：洪葉文化事業公司，2003年11月初版一刷），頁1-51。

　　以上就是辭章的主要內涵，都與形象思維、邏輯思維或綜合思維有著密切的關係。其中有偏於字句範圍的，主要為詞彙、修辭、文（語）法與意象（個別）；有偏於章與篇的，主要為意象（整體）與章法；有偏於篇的，主要為主旨、文體與風格。因此辭章的篇章，是主要以意象（個別到整體、狹義到廣義）與章法為其內涵，而以主旨與風格來「一以貫之」的。

　　它們的關係可明白呈現如下列辭章的意象結構圖：

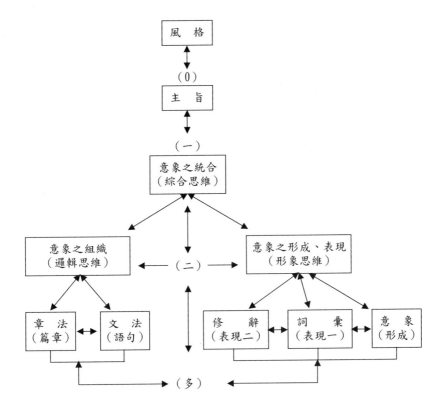

由此可知，辭章是離不開「意象」的，就是主旨與風格，也是

如此。因為「主旨」是核心之「意」,而「風格」是以主旨統合各「意象」之形成、表現與組織所產生之一種整體性的「審美風貌」[30]。因此可以這麼說,如離開了「意象系統」就沒有辭章,其地位之重要,可想而知。

四、「綜合能力」與「意象(思維)系統」

「綜合能力」包含「一般能力」與「特殊能力」,將它們綜合在一起,可形成下列「意象(思維)系統」圖:

---

[30] 見顧祖釗《文學原理新釋》,同注 27,頁 184。

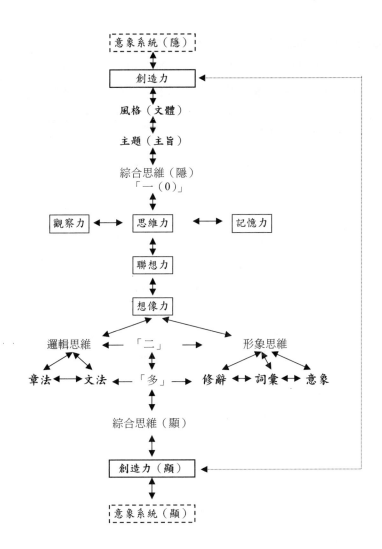

可見辭章乃以「意象」為內容，而「意象」又「是聯想與想像的前提與基礎，沒有意象就不可能進行聯想與想像。」[31] 因此

---

[31] 見黃順基、蘇越、黃展驥主編《邏輯與知識創新》第二十章，同注 15，頁 431。

如從辭章中抽離出「意象系統」，那就空無一物了。

這些「思維系統」或「意象系統」以及它表現在辭章上的內涵，如對應於「多」、「二」、「（0）一」的螺旋結構，則落在辭章上言，其中「意象」（個別）、「詞彙」、「修辭」、「文（語）法」、「章法」是「多」，「形象思維」與「邏輯思維」為「二」，「主題」（含整體「意象」）、「文體」、「風格」為「一（0）」。其中「意象」（個別）、「詞彙」與「修辭」關涉「意象」之形成與表現；「文（語）法」與「章法」關涉「意象」之組織；「主題」（含整體「意象」）、「文體」與「風格」關涉「意象」之統合。如此在「形象思維」、「邏輯思維」與「綜合思維」之相互作用下，由「（0）一」而「二」而「多」，凸顯的是「寫」（創作）的順向過程；而由「多」而「二」而「（0）一」，凸顯的則是「讀」（鑑賞）的逆向過程[32]。

在此須作補充說明的是：在哲學或美學上，對所謂「對立的統一」、「多樣的統一」，即「二而一」、「多而一」之概念，都非常重視，一向被目為事物最重要的變化規律或審美原則，似乎已沒有進一步探討之空間。不過，「對立的統一」，指的只是「一」與「二」；而「多樣的統一」指的則是「多」與「一」。這樣分別著眼於局部，雖凸顯出焦點之所在，卻往往讓人忽略了徹上徹下之「二」（陰陽）的居間作用，與其一體性之完整結構。若從《周易》（含《易傳》）與《老子》等古籍中去考察，則可使它更趨於精密、周遍，不但可由「有象」而「無象」，找出「多、二、一（0）」之逆向結構；也可由「無

---

32 見拙作〈論語文能力與辭章研究——以「多」、「二」、「一（0）」螺旋結構作考察〉，同注 13。

象」而「有象」，尋得「（0）一、二、多」之順向結構；並且
透過《老子》「反者道之動」（四十章）、「凡物芸芸，各復歸其
根」（十六章）與《周易‧序卦》「既濟」而「未濟」之說，將
順、逆向結構不僅前後連接在一起，更形成循環不已的螺旋結
構，以反映宇宙萬物生生不息的基本規律 [33]，可適用於事事物
物。這樣，此種規律、結構，用於「寫」（創作）一面，自然
可呈現「（0）一、二、多」；而落到「讀」（鑑賞）一面，則自
然可呈現「多、二、一（0）」[34]。而由於「讀」與「寫」是互
動的，當然就形成「多」、「二」、「（0）一」的螺旋結構了。

　　而這種互動，如就同一作品來說，作者由「意」而「象」
地在從事順向（「（0）一、二、多」）創作的同時，也會一再由
「象」而「意」地如讀者作逆向（「多、二、一（0）」）之檢
查；同樣地，讀者由「象」而「意」地作逆向（「多、二、一
（0）」）鑑賞（批評）的同時，也會一再由「意」而「象」地如
作者在作順向（「（0）一、二、多」）之揣摩。這樣順逆互動、
循環而提升，形成螺旋結構，而最後臻於至善，自然使得「創
作」（寫）與「鑑賞」（讀）合為一軌了 [35]。

[33] 見拙作〈論「多」、「二」、「一（0）」的螺旋結構——以《周易》與《老子》為考察重
心〉，同注 13。而此「螺旋」一詞，本用於教育課程之理論上，早在十七世紀，即由
捷克教育家夸美紐斯所提出，乃「根據不同年齡階段（或年級），遵循由淺入深，由
簡單到複雜，由具體而抽象的順序，用循環、往復螺旋式提高的方法排列德育內容。
螺旋式亦稱圓周式」，見《簡明國際教育百科全書》（北京：新華書局北京發行所，
1991 年 6 月一版一刷），頁 611。又，相對於人文，科技界亦發現生命之「基因」和
「DNA」等都呈現螺旋結構。參見約翰‧格裏賓著、方玉珍等譯《雙螺旋探密——量
子物理學與生命》（上海：上海科技教育出版社，2001 年 7 月），頁 271-318。
[34] 見拙作〈辭章章法的哲學思辨〉，《辭章學論文集》（福州：海潮攝影藝術出版社，
2002 年 12 月），頁 40-67。
[35] 參見拙作〈談思維力與語文螺旋結構的關係〉，同注 12。

五、舉隅說明

經由上述，可知歸本於「語文能力」以開展「意象（思維）系統」，是最能凸顯「讀寫互動」之原理的。茲舉白居易的〈長相思〉詞爲例，加以說明：

汴水流，泗水流，流到瓜州古渡頭。吳山點點愁。

思悠悠，恨悠悠，恨到歸時方始休。月明人倚樓。

這闋詞敘遊子之別恨，是採「先染後點」的條理來構篇的。

就「染」的部分而言，乃用「先象（景）後意（情）」的意象結構所寫成。首先以「象（景）」的部分來說，它先用開篇三句，寫所見「水」景（象一），初步用二水之長流襯托出一份悠悠之恨。其中「汴水流」兩句，都是由「先主後謂」之結構所形成的敘事句，疊敘在一起，以增強纏綿效果。而以水之流來襯托或譬喻恨之多，是歷來詞章家所慣用的手法，如李白〈太原早秋〉詩云：「思歸若汾水，無日不悠悠。」又如賈至〈巴陵夜別王八員外〉詩云：「世情已逐浮雲散，離恨空隨江水長。」此外，作者又以「流到瓜州古渡頭」來承接「泗水流」，採頂真法來增強它的情味力量。這種修辭法也常見於各類作品，如《詩‧大雅‧既醉》說：「威儀孔時，君子有孝子。孝子不匱，永錫爾類。」又如佚名的〈飲馬長城窟行〉說：「長跪讀素書，書中竟何如？」這樣用頂真法來修辭，自然把上下句聯成一氣，起了統調、連綿的作用。況且這個調子，上下片的頭兩句，又均爲疊韻之形式，就以上片起三句而言，便一連用了三個「流」字，使所寫的水流更顯得綿延不

盡，造成了纏綿的特殊效果。

作者如此寫所見「水」景後，再用「吳山點點愁」一句寫所見「山」景（象二）。在這兒，作者以「先主後謂」的表態句來呈現。其中「點點」兩字，一方面用來形容小而多的吳山（江南一帶的山），一方面也用來襯托「愁」之多。南宋的辛棄疾有題作「登建康賞心亭」的〈水龍吟〉詞說：「楚天千里清秋，水隨天去秋無際。遙岑遠目，獻愁供恨，玉簪（尖形之山）羅髻（圓形之山）。」很顯然地，就是由此化出。而且用山來襯托愁，也不是從白居易才開始的，如王昌齡〈從軍行〉詩云：「琵琶起舞換新聲，總是關山離別情。」這樣，水既以其「悠悠」帶出愁，山又以其「點點」擬作愁之多，所謂「山牽別恨和腸斷，水帶離聲入夢流」（羅隱〈綿谷迴寄蔡氏昆仲〉詩），情韻便格外深長。

其次以「意（情）」的部分來說，它藉「思悠悠」三句，即景抒情，來寫見山水之景後所湧生的悠悠長恨。在此，作者特意在「思悠悠」兩句裡，以「悠悠」形成疊字與疊韻，回應上片所寫汴水、泗水之長流與吳山之「點點」，造成統一，以加強纏綿之效果；並且又冠以「思」（指的是情緒，亦即「恨」）和「恨」，直接收拾上片見山水之景（象）所生之「愁」（意），表達了自己長期未歸之恨。而「恨到歸時方始休」一句，則不僅和上二句產生了等於是「頂真」的作用，以增強纏綿感，又將時間由現在（實）推向未來（虛），把「恨」更推深一層。這種寫法也見於杜甫〈月夜〉詩：「何時倚虛幌，雙照淚痕乾。」這兩句寫異日月下重逢之喜（虛），以反襯出眼前相思之苦（實）來，所表達的不正是「恨到歸時方

始休」的意思嗎？所以白居易如此將時間推向未來，如同杜詩一樣，是會增強許多情味力量的。

就「點」的不分而言，（後）的部分來說，僅「月明人倚樓」一句，寫的是「象（景－事）」。這一句，就文法來說，由「月明」之表態句與「人倚樓」之敘事句，同以「先主後謂」的結構組成，只不過後者之「謂語」，乃含述語加處所賓語，有所不同而已。而「月明人倚樓」，雖是一句，卻足以牢籠全詞，使人想見主人翁這個「人」在「月明」之下「倚樓」，面對山和水而有所「思」、有所「恨」的情景，大大地起了「以景（事）結情」的最佳作用。大家都知道「以景結情」是詞章收結的好方法之一，譬如周邦彥的〈瑞龍吟〉（章臺路）詞在第三疊末用「探春盡是，傷離意緒」，將「探春」經過作個總結，並點明主旨之後，又寫道：「官柳低金縷，歸騎晚、纖纖池塘飛雨，斷腸院落，一簾風絮。」這顯然是藉「歸騎」上所見暮春黃昏的寥落景象（象）來襯托出「傷離意緒」（意）。這樣「以景（象）結情（意）」，當然令人倍感悲悽。所以白居易以「月明人倚樓」來收結，是能增添作品的情韻的。何況他在這裡又特地用「月明」之「象」來襯托別恨之「意」，更加強了效果。因為「月」自古以來就被用以襯托「相思」（別情），如李白〈聞王昌齡左遷龍標遙有此寄〉詩云：「我寄愁心與明月，隨風直到夜郎西。」又如孟郊〈古怨別〉詩云：「別後唯有思，天涯共明月。」這類例子，不勝枚舉。

作者就這樣以「先染『象（景）、意（情）』後點『象（景－事）』」的結構，將「水」、「山」、「月」、「人」等「象」排列組合，也就是透過主人翁在月下倚樓所見、所為之

「象」，把他所感之「意」（恨），融成一體來寫，使意味顯得特別深長，令人咀嚼不盡。有人以為它寫的是閨婦相思之情，也說得通，但一樣無損於它的美。附意象（含章法）結構表如下：

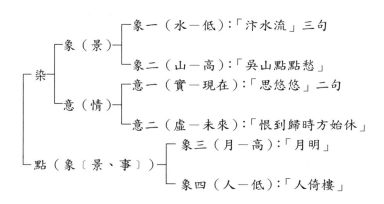

如凸顯其剛柔，則可分層表示如下：

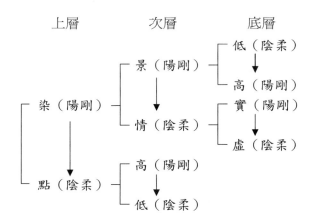

此詞之主旨為「悠悠」離恨，置於篇腹；而所形成的是偏於「陰柔」的風格，因為各層結構的剛柔之「勢」，除底層之「先

低後高」趨於「陽剛」外，其餘的都趨於「陰柔」，尤其是其核心結構 [36]「先景後情」更如此。如此使「勢」很強烈地趨於「陰柔」，是很自然的事 [37]。

據此，這一首詞就各層能力而言，可總結為如下數點：

（一）首先從「一般能力」的部分來看：個別的意象（狹義）之選取，如「水流」、「山點點」、「月明」等意象，是要靠「觀察力」與「記憶力」的；而整體意象（廣義）之形成、表現與組織，是要靠「聯想力」與「想像力」的。至於牽動「觀察力」、「記憶力」、「聯想力」與「想像力」的，就是「思維力」。

（二）其次從「特殊能力」的部分來看：可分三方面加以說明：先就「形象思維」而言，在「意象」（狹義）上，主要用「水流」、「山點點」、「月明」、「人倚樓」等，先後形成個別意象，而以「悠悠」之「恨」來統合它們，產生「異質同構」之莫大效果。在「詞彙」上，它將所生「情」（意）、所見「景（事）」（象），形成各個詞彙，如「水」（流）、「瓜州」、「渡頭」（古）、「山」（點點）、「思」（悠悠）、「恨」（悠悠）、「月」（明）、「人」（倚）、「樓」等，為進一步之「修辭」奠定基礎。在「修辭」上，它主要用「頂真」法來表現「水」之個別意象，用「類疊」法、「擬人」法等來表現「山」之個別意象，使「水」與「山」都含情，而連綿不盡，以增強作品的感染力。次就「邏輯思維」而言，在「文法」上，所謂「水流」、

---

[36] 見拙作〈論章法「多、二、一（0）」的核心結構〉（臺北：臺灣師大《師大學報・人文與社會類》48 卷 2 期，2003 年 12 月），頁 71-94。

[37] 詳見拙作〈論辭章的章法風格〉，同注 29，頁 1-51。

「山點點」、「月明」、「人倚樓」等，無論屬敘事句或屬表態句，用的全是主謂結構，將個別概念組合成不同之意象，以呈現字句之邏輯結構。在「章法」上，它主要用了「點染」、「景情」、「高低」、「虛實」等章法，把各個個別意象先後排列在一起，以形成篇章之邏輯結構。末就「統合思維」而言，它綜合以上「意象」（個別）、「詞彙」、「修辭」、「文法」與「章法」等精心的設計安排，充分地將「恨悠悠」之一篇主旨與「音調諧婉，流美如珠」這種偏於「陰柔」[38]之風格凸顯出來，使人領會到它的美，而感動不已。

（三）然後從「綜合能力」來看：它統合了「一般能力」與「特殊能力」，由「詞」而「句」而「章」而「篇」，將作者之「創造力」由「隱」而「顯」地作了充分之發揮。

（四）最後從整體「意象（思維）系統」（「多」、「二」、「（0）一」螺旋結構）來看：首先就「一般能力」來看，如同上述，「思維力」為「（0）一」，「形象思維」（陰柔）與「邏輯思維」（陽剛）為「二」，由「形象思維」、「邏輯思維」與「綜合思維」所衍生的各種「特殊能力」與綜合各種「特殊能力」所產生的「創造力」為「多」。然後從「特殊能力」來看，，辭章離不開「意象」之形成（意象〔狹義〕）、表現（詞彙、修辭）與其組織（文〔語〕法、章法），此即「多」；而藉「形象思維」（陰柔）與「邏輯思維」（陽剛）加以統合，此即「二」；並由此而凸顯出一篇主旨與風格來，此即「一（0）」

---

[38] 趙仁圭、李建英、杜媛萍：「整首詞藉流水寄情，含情綿邈。疊字、疊韻的頻繁使用，使詞句音調諧婉，流美如珠。」見《唐五代詞三百首譯析》（長春：吉林文史出版社，1997年1月一版一刷），頁148。

39，上舉的〈長相思〉詞就是如此。而這種以「多」、「二」、「（0）一」螺旋結構所形成之「意象（思維）系統」，如同上述，單著眼於「寫」（創作），所呈現的是「（0）一、二、多」，而單著眼於「讀」（鑑賞），則所呈現的是「多、二、一（0）」。這在同一作品而言，作者由「意」而「象」地在從事順向（「（0）一、二、多」）創作的同時，也會一再由「象」而「意」地如讀者作逆向（「多、二、一（0）」）之檢查；同樣地，讀者由「象」而「意」地作逆向（「多、二、一（0）」）鑑賞（批評）的同時，也會一再由「意」而「象」地如作者在作順向（「（0）一、二、多」）之揣摩。這樣順逆互動、循環而提升，形成螺旋結構，而最後臻於至善，自然使得「讀」（鑑賞）與「寫」（創作）能合爲一軌。

六、結語

這種以「思維力」將各種能力「一以貫之」而形成的辭章螺旋結構，是可用「讀」（鑑賞）與「寫」（創作）之互動來印證的。由於「創作」（寫）乃由「意」而「象」，靠的是先天（先驗）自然而然的能力，這多半是不自覺的；而「讀」（鑑賞）則由「象」而「意」，靠的是後天研究所推得的結果，用科學的方法分析作品，自覺地將先天（先驗）自然而然的能力予以確定。因此「寫」（創作）是先天能力的順向發揮、是後天研究的逆向（歸根）努力，兩者可說互動而不能分割，而

---

39 見拙作〈論意象與辭章〉（貴州畢節：《畢節師範高等專科學校學報》2004 年第一期（總 76 期），2004 年 3 月），頁 5-13。

「創造力」（隱意象→顯意象）在「思維力」之推動下，就將
「意象系統」由「隱」而「顯」地表現出來了。這樣歸本於語
文能力，來探討它與「意象（思維）系統」的密切關係，是最
能呈現核心之「讀寫互動原理」的。

參考文獻

王希杰〈章法學門外閑談〉，臺北：《國文天地》18 卷 5 期，2002 年
　　10 月，頁 92-95。

仇小屏《限制式寫作之理論與應用》，臺北：萬卷樓圖書公司，2005
　　年 10 月初版。

周元主編《小學語文教育學》，上海：華東師範大學出版社，1992 年
　　10 月一版一刷。

周振甫《文學風格例話》，上海：上海教育出版社，1989 年 7 月一版
　　一刷。

邱明正《審美心理學》，上海：復旦大學出版社，1993 年 4 月一版一
　　刷。

約翰・格裏賓著、方玉珍等譯《雙螺旋探密──量子物理學與生命》，
　　上海：上海科技教育出版社，2001 年 7 月。

莊文中《中學語言教學研究》，廣州：廣東教育出版社，2001 年 1 月
　　一版二刷。

陳望道《修辭學發凡》，香港：大光出版社，1961 年 2 月版。

陳滿銘〈辭章章法的哲學思辨〉，《辭章學論文集》，福州：海潮攝影
　　藝術出版社，2002 年 12 月，頁 40-67。

陳滿銘《章法學綜論》，臺北：萬卷樓圖書公司，2003 年 6 月初版。

陳滿銘〈論「多」、「二」、「一（０）」的螺旋結構——以《周易》與
　　《老子》為考察重心〉，臺北：《師大學報・人文與社會類》48 卷
　　1 期，2003 年 7 月，頁 1-20。

陳滿銘〈論辭章的章法風格〉，《修辭論叢》五輯，臺北：洪葉文化事
　　業公司，2003 年 11 月初版一刷，頁 1-51。

陳滿銘〈論章法「多、二、一（０）」的核心結構〉，臺北：臺灣師大
　　《師大學報・人文與社會類》48 卷 2 期，2003 年 12 月，頁 71-
　　94。

陳滿銘〈論意象與辭章〉，貴州畢節：《畢節師範高等專科學校學報》
　　2004 年第 1 期〔總 76 期〕，2004 年 3 月，頁 5-13。

陳滿銘〈論語文能力與辭章研究——以「多」、「二」、「一（０）」螺旋
　　結構作考察〉，臺北：《國文學報》36 期，2004 年 12 月，頁 67-
　　102。

陳滿銘〈談思維力與語文螺旋結構的關係〉，臺北：《國文天地》21 卷
　　3 期，2005 年 8 月，頁 79-86。

陳滿銘〈淺論意象系統〉，臺北：《國文天地》21 卷 5 期，2005 年 10
　　月，頁 30-36。

陳鵬翔《主題學理論與實踐》，臺北：萬卷樓圖書公司，2001 年 5 月
　　初版。

童慶炳《中國古代心理詩學與美學》，臺北：萬卷樓圖書有限公司，
　　1994 年 8 月初版。

彭聃齡主編《普通心理學》，北京：北京師範大學出版社，2001 年 5
　　月二版，2003 年 1 月十五刷。

黃永武《中國詩學・設計篇》，臺北：巨流圖書公司，1999 年 6 月初
　　版十三刷。

黃順基、蘇越、黃展驥主編《邏輯與知識創新》第二十章，北京：中國人民大學出版社，2002 年 4 月一版一刷。

黃慶萱《修辭學》，臺北：三民書局，2002 年 10 月增訂三版一刷。

楊如雪《文法 ABC》，臺北：萬卷樓圖書公司，2002 年 2 月再版。

趙仁圭、李建英、杜媛萍《唐五代詞三百首譯析》，長春：吉林文史出版社，1997 年 1 月一版一刷，頁 148。

蔣伯潛《文體論纂要》，臺灣：正中書局，1979 年 5 月臺二版。

黎運漢《漢語風格學》，廣州：廣東教育出版社，2000 年 2 月一版一刷。

鄭頤壽〈中華文化沃土，辭章學圃奇葩──讀陳滿銘《章法學新裁》及其相關著作〉，《海峽兩岸中華傳統文化與現代化研討會文集》，蘇州：「海峽兩岸中華傳統文化與現代化研討會」，2002 年 5 月，頁 131-139。

顧祖釗《文學原理新釋》，北京：人民文學出版社，2001 年 5 月一版二刷。

論以「構」連結「意象」成「軌」之幾種類型

以格式塔「異質同構」說切入作考察

∽ 摘 要 ∽

　　辭章之四大要素為「情」、「理」、「物（景）」、「事」，其中「情」與「理」為「意」、「物（景）」與「事」為「象」。而「意」與「象」之所以能相互連結，如依據「格式塔」心理學派，就有「異質同構」或「同形說」之解釋。而這種「異質同構」說用於解釋意象之形成，是被公認比「移情」、「投射」說更為精確的。因此以此為基礎，將辭章四大要素進行連結，除了可就個別意象由「異質同構」推擴至「同質同構」外，也可再就整體意象拓大到「異形同構」與「同形同構」，加以呈現。而無論是哪一類的「構」，都有「單軌」、「雙軌」與「多軌」之不同，以造成其變化。

關鍵詞：意象之連結、格式塔、異質同構、單軌類型、雙軌類型、多軌類型。

一、前言

　　「意」與「象」之連結，如用格式塔心理學派的「同形說」或「異質同構」之理論[1]作爲基礎，對應於辭章的四大要素：「情、理、物（景）、事」，在「異質同構」之外，推衍出「同質同構」、「異形同構」、「同形同構」等類型，則顯然比較可以完整地呈現辭章意象形成中主與客、主與主、客與客、質與質、質與形、形與形之間那種「心理場」與「物理場」各自或交互作用的多種樣貌[2]。這樣掌握貫穿其中的「力度」（構）及其所形成之「軌」數，對分析、鑑賞辭章，捕捉其美感而言，是大有助益的。本文有鑑於此，乃針對以「構」（力度）連結「意象」成「軌」的幾種類型，先探討其理論基礎，再依序就「單軌」、「雙軌」與「多軌」三類，分別舉例解析其類型，以見它們在辭章上所造成之變化與奧妙。

二、以「構」連結「意象」成篇之理論基礎

　　在文學理論中最早以合成詞的方式標舉出「意象」這一文學藝術概念的，是劉勰《文心雕龍・神思》：

---

[1]　參見蔣孔陽、朱立元主編《西方美學通史》第 6 卷（上海：上海文藝出版社，1999 年 11 月一版一刷），頁 715-717。

[2]　參見拙作〈論意與象的連結——從格式塔「異質同構」說切入〉（臺北：《國文天地》21 卷 4 期，2005 年 9 月），頁 59-64。

是以陶鈞文思，貴在虛靜，疏瀹五藏，澡雪精神；積學
以儲寶，酌理以富才，研閱以窮照，馴致以繹辭；然後
使玄解之宰，尋聲律而定墨；燭照之匠，窺意象而運
斤。此蓋馭文之首術，謀篇之大端。[3]

在此，劉勰指出作家須使內心虛靜，才能醞釀文思、經營意
象。而如此經營意象，美感就因而產生。張紅雨在《寫作美
學》中說：

人們之所以有了美感，是因為情緒產生了波動。這種波
動與事物的形態常常是統一起來的，美感總是附著在一
定的事物上。[4]

他更進一步地指出：事物之所以可以成為激情物，是因為它觸
動人們的美感情緒，而使美感情緒產生波動，所以我們對事物
形態的摹擬，實際上是對美感情緒波動狀態的摹擬，是雕琢美
感情緒的必要手段。因此，所謂靜態、動態的摹擬，也並不是
對無生命的事物純粹作外形，或停留在事物動的表面現象上作
摹狀，而是要挖掘出它更本質、更形象的內容，來寄託和流洩
美感的波動[5]。

　　他所說的「情緒波動」，即主體之「意」；而「事物形
態」之「更本質、更形象的內容」，則為客體之「象」。對
這種意象之形成，格式塔心理學家用「同形同構」或「異

---

[3]　見劉勰著、黃叔琳注《增訂文心雕龍校注》卷 6（北京：中華書局，2000 年 8 月一版
　　一刷），頁 369。

[4]　見張紅雨《寫作美學》（高雄：麗文文化出版社，1996 年 10 月初版），頁 311。

[5]　見張紅雨《寫作美學》，同注 4，頁 311-314。

質同構」來解釋。李澤厚在〈審美與形式感〉一文中說：

> 不僅是物質材料（聲、色、形等等）與視聽感官的聯
> 繫，而更重要的是它們與人的運動感官的聯繫。對象
> （客）與感受（主），物質世界和心靈世界實際都處在不
> 斷的運動過程中，即使看來是靜的東西，其實也有動的
> 因素……其中就有一種形式結構上巧妙的對應關係和感
> 染作用……格式塔心理學家則把這種現象歸結為外在世
> 界的力（物理）與內在世界的力（心理）在形式結構上
> 的「同形同構」，或者說是「異質同構」，就是說質料雖
> 異而形式結構相同，它們在大腦中所激起的電脈衝相
> 同，所以才主客協調，物我同一，外在對象與內在情感
> 合拍一致，從而在相映對的對稱、均衡、節奏、韻律、
> 秩序、和諧……中，產生美感愉快。[6]

而歐陽周、顧建華、宋凡聖等在《美學新編》中也指出：

> 完形心理學美學依據「場」的概念去解釋「力」的樣式
> 在審美知覺中的形成，並從中引申出了著名的「同形
> 論」或稱為「異質同構」的理論。按照這種理論，他們
> 認為外部事物、藝術樣式、人物的生理活動和心理活
> 動，在結構形式方面，都是相同的，它們都是「力」的
> 作用模式。在安海姆看來，自然物雖有不同的形狀，但
> 都是「物理力作用之後留下的痕跡」。藝術作品雖有不
> 同的形式，卻是運用內在力量對客觀現實進行再創造的

---

[6] 見《李澤厚哲學美學文選》（臺北：谷風出版社，1987 年 5 月初版），頁 503-504。

過程。所以,「書法一般被看著是心理力的活的圖解」。
總之,世界上的一切事物,其基本結構最後都可歸結為
「力的圖式」。正是在這種「異質同構」的作用下,人們
才在外部事物和藝術作品中,直接感受到某種「活
力」、「生命」、「運動」和「動態平衡」等性質。……所
以,事物的形體結構和運動本身就包含著情感的表現,
具有審美的意義。[7]

他們這把「意」與「象」之所以形成、趨於統一,而產生美感
的原因、過程與結果,都簡要地交代清楚了。

　若單從辭章層面來看,則意象和辭章的內容是融為一體
的。而辭章內容的主要成分,不外情、理與事、物(景)。其
中情與理為「意」,屬核心成分;事與物(景)乃「象」,為外
圍成分。它可用下圖來表示:

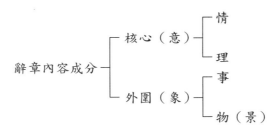

而此情、理與事、物(景)之辭章內容成分,就其情、理而
言,是「意」;就其事、物(景)而言,是「象」。

　因此,意象之形成,就像《文心雕龍‧神思》所說的,確

7　見《美學新編》(杭州:浙江大學出版社,2001 年 5 月一版九刷),頁 253。安海姆之
　「同形論」或「同形說」,參見蔣孔陽、朱立元主編《西方美學通史》第六卷,同注
　1,頁 715-717。

是「馭文之首術、謀篇之大端」。

　　既然所謂的「意象」，乃合「意」與「象」而成。它除了指狹義的個別意象外，也用以指廣義之整體意象。廣義者指全篇，屬於整體，可以析分為「意」與「象」；狹義者指個別，屬於局部，往往合「意」與「象」為一來稱呼。而整體是局部的總括、局部是整體的條分，所以兩者關係密切。不過，必須一提的是，意象有廣義與狹義之別。而狹義之「意象」，亦即個別之「意象」，雖往往合「意」與「象」為一來稱呼，卻大都用其偏義，譬如草木或桃花的意象，用的是偏於「意象」之「意」，因為草木或桃花都偏於「象」；如「桃花」的意象之一為愛情，而愛情是「意」；而團圓或流浪的意象，則用的是偏於「意象」之「象」，因為團圓或流浪，都偏於「意」；如「流浪」的意象之一為浮雲，而浮雲是「象」。因此前者往往是一「象」多「意」，後者則為一「意」多「象」。而它們無論是偏於「意」或偏於「象」，通常都通稱為「意象」[8]。

　　而這種「意」與「象」，看來雖是對待的「二元」，卻有形質、主從之分。其中「情」與「理」，是「質」是「主」；而「物」（景）與「事」，為「形」為「從」。這可藉王國維的「一切景語皆情語」一語[9]，將「景」還原為「物」，並加以擴充，那就是：

[8] 見拙作〈論意象與辭章〉（貴州畢節：《畢節師範高等專科學校學報》2004 年第 1 期，頁 5-13。

[9] 見王國維《人間詞話刪稿》，《詞話叢編》五（臺北：新文豐出版公司，1988 年 2 月臺一版），頁 4257。

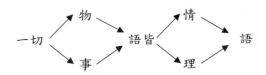

也就是說，作者用「物」（景）、「事」來寫，是手段，而藉以充分凸顯「情」與「理」，才是目的。因此「物」（景）、「事」之形是以「理」或「情」爲質的。

　　如果以「質」與「構」切入探討，則大體而言，主體之「情」與客體之「理」是「質」（本質）、主體之「事」（人爲）與客體之「物（景）」（自然）爲「形」（現象），而主、客體交互由「外在世界的力（物理）與內在世界的力（心理）」作用所聯接起來的「形式結構」，則爲「構」。它們的關係可用下圖[10]來表示：

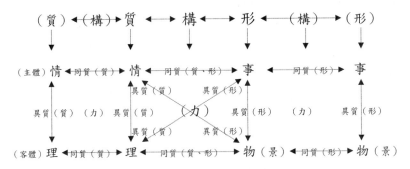

其中主體爲「人類」、客體爲「自然」，兩者是不同質的，卻可透過「力」的作用形成「構」，搭起連結的橋樑。而主體與客體，又所謂「誠於中（質）而形於外（形）」，是各有其「形」、「質」的：就主體的人類來說，「情」是「質」、「事」

---

[10] 參見拙作〈論意與象的連結——從格式塔「異質同構」說切入〉，同注2。

（含人事景）是「形」；就客體的自然而言，「理」是「質」、
「物（景）」（含自然事）是「形」。

因此完整說來，主與客、主與主、客與客、質與質、質與
形、形與形之間，都可以形成「構」（力），而連結在一起。其
中連結「情」（意）與「情」（意）、「情」（意）與「事」
（象）、「理」（意）與「理」（意）、「理」（意）與「物（景）」
（象）的，爲「同質同構」類型；連結「情」（意）與「理」
（意）、「情」（意）與「物（景）」（象）、「理」（意）與「事」
（象）的，爲「異質同構」類型；連結「景」（象）與「物
（景）」（象）、「事」（象）與「事」（象）的，爲「同形同構」
類型；連結「景」（象）與「事」（象）的，爲「異形同構」類
型。本來，這「同形同構」與「異形同構」的兩種類型，乃屬
於「同質同構」或「異質同構」的範圍，可分別歸入上兩類型
之內，但爲了凸顯形與質之「二元」關係，在此特地抽離出來
單獨探討，以見「象」（形）以「意」（質）爲「構」的特點。
如此來看待意象形成之類型，是會比較周全的。而這種類型，
如果單著眼於「意」與「象」之連結，並且將「物」擴展爲
「景」加以呈現，則可呈現如下：

首先爲「意」與「意」類型：

（一）情與情（同質）、（二）情與理（同質）、（三）理
　　與理（同質）。

其次爲「意」與「象」類型：

（一）情與事（同質、形與質）、（二）情與景（異質、
　　形與質）、（三）理與景（同質、形與質）、（四）理與事
　　（異質、形與質）。

又其次為「象」與「象」類型：

　（一）事與事（同質、同形）、（二）事與景（異質、異
　形）、（三）景與景（同質、同形）。

這樣兩相對照，它們的關係可以清楚看出來的[11]。而無論是何
種類型，是都必須藉著「單軌」、「雙軌」或「多軌」的「構」
以連結「句」、「節」（句群）、「段」（以上為「章」）而成
「篇」的。

三、以「構」連結意象成篇所形成
之單軌類型

　　所謂「單軌」，是指一篇辭章之內，僅以一個「構」來連
結所有「意象」的一種類型。這種類型十分常見，如司馬遷
《史記・孔子世家贊》一文：

　　太史公曰：《詩》有之：「高山仰止，景行行止。」雖不
　　能至，然心鄉往之。余讀孔氏書，想見其為人。適魯，
　　觀仲尼廟堂，車服、禮器，諸生以時習禮其家，余低回
　　留之，不能去云。天下君王至於賢人眾矣，當時則榮，
　　沒則已焉。孔子布衣，傳十餘世，學者宗之。自天子王
　　侯，中國言六藝者，折中於夫子，可謂至聖矣！

這篇贊文，採「先點後染」的「篇」結構寫成，「點」指「太
史公曰」；而「染」則自《詩》有之」起至篇末，乃用「凡」

---

[11] 見拙作〈論意與象的連結──從格式塔「異質同構」說切入〉，同注2。

（綱領）、「目」、「凡」（主旨）的「章」結構寫成。其中頭一個
「凡」（綱領）的部分，自篇首至「然心鄉往之」止，引《詩》
虛虛籠起，以「高山仰止，景行行止」兩句語典形成「象」，
由此領出「鄉往」兩字形成「意」，作爲綱領，以統攝下文。
「目」的部分，自「余讀孔氏書」至「折中於夫子」止，以
「由小及大」的方式，含三節來寫：首節寫自己「讀孔氏書」
與「觀仲尼廟堂」之所見爲「象」、所思爲「意」，以「想見其
爲人」與「低回留之，不能去云」句，偏於個人，表出自己對
孔子的「鄉往」之情；次節特將孔子與「天下君王至於賢人」
作一對照，以「一反一正」形成「象」，以「學者宗之」形成
「意」，由「情」轉「理」，由個人推演到孔門學者，表出他們
對孔子的「鄉往」之意（理），並暗示所以將孔子列爲世家的
理由；三節寫各家以孔子的學說爲截長補短的標準形成
「象」，以「折中於夫子」形成「意」，依然由「情」轉「理」，
又由孔門學者擴及於全天下讀書人，表出他們對孔子的「鄉
往」之意（理）。後一個「凡」（主旨）的部分，即末尾「可謂
至聖矣」一句，拈出主旨，以回抱前文之意（情、理）作收。
附篇章結構表如下：

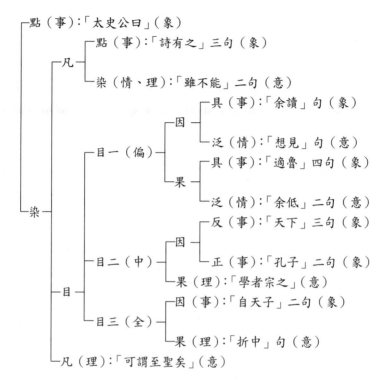

可見此文始終以「單軌」之「鄉（嚮）往」（綱領）爲「構」，使全文的「意」與「象」連結在一起，含「事」與「情」（同質同構）、「事」與「理」（異質同構）、「事」與「事」（同形同構）、「情」與「理」（異質同構）等類型。就這樣以單軌的「鄉（嚮）往」（綱領）爲「構」，藉各種由章法形成之四層移位與一層轉位結構[12]，將各「個別意象」串聯成「整體意象」[13]，

---

[12] 參見仇小屏〈論章法的移位、轉位及其美感〉，《辭章學論文集》上冊（福州：海潮攝影藝術出版社，2002 年 12 月一版一刷），頁 98-122。

[13] 參見拙作〈辭章意象論〉（臺北：臺灣師大《師大學報‧人文與社會類》51 卷 1 期，2005 年 4 月），頁 17-39。

凸出一篇之主旨「至聖」與「虛神宕漾」[14]之風格來。

又如溫庭筠〈菩薩蠻〉：

> 小山重疊金明滅，鬢雲欲度香腮雪。懶起畫蛾眉，弄妝
> 梳洗遲。　　照花前後鏡，花面交相映。新貼繡羅襦，
> 雙雙金鷓鴣。

此為抒寫閨怨之作，採「先底後圖」的「篇」結構寫成。作者
在起句，即寫旭日明滅、繡屏掩映的景象，為抒寫怨情安排了
一個適當的環境，並從中提明了地點與時間，以引出下面寫人
的句子；這是「底」的部分。而自次句至末，則按時間的先
後，主要採「先事後景」的「章」結構，寫屏內「美人」的各
種情態與動作，首先是睡醒，其次是懶起，再其次是梳洗、弄
妝，接著是簪花，最後是試衣；而在「試衣」時，特著眼於
「鷓鴣」之上，帶出其「行不得也哥哥」的鳴聲，以「景」襯
「情」；這是「圖」的部分。作者就這樣聚焦於「美人」此一主
角，藉著她這些尋常的動作或情態，從篇外逼出這位「美人」
無限的幽怨來。唐圭璋評說：「此首寫閨怨，章法極密，層次
極清。」[15]是一點也不錯的。附篇章結構表如下：

14　見吳楚材、王文濡《精校評注古文觀止》卷 5（臺北：臺灣中華書局，1972 年 11 月
　　臺六版），頁 8。

15　見《唐宋詞簡釋》（臺北：木鐸出版社，1982 年 3 月初版），頁 3。

```
┌底（景：環境）：「小山」句（象）
│                    ┌先（梳妝）：「鬢雲」句（象）
│      ┌事（懶起後一）┤
│      │             └後（簪花）：「照花」二句（象）
圖─────┤
│      │             ┌底（繡襦）：「新貼」句（象）
└      └景（懶起後二）┤
                     └圖（鷓鴣）：「雙雙」句（象）
```

可見此詞主要用「閨怨」為橋樑，來連結各種「景（物）象」
與「事象」，形成「單軌」之「構」，使「事」與「景」（異形
同構）、「事」與「事」，（同形同構）、「景」與「景」（同形同
構）連結在一起，藉各種章法形成三層移位結構，將各「個別
意象」串聯成「整體意象」，以抒發「怨情」（主旨），真是
「無一言及情而人物的心情自然呈現」，凸顯出「綺麗婉約」之
風格[16]。

四、以「構」連結意象成篇所形成
之雙軌類型

　　所謂「雙軌」，是指一篇辭章之內，用了兩個「構」來連
結所有「意象」的一種類型。這種類型也相當常見，如列子
〈愚公移山〉一文：

　　　太形、王屋二山，方七百里，高萬仞，本在冀州之南、
　　　河陽之北。北山愚公者，年且九十，面山而居。懲北山

---

[16] 見許建平講析、陳邦炎主編《詞林觀止》上（上海：上海古籍出版社，19944 月一版
一刷），頁 30-31。

之塞，出入之迂也，聚室而謀曰：「吾與汝畢力平險，指通豫南，達於漢陰，可乎？」雜然相許。

其妻獻疑曰：「以君之力，曾不能損魁父之丘，如太形、王屋何？且焉置土石？」雜曰：「投諸渤海之尾、隱土之北。」遂率子孫荷擔者三夫，叩石墾壤，箕畚運於渤海之尾；鄰人京城氏之孀妻有遺男，始齔，跳往助之；寒暑易節，始一反焉。

河曲智叟笑而止之曰：「甚矣，汝之不慧！以殘年遺力，曾不能毀山之一毛，其如土石何？」北山愚公長息曰：「汝心之固，固不可徹，曾不若孀妻弱子。雖我之死，有子存焉；子又生孫，孫又生子；子又有子，子又有孫；子子孫孫，無窮匱也。而山不增，何苦而不平？」河曲智叟亡以應。

操蛇之神聞之，懼其不已也，告之於帝，帝感其誠，命夸娥氏二子負二山，一厝朔東，一厝雍南。自此冀之北、漢之陰，無隴斷焉。

這是藉一則寓言故事，以說明有志竟成、人助天助的道理。作者在此，直接以開端四句，交代這個故事發生的地點與原因，屬此文之「引子」，為「因」；而以結尾二句，才應起交代這個故事的結局，乃本文之「收尾」，為「果」。至於「北山愚公者」句起至「一厝雍南」句止，則正式用具體的情節來呈現這件故事發生的經過；這對開端四句的「因」而言，是「果」的部分。這個部分，作者用「先因後果」的順序加以組合：其中「北山愚公者」句起至「河曲智叟亡以應」句止，敘述愚公決

意「移山」，贏得家人、鄰居的贊可與幫助，無視於河曲智叟
之嘲笑，努力率眾去「移山」的始末，此為「因」；而「操蛇
之神聞之」起至「一厝雍南」句止，敘述愚公的這番努力，終
於感動了天帝，而命大力神去助其完成「移山」的最後結果；
此為「果」。附其篇章結構表如下：

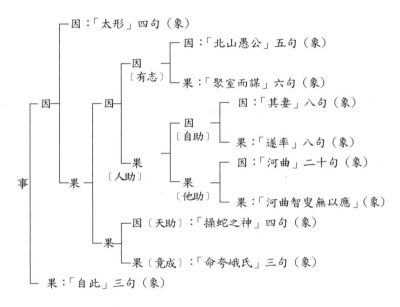

此文為一寓言，全用以敘事（象），從篇外表出「有志（因）
竟成（果）」的一篇主旨（意）。因全用以敘事（象），所以全
文僅以「事」與「事」（同形同構），靠因與果的關係，形成六
層移位結構，將所有「意象」連結在一起；而此「因」（有
志、人助）與「果」（竟成、天助）便形成「雙軌」之「構」。
如果沒有這「雙軌」之「構」，以「因」（有志、人助）或
「果」（竟成、天助）各成一軌，彼此呼應串聯，那麼各個「意

象」是無法統合爲一體的；而「文章跌宕的氣勢」也無由「增強」[17]了。

又如杜甫〈曲江〉詩：

> 一片花飛減卻春，風飄萬點正愁人。且看欲盡花經眼，
> 莫厭傷多酒入唇。
> 江上小堂巢翡翠，苑邊高塚臥麒麟。細推物理須行樂，
> 何用浮榮絆此身？

這是歌詠及時行樂的作品。作者先在首、頷兩聯，藉飛花減春、翡翠巢堂、麒麟臥塚的殘敗景象，暗寓萬物好景無常的盛衰道理，爲第一軌。而在頸聯表出其珍惜光陰、及時行樂的思想，爲第二軌；這是「因」的部分，而這個「因」的部分，又以「具、泛、具」之條理加以安排。然後以「細推物理須行樂」一句，將上六句的意思作個總括，這是「果」的部分；又由此引出「何用浮榮絆此身」一句，發出感慨收束。針對「浮榮絆此身」這一事，霍松林在《唐詩大觀》中說：「絆此身的浮榮何所指？指的就是『左拾遺』那個從八品上的諫官。因爲疏救房琯，觸怒了肅宗，從此爲肅宗疏遠。作爲諫官，他的意見卻不被採納，還蘊含著招災惹禍的危機。這首詩就是乾元元年（758）暮春任『左拾遺』時寫的。到了這年六月，果然受到處罰，被貶爲華州司功參軍。從寫此詩到被貶，不過兩個多月的時間。明乎此，就會對這首詩有比較確切的理解。」[18]這

---

[17] 周溶泉、徐應佩鑑賞，見《古文鑑賞辭典》（南京：江蘇文物出版社，1987 年 11 月一版一刷），頁 136。

[18] 見《唐詩大觀》（香港：商務印書館香港分館，1986 年 1 月一版二刷），頁 470。

樣詠來，真是一筆兜裹全篇，律法精嚴極了。附其篇章結構分
析表如下：

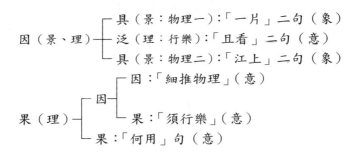

可見此詩，採「先因後果」之「篇」結構寫成。而作者特別安
排在尾聯將主旨「細推物理須行樂（因），何用浮榮絆此身
（果）」表出，而其中「細推物理（因）須行樂（果）」又自成
「先因後果」的移位結構；這對應於「篇結構」來說，是屬於
「果」的部分，使「景」與「理」（同質同構）連結在一起。至
於上三聯，則以「具、泛、具」的轉位結構，藉「具」（象）
與「泛」（意）將「構」形成「雙軌」，且以「泛（意）」這一
「構」下貫尾聯，予以呼應，又使「景」與「理」（同質同構）
連結在一起，其「形象思維」與「邏輯思維」，十分清晰。很
顯然地，在此，寫「物理」（自然規律）者為一軌，而寫「須
行樂」（何用浮榮絆此身）者又為一軌；如此以「雙軌」為
「構」，使作品之感染力增強不少。

五、以「構」連結意象成篇所形成之多軌類型

　　所謂「多軌」，是指一篇辭章之內，用了兩個以上的「構」來連結所有「意象」的一種類型。這種類型常見於散文，而詩詞則比較少見，如杜甫〈登樓〉詩：

> 花近高樓傷客心，萬方多難此登臨。錦江春色來天地，
> 玉壘浮雲變古今。北極朝廷終不改，西山寇盜莫相侵。
> 可憐後主還祠廟，日暮聊為〈梁甫吟〉。

這是傷時念亂的作品，作者一開始便把一因一果的兩句話倒轉過來，敘出主旨；再依次以三、四兩句寫「登臨」所見，以五、六兩句寫「萬方多難」，最後藉尾聯，承「傷客心」，寫「登臨」所感，發出當國無人的慨歎，蘊義可說是極其深婉的。這一作品，很顯然地在篇首即點明主旨（綱領），這是「凡」（總括）得部分；然後依此具體分述「登臨」、「萬方多難」與「傷客心」之所見、所感，這則是「目（條分）」的部分；所謂「綱舉目張」，條理都清晰異常。附其篇章結構表如下：

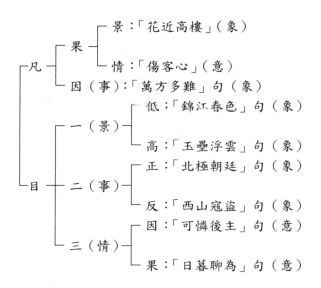

可見此詩以「登臨」所見之「景」、所以「登臨」之「事」（萬方多難）與「登臨」所生之「情」（傷客心）將「構」形成「三軌」，用「景」與「情」（異質同構）、「事」與「情」（同質同構）、「事」與「景」（異形同構）等類型，形成三層移位結構，使全文的「意」與「象」連結在一起。就這樣將一篇主旨，亦即「傷今無人（輔政）」[19]之「客心」，以「寄慨」之方式表出，寫得真是「氣象雄渾，籠蓋宇宙」[20]。

又如袁宏道〈晚遊六橋待月記〉一文：

> 西湖最盛，為春為月。一日之盛，為朝煙，為夕嵐。
>
> 今歲春雪甚盛，梅花為寒所勒，與杏桃相次開發，尤為

---

[19] 高步瀛注結二句：「意謂後主猶能祠廟三十餘年，賴武侯為之輔耳。傷今之無人也。故聊為〈梁父吟〉以寄慨。」見《唐宋詩舉要》（臺北：學海出版社，1973 年 2 月初版），頁 572。

[20] 見高步瀛引沈（德潛）語，見《唐宋詩舉要》，同注 19，頁 571。

奇觀。石簣數為余言：「傅金吾園中梅，張功甫玉照堂故物也，急往觀之。」余時為桃花所戀，竟不忍去湖上。

由斷橋至蘇隄一帶，綠煙紅霧，瀰漫二十餘里。歌吹為風，粉汗為雨，羅紈之盛，多於隄畔之草，艷冶極矣。

然杭人遊湖，止午、未、申三時。其實湖光染翠之工，山嵐設色之妙，皆在朝日始出，夕舂未下，始極其濃媚。月景尤不可言，花態柳情，山容水意，別是一種趣味。此樂留與山僧遊客受用，安可為俗士道哉！

此文旨在藉西湖六橋風光之盛來寫待月之樂。作者首先在起段，即以開門見山與泛寫的方式提明西湖六橋最盛的，是春景、是月景（久），而一日最盛的，是朝煙、夕嵐（暫），這是「凡」（總括）的部分；接著以二、三兩段，主要透過梅、桃、杏之「相次開發」與「歌吹」、「羅紈」之盛來具寫春景之「盛」，而「景」中又帶「事」，以增強感染力，這是「目（條分）一」的部分；然後以末段「然杭人遊湖」等七句，取湖光、山色作陪襯，來具寫朝煙、夕嵐之「盛」，也依然採「景中帶事」的技巧來寫，這是「目（條分）二」的部分；末了以「月景尤不可言」等六句，主要拿花柳、山水作點綴，來虛寫月景之「盛」，以帶出「樂」，這是「目（條分）三」的部分。這樣以「春」為一軌、「月」為二軌、「朝煙」和「夕嵐」為三軌，作為一篇綱領而形成「構」，採「先凡後目」的「篇」結構來寫，層次極為分明，而全文也由此通貫而為一。附其篇章結構分析表如下：

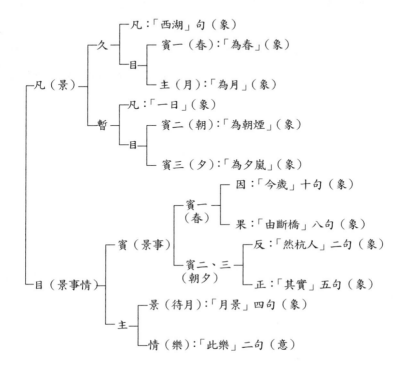

可見此文共用「先凡後目」（三疊）、「先久後暫」（一疊）、「先賓後主」（二疊）、「先景後情」（一疊）、「先因後果」（一疊）、「先反後正」（一疊）與兩疊並列（賓二、三，賓一、二、三）結構形成層層節奏而串聯爲一篇之韻律。其中除了「先反後正」呈對比性外，都屬於調和性之移位結構，這對其風格、韻律之趨於「清麗峻快」[21]，是有所關聯的。而作者如此用「景」與「景」（同形同構）、「景」與「事」（異形同構）、「景」與「情」（異質同構）的結構類型，以「春」、「月」、「朝

---

[21] 見王英志解析、陳振鵬與章培恆主編《古文鑑賞辭典》下冊（上海：上海辭書出版社，1997年4月一版三刷），頁1705。

煙」和「夕嵐」將「構」形成三軌，借「賓」形「主」，先後
呼應，充分地凸出了「待月之樂」的一篇主旨。而這種
「『待』心理，待到『千呼萬喚始出來』，卻又匆匆一面，飄然
而去，使人有『著眼未分明』之感，因而顯得餘韻悠然，情味
無窮」[22]。

六、結語

綜上所述，可知連結一篇「意象」之「構」，可以有一至
多軌。它或它們不是由一至多個的「綱領」組合，就是由一篇
之「主旨」形成。並且值得注意的是，在連結「意象」成
「軌」的三種類型中，「單軌」的「構」，有可能是「主旨」
外，其餘的「二軌」、「多軌」，皆是「綱領」；而這種「綱
領」，無論是屬於「單軌」或「二軌」、「多軌」，都可統攝於
「主旨」；因此「二軌」或「多軌」，雖說是「分軌」，而且以
「軌」為「構」，卻可尋得高一層面之「構」加以統一。如果這
種「構」是屬最高層面的，那一定就是主旨了。可見「構」與
「綱領」、「主旨」的關係，是極其密切的。

參考文獻

仇小屏〈論章法的移位、轉位及其美感〉，《辭章學論文集》上冊，福
　　州：海潮攝影藝術出版社，2002年12月一版一刷，頁98-122。

---

[22] 見吳戰壘鑑賞、吳功正主編《古文鑑賞辭典》，同注17，頁1294-1295。

王國維《人間詞話刪稿》,《詞話叢編》五,臺北:新文豐出版公司,
　　1988 年 2 月臺一版。

李澤厚《李澤厚哲學美學文選》,臺北:谷風出版社,1987 年 5 月初
　　版。

吳功正主編《古文鑑賞辭典》,南京:江蘇文藝出版社,1987 年 11 月
　　一版一刷。

吳楚材、王文濡《精校評注古文觀止》卷 5,臺北:臺灣中華書局,
　　1972 年 11 月臺六版。

高步瀛《唐宋詩舉要》,臺北:學海出版社,1973 年 2 月初版。

唐圭璋《唐宋詞簡釋》,臺北:木鐸出版社,1982 年 3 月初版。

張紅雨《寫作美學》,高雄:麗文文化出版社,1996 年 10 月初版。

陳邦炎主編《詞林觀止》上,上海:上海古籍出版社,19944 月一版
　　一刷。

陳振鵬、章培恆主編《古文鑑賞辭典》下冊,上海:上海辭書出版
　　社,1997 年 4 月一版三刷。

陳滿銘〈論意象與辭章〉,貴州畢節:《畢節師範高等專科學校學報》
　　2004 年第一期(總 76 期),2004 年 3 月,頁 5-13。

陳滿銘〈辭章意象論〉,臺北:臺灣師大《師大學報·人文與社會
　　類》51 卷 1 期,2005 年 4 月,頁 17-39。

陳滿銘〈論意與象的連結——從格式塔「異質同構」說切入〉,臺
　　北:《國文天地》21 卷 4 期,2005 年 9 月,頁 59-64。

蔣孔陽、朱立元主編《西方美學通史》第 6 卷,上海:上海文藝出版
　　社,1999 年 11 月一版一刷。

歐陽周等《美學新編》,杭州:浙江大學出版社,2001 年 5 月一版九
　　刷。

劉勰著、黃叔琳注《增訂文心雕龍校注》卷 6，北京：中華書局，
2000 年 8 月一版一刷。

蕭滌非等《唐詩大觀》，香港：商務印書館香港分館，1986 年 1 月一
版二刷。

國家圖書館出版品預行編目資料

意象學廣論／陳滿銘著, -- 初版 -- 臺北市：
萬卷樓, 2006- [民 95]
面；　　　公分
含參考書目
ISBN 978－957－739－577－1（平裝）
1. 中國語言－修辭
802.7　　　　　　　　　　95020419

意象學廣論

著　　　者：陳滿銘

發　行　人：許素真

出　版　者：萬卷樓圖書股份有限公司
臺北市羅斯福路二段 41 號 6 樓之 3
電話(02)23216565・23952992
傳真(02)23944113
劃撥帳號 15624015

出版登記證：新聞局局版臺業字第 5655 號

網　　　址：http://www.wanjuan.com.tw

E－mail　：wanjuan@tpts5.seed.net.tw

承 印 廠 商：中茂分色製版印刷事業股份有限公司

定　　　價：300 元

出 版 日 期：2006 年 11 月初版

ISBN-13：978-957-739-577-1
ISBN-10：957-739-577-5